文春文庫

ラストライン

堂場瞬一

文藝春秋

目次

ラストライン

第一章　最初の事件

環八通りに立ち、正面に南大田署を見る。ここが今日からの新しい仕事場……警察官になってから、何ヶ所目の職場だろう。異動を繰り返して、今やどこが自分の「本籍地」かも分からなくなってしまっている。

岩倉剛《いわくらごう》は、信号待ちの間、頭の中で数字をこねくり回した。都内──島嶼《とうしょ》部は除く──で一番南にある署はどこか。警察官になった頃、先輩に出されたクイズが今でも記憶に残っている。二十三区内ではこの南大田署、多摩地区まで含めると町田署だ。その差は緯度にして十二秒弱。つまり、町田署の方が、四百メートルほど南にあることになる。

南大田署は七階建てで、素っ気ない外観は、警察の庁舎としてごく一般的である。二階までがベージュ色、三階から上が薄い茶色に塗り分けられているのが、精一杯のお洒落という感じだろう。屋上には警察無線通信用の巨大なアンテナが立ち、一般の人を寄せつけない威圧感を放っている。とはいえ、岩倉にはお馴染みの光景である。

信号が変わり、ゆっくりと歩き出す。朝八時、街は通勤客で賑わっているが、人の流れは岩倉とは逆だ。蒲田に働きに来る人よりも、この街に住み、都心へ働きに出る人の方が多いのだろう。警察官としては初めての街だ。

ここで自分は、警察官として最後の十年を踏み出す。明日が誕生日で五十歳、定年まであと十年――長いような短いような十年だ。いずれにせよ、残り十年と考えると、自然に背筋が伸びる。赴任地での挨拶は何回目になるだろう……すっかり慣れているつもりなのに、やはり緊張する。五十歳になっても、この緊張感に変わりはない。

さて、まずは一発目が大事だな――岩倉は自分に気合を入れながら、大股で横断歩道を渡り終えた。今日から南大田署で新しい日々が始まる。

「――本部捜査一課から赴任しました、岩倉です。よろしくお願いします」

短く挨拶を終え、すっと頭を下げる。パラパラと拍手が鳴る中、三秒ほどその姿勢をキープ。遅くもなく早くもなく……この署の刑事課で、自分が微妙な立ち位置にいることは分かっているが、今は取り敢えず、ニュートラルな感じでいこう。何しろ所轄の刑事課は、年齢も階級もバラバラな人間の集まりだ。人間関係は難しくなりがちで、気をつけないと自分が軋轢《あつれき》の原因にもなりかねない。

この春の異動では、新しく三人が南大田署の刑事課に赴任していた。このうち二人が外部からの異動で、一人が派出所からの持ち上がり。岩倉は誰とも面識がなかった。そもそもここで顔を知っているのは、刑事課長の安原康介《やすはらこうすけ》だけである。知っているというか、捜査一課のかつての後輩だ。もっとも、警部補になってから昇任試験に興味を失ってしまった岩倉と違い、安原は順調に出世を重ねて、今や警視である。このままヘマをしなければ、今後もキャリアを重ねて本部の課長ぐらいにはなれるかもしれない。何よりまだ四十代半ば――明日には五十歳になる岩倉から見ると、まだまだ若く先がある。

警察は異動が多い職場なので、こういう時の挨拶もあっさりしたものである。顔と名前をアピールしたら、あとは即座に通常業務。

岩倉は自席につき、手帳を広げて課員全員のデータをもう一度チェックした。名前、年齢、階級。警察は、年齢と階級がリンクしないから、後輩が上司になることも珍しくない。南大田署の刑事課も同様……実際、ここで自分より年上の刑事は二人しかいなかった。若い連中から見ると鬱陶しいだけだろうな、と岩倉は内心苦笑した。五十歳の警部補など、この先には何もない。とはいえ、五十歳の人間を軽視することもできないわけで、扱いにくい人間とみなされることを岩倉は恐れた。別にここの刑事課を仕切ろうとか、威張ってやろうとは考えてもいない。自分なりに仕事をこなして、基本的には大人しくしているつもりだった。

目立つと、いろいろ都合の悪いことがある。「追っ手」を逃れて、東京最南端――いや、二番目に南にある所轄を希望して異動してきたのだから、とにかく静かに、目立たぬように仕事をこなしていくつもりだった。

実際、この署は暇なはずである。赴任する前に確認してきたのだが、特捜本部になるような重大事件はここ数年起きていなかったし、内偵捜査を抱えてもいないらしい。刑事課の強行班に配属された岩倉は、主に殺人事件や傷害事件を担当することになるが、たぶん大きな事件がないまま数年を過ごすだけになるだろう。

それでいい。これからの数年は、自分の人生の後半生をどうするか決めるための準備期間でもあるのだ。そのためにじっくり考える時間が必要——それに、私生活でも整理しておかねばならないことがある。

手帳を閉じ、横を見る。自分と同じ新任の刑事が座っていた。二十代半ばぐらいの女性。交番勤務から所轄に引き上げられたばかりだろう。そのせいか、私服——地味な紺色のパンツスーツが身についていない。ずっと制服を着て仕事をしていると、体がそれに合ってしまう感じなのだ。岩倉も、交番勤務から初めて所轄の刑事課に上がった時、スーツ姿がまったく似合っていないことに気づいて驚いたことがある。

それにしてもこの娘《こ》——名前は何だったか——は妙に緊張している。何か仕事をしていればともかく、何もないからただ座っているだけ。指示を与えられぬまま、やることがないのはある意味地獄だ。まあ、後で声をかけてやるとするか。

岩倉は、持って来た紙の手提げから、ゴアテックス製の黒いマウンテンパーカーを取り出した。それを自分のロッカーに吊るす。しばらくはこれでいいが、十一月になったら中綿入りのジャケットに変更だ。

自席に戻ると、隣に座る女性刑事——名前は伊東彩香《いとうあやか》だと思い出した——が驚いたように目を見開いていた。

「どうかしたか？」岩倉は気さくさを意識しながら声をかけた。

「いえ……今のは何ですか？」

「普通のマウンテンパーカーだよ」

「そんなもの、必要なんですか？」

「一枚あると便利だぜ」岩倉は人差し指を立てて見せた。「特に現場に出る時に――あれを羽織っていると汚れなくて済むし、寒さ対策にもなる。それに雨が降っていても、傘もさせない状況があるだろう？　制服だったら雨合羽を合わせせられるけど、君みたいに綺麗なスーツに雨合羽というのは、コーディネート的に問題あり、だからね」

短い髪から覗く彩香の耳が赤くなった。こういうのは刑事の準備として基礎の基礎なのだが、誰からも教わっていないのだろうか……岩倉はにわかに心配になった。最近、基本の伝授が上手くいっていないと感じることが多い。具体的には、団塊の世代の大量退職が始まった十年ほど前からだと思う。当時から、「捜査技術の伝承が途絶える」と危機感を持って捉えられ、実際に様々な方策が練られたのだが、上手くいっているとは言い難い。実際、あの世代が抜けたのは大きかったと思う。何かと威張っていて態度が大きく、散々うんざりさせられたものだが、様々なノウハウを叩きこまれたのは間違いない。今度は自分がそれを後輩に伝えていかねばならないのだが、一人でできることには限りがある――もっとも、それを必要以上にシステマティックに行おうとする一派がいて、岩倉は普段から鬱陶しい思いをしているのだが。

さて……この娘に対する教育はおいおい考えよう。今日は事件もなさそうだし、まずは管内巡視だ。南大田署は管内人口二十二万人とかなりの人口密集地で、しかも表情豊かだ。住宅地に猥雑な繁華街、それに町工場などが集中する地域がちらばり、様々な犯罪が起きる。それほど忙しくなさそうな今、できるだけ丹念に管内を回って状況を把握しておかないと。

岩倉は椅子の背にひっかけておいた上着を取り上げ、袖を通した。課長席の前に立つと、書類を見ていた安原がすっと顔を上げる。

「管内巡視に出ます」

安原は無言、無表情でうなずいたが、すぐに立ち上がった。視線が廊下の方を向いている。何か言いたいことがあるのだなと察して、岩倉は黙って刑事課を出た。安原がすぐ後に続く。

廊下に出て、誰もいないことを確認すると、安原がすぐに口を開いた。

「よろしくお願いしますよ、ガンさん」

「よしてくれよ、課長」早くも言葉遣いがおかしくなってしまった。仕事の場——署内や事件現場では、あくまで階級の上下関係を基本にして喋るべきなのに。

「普通にやってくれ。他の連中の前では敬語を使うから、そっちも自然に上司として話してくれればいい」

「分かりました」

そうは言ったものの、依然として安原はやりにくそうにしていた。元々、そんなに激しい男ではない。気が弱いわけではないが、先輩を立てるタイプなのだ。せいぜいこっちも気を遣って、安原が課長として動きやすいようにしてやらないと。

「ここ、基本的には暇ですよね？」岩倉はさっそく、敬語で切り出した。

「荒っぽい事件は、喧嘩沙汰ぐらいですね」安原は依然として敬語だった。「蒲田駅周辺で」

「ここは、繁華街が結構広いでしょう」

「よくご存じで」

「たまに呑みに来るから」

「この辺がシマなんですか？」安原が目を見開く。

「まあ、馴染みがない街じゃない、ということですよ……それじゃ、管内をちょっと一回りしてきます」

「あ、奥さんと娘さんはお元気ですか？」

「まだ別居中……その話はよしましょう」

さっと頭を下げ、岩倉はその場を立ち去った。危ない、危ない……たぶん安原とは、仕事を離れれば気安く話ができると思うが、そういう相手にも知られたくないことはある。知られても大ごとにはならないだろうが、何かと面倒だ。

五十になっても秘密はある。しかし、五十になって秘密を持つのは、極めて面倒だ。若い頃とは秘密の重みが違う。

南大田署の管内には鉄道が五路線、道路は第一京浜と環状八号線が走っており、東京の南の玄関口と言っていい。その中心は、ＪＲ・東急と京急の蒲田駅に囲まれた一角だ。この辺りは住所も「蒲田」で、多面的な表情を持つ大田区の猥雑な一面を象徴する街である。

とにかくごちゃごちゃしている――そのごちゃごちゃさ加減は、終戦時の混乱がそのまま街に育ってしまったというか、昭和の匂いを濃厚に残している一方で、最近、京急蒲田駅の東側、第一京浜沿いは再開発が進んで、急に現代的かつ清潔な表情を見せるようになった。ただしそれはＪＲ・東急、京急に挟まれた地域にはあまり及んでいない。

この街で一番賑わう場所は、京急の駅近くから始まるアーケードの商店街「あすと」で、安い飲食店が幅を利かせているのが、実質独身である岩倉のような男には頼もしい。今回、南大田署への異動に伴い、署からもほど近い東急池上線の蓮沼駅――何とも地味というか、こぢんまりした街だった――に引っ越してきていたが、「あすと」には食事などで世話になる機会も多いだろう。

午後四時、人出は多い。この時間の商店街は、買い物客などで賑わうのだ。そろそろ、警察的には昼間の業務の「締め」の時間が近いので、一度署に戻らなければならない。

ゆっくり歩いて行こうと足を踏み出した瞬間、スマートフォンが鳴る。090から始まる、見覚えのない番号……まだ番号を登録していない署員からの電話ではないかと思って出ると、やや低い女性の声が耳に飛びこんできた。

「岩倉さんですか？」彩香だった。

「ああ」

「今、どこですか？」

「管内視察で『あすと』をぶらぶらしている。そろそろ戻るよ」

「すみません、殺しです」

岩倉は何も言わず、立ち止まった。こんなに人出が多い場所で「殺し」などと口にしたら、人目を引いてしまう。

「場所は？」

「萩中《はぎなか》です」彩香の声は硬かった。もしかしたら、殺しの捜査は初めてなのかもしれない——いや、初めてに決まっている。交番勤務では、初動段階で現場の保存をすることはあるが、原則捜査には参加しないのだ。

「最寄駅は——糀谷《こうじや》と大鳥居《おおとりい》、どっちが近い？」

「ほぼ中間地点です」

「住所を教えてくれ」

彩香が告げた住所を、岩倉は頭に叩きこんだ。糀谷から歩いて行こう。先まで行って戻るよりも、その方が効率的だ。

「現場で会おう」

「いいんですか？」

「署に戻っても時間の無駄だよ。『あすと』からその辺に行くなら、京急の空港線を使った方が早い」

「ずいぶん詳しいんですね」

「ああ、連れが住んでる街だからね」

「はい？」

「いや、何でもない」

おっと、危ない……岩倉は慌てて電話を切った。つい軽い調子で言ってしまった。彩香は冗談には受け止めないだろうな、と不安になる。かといって、改めて電話して「今のは冗談だ」と言うのも不自然だ。彼女の方から次にこの話題を持ち出してきた時に、「冗談に決まってるじゃないか」と笑い飛ばすしかない。

まあ……そんなことはどうでもいい。問題は、岩倉の「つき」がこの署でも健在だったことだ。すなわち、岩倉が行く先々で事件が起きる。単なる巡り合わせなのだが、こういう刑事は嫌われる——仕事を増やしてしまうからだ。

ま、こういうことで文句を言われたりからかわれたりすれば、早く署に馴染めるだろう。五十になっても、まだ仲間に馴染むことを考えてしまうのは、転勤の多い仕事では仕方のないことだ。

京急蒲田駅からわずか一駅の糀谷駅を出て環八を渡ると、住所的にはすぐに萩中になる。いかにも大田区らしい、下町っぽい街並みが姿を現わす。岩倉はそこを早足で歩いた。風はまだ冷たく、裏地のないトレンチコートで来てしまったことを悔いる。このまま夜になるとぐっと冷えこみ、ダウンジャケットが欲しくなるかもしれない。

しばらく歩き、マクドナルドを目印にして環八を右折し、細い路地に入る。急に風景が一変した。古い一戸建てやアパート、小さな町工場が並ぶ地味な街並み。このすぐ先が現場——この辺にはあまりないマンションの前に、パトカーが三台、停まっていた。パトランプが強烈な赤い光を周囲に投げかけ、制服警官が忙しなく動き回っている。

それほど出遅れたわけではないようだとほっとして、歩調を早める。

そろそろ日暮れ時……おかしい。殺人事件はいつ起きてもおかしくないが、こんな時間に発覚したケースは、岩倉の記憶にはなかった。たいてい、朝か夜だ。

岩倉は周辺を観察しながら現場に近づいた。小さな——四階建てのマンションだったが、近づいてみるとマンションというより団地という方が正しい気がしてきた。道路に面してベランダ。一階部分は背の高い植栽が目隠しになっている。周辺環境は……手前は一軒家、先にはコインパーキングがあり、向かいは二階建てのアパートだった。

現場は、二階の一番左端の部屋だとすぐに分かった。既に、道路に面したベランダに鑑識課員が入って、ブルーシートをかけている。ベランダで人が殺されているのでもない限り、そこまでする必要はないのだが、最近はマンションなどの集合住宅で事件が起きた場合、一部屋丸ごとを封鎖するのが通例になっている。野次馬から部屋を隠すのと、室内にあるもの全てを保存するのが狙いだ。

マンションの入り口は、手前の道路を少し入ったところにある。横には自転車置き場、さらに裏には車が数台停められる駐車場があった。制服警官は、既にマンションの入り口に規制線を張り始めている。岩倉はバッジを示して、現場の場所を聞いた。

「二階の二〇四号室です」

顔にニキビ跡の残る制服警官が、緊張した面持ちで答える。岩倉はうなずいただけで、すぐに敷地内に足を踏み入れた。「ご苦労さん」の一言ぐらいはかけてやるべきかもしれないが、どうにも気が急く。一言発して、一秒も遅れるものではないだろうが。

階段を二段飛ばしで上がり、早足で現場の部屋に向かう。開いたドアの前で、刑事たちが固まっていた。取り敢えず彩香を見つけたので目配せすると、走って近づいて来る。

「被害者は?」

「まだ確定していませんが、この部屋の住人——三原康夫《みはらやすお》と思われます」やはり緊張しきった面持ちで、彩香が答える。

「何者だ?」

「分かりません。まだ人定も終わっていなくて——ここに住んでいる人の名前が三原康夫というだけですから」

「年齢は？」

「それもまだです……」彩香の声が少しずつ小さくなった。

「遺体を見た感じ、どうだった？」

彩香の顔から一気に血の気が引いた。人間の顔色がこうも素早く変わるものかと驚いていると、彩香がふらつく。慌てて手を伸ばし、右肘を摑んで体を支えた。

「……すみません」彩香が消え入りそうな声で謝る。

岩倉は彼女の腕を摑んだまま壁のところまで連れて行き、もたれかけさせた。中肉中背、それほど頼りない感じではないものの、やはり圧倒的に経験が足りないのだろう。もしかしたら、遺体とは「初対面」だったかもしれない。

「深呼吸しろ。ゆっくりだ」

言われるままに、彩香が目を閉じ、ことさらゆっくりと深呼吸を始めた。すぐに顔に朱が差す。さすが、若いだけあって回復が早いようだ。

「すみません、みっともないですね。刑事失格です」彩香の耳は赤くなっていた。

「初めて死体を見た時、俺は失神したよ」

「本当ですか？」彩香が目を見開く。

「一瞬だけどな。バラバラ殺人事件の生首だったからだと思うけど」

彩香が目を細め、薄い唇をきゅっと結んだ。信じていない……まあ、信じる、信じないは聞いた方の自由なのだが、これは事実だ。

「平成七年一月十八日、よりによって阪神・淡路大震災の翌日だった」

「そんな日にバラバラ殺人事件があったんですか？」

「ああ。その件についてはチャンスがあったら話してやるよ。とにかく、本来は兵庫県警の応援に行く予定だったのが、その事件で吹っ飛んだ」

彩香はまだ元気がない。その理由が、岩倉にはようやく分かった。臭《にお》い——一度嗅いだら忘れることのできない死臭が、周辺に薄く漂っているのだった。

「もう一度確認する。被害者の年齢はどれぐらいだ？」

「結構な年齢……お年寄りと言っていいぐらいだと思います」

「高齢者といえば、一般的には六十五歳以上だ。六十五歳以上、何歳ぐらいに見えた？」

彩香が無言で首を振る。きちんと顔を見ることもできなかったのか？　いくら何でもそれはだらしない。交番勤務の中でも優秀な人材が、所轄の刑事課に抜擢されるはずなのに——彩香が唇を一文字に引き結び、険しい表情を浮かべた。お、ちょっと顔つきが違うな、と驚く。精悍《せいかん》な表情がよく似合う。女性では珍しいのだが、笑顔よりも真顔の方が魅力的になるタイプらしい。

「顔を確認できないんです」

「どういうことだ？」

「顔面をひどく殴られていました」

「なるほど、分かった。俺も見てみる」

岩倉はようやく玄関の前に立った。そこまで来ると、死臭をはっきり感じる。玄関先に、数人の刑事たちが固まっていた。外観からして、このマンションのそれぞれの部屋はそれほど広くはあるまい。何人も入ってしまうと身動きが取れなくなる……しかし取り敢えず、一度は中を見ておきたかった。

岩倉が「失礼」と声をかけると、人の輪が崩れる。玄関を占領していたのは若い刑事だけ……さっと頭を下げると目礼を返され、岩倉が通れるだけのスペースができた。ふむ……久しぶりの所轄勤務は少しだけ心配だったが、悪いものではないかもしれない。少なくとも、ベテランというだけで敬意は払ってもらえる。

玄関先でバッグを漁り、ビニール製のオーバーシューズとラテックス製の手袋を取り出す。現場を汚染しないための準備を整えると、すぐに中に入りこんだ。

玄関を入ると短い廊下になっており、右側が風呂場やトイレなどの水回りになっているのが分かった。左側は一面が収納スペース……使い勝手はよさそうだ。

短い廊下を歩いてリビングルームに入ると、部屋は人で一杯になっていた。不自然に明るいのは、撮影用のライトが点灯しているからだ。白色光の下に遺体――これは確かに、彩香がきつい思いをするのも分かる。

遺体は上下灰色の背広姿で、仰向けに倒れていた。彩香の言う通り、顔の状態はひどい……鼻は完全に潰れ、右頬は大きく陥没している。犯人が殴打を繰り返したのは一目で分かる。右手は折れ曲がって体の下。両足はがに股の状態に開いていた。絨毯《じゅうたん》に染みこんだ血痕は完全に乾いており、灰色の一部が黒くなっている。薄茶色のシャツは、胸の辺りが完全に変色していた。

岩倉は遺体の傍らで膝をつき、目を閉じて両手を合わせた。鎮魂の祈りを素早く済ませて立ち上がると、膝がぽきりと音を立てる。昔はこんなことはなかったのに、嫌な感じだ……無視して、室内をぐるりと見回す。

十二畳ほどのリビングルームには、物が溢れ返っている。三人がけの大きなソファと一人がけの小さなソファの上は、汚れた衣類で一杯だった。ローテーブルの上に積み重ねられていたらしい新聞が雪崩《なだれ》を起こし、床一面に広がっている。テーブルの位置が、ソファに対して激しくずれていた。サイドボードの前では、液晶テレビが画面を下にして倒れ、もつれた配線が露わになっている。本棚から崩れ落ちた本が、床の上で小山になっていた。

相当激しい格闘があったようだ。

もう一度遺体を見る。左掌に、深くざっくりと切れた傷があった。どうやら犯人と争い、刃物を手で受け止めた傷のようだ。顔の傷はあくまで殴打によるもので、刃物傷ではなさそうだ。顔を殴り続けた後、心臓を一突きして殺した、という流れが見えてくる。

「ひどい殺し方ですね」

声をかけられ振り向くと、課長の安原がしかめっ面をして立っていた。

「まったくです」岩倉は安原にうなずきかけた。

鑑識課員が、被害者の手を調べて指紋の採取を始めた。別の課員は、台所で忙しく動き回っている。身元確定のための証拠集めだ、とすぐに分かった。

「身元はまだ分かっていないんですね？」岩倉は安原に訊ねた。

「一人暮らしらしいんですが、だからといってここの住人とは限らない……これを」

安原がビニール袋に入った免許証を差し出した。岩倉は、ビニールを免許証に押しつけるようにして内容を確認する。名前は確かに三原康夫、年齢は七十歳だ。現住所もここになっている。

「免許証はどこにあったんですか？」

「寝室に置いてあった財布の中に」

岩倉は、免許証の写真と遺体の顔を見比べた。同一人物とは言い切れない。何しろ顔の損傷が酷過ぎるのだ。

「指紋かDNA型で最終確認するしかないでしょうね」安原にうなずきかけ、免許証を返す。

「しかしガンさん、いきなり特捜ですね」

「……そうなるでしょうね」

「私がここへ来てから一年、まったく平和だったんですが」

「申し訳ない」と頭を下げてから苦笑してしまった。何も自分が事件を起こしたわけではないのだが、以前からこういう風に「事件づき」している感覚はあった。自分が赴任した部署では、必ず大きな事件が起きる。よく言われる「事件の神様に好かれた人間」。イコール、警察官にとっては疫病神だ。忙しい状況を作ってしまうのは間違いないのだから。

本格的な鑑識作業が始まり、岩倉たちは一度外へ出た。すぐに、安原から指示が飛ぶ。

「管理人を摑まえていますから、話を聴いてもらえますか？　伊東も一緒に」

「まさか、あの娘《こ》の教育係に任命するつもりじゃないでしょうね？」若手を育てるのは、あまり得意ではない。相棒には、ある程度場慣れしていて、何も言わずともこちらの考えを理解してくれるような人間が欲しいものだ。刑事になりたて、しかも女性となると扱いが面倒臭い。まあ、最近の若い男はどうにも頼りないから、女性刑事の方がましかもしれないが。

「同じ日にうちへ来た縁じゃないですか。お願いしますよ。この件も特捜になるんだし、いい勉強のチャンスでしょう」

さっと頭を下げたが、懇願ではなく完全に命令だった。下手に出ながら、さらりと自分の要求を押しつける——なるほど、安原はこういうタイプの管理職になったのか、と納得する。若い頃の、どちらかというと弱気だった面影がかすかに残っているが、それを上手く生かして、「腰が低い」イメージを作ることに成功したようだ。普通に命令を下している限り、部下から反発を食らうことはあるまい。

廊下で、彩香を摑まえる。遺体と対面した嫌な記憶が薄れたのか、死臭に慣れてきたのか、顔色は普通だった。

「管理人に話を聴く。どこだろう？」

「一階に管理人室があります」

「今は、誰かついているのかな」

「一人だと思いますけど……」

まずい、と思わず舌打ちしてしまった。本格的な事情聴取が始まる前に、ずっと一人にしておくのはよくない。不安になってあれこれ考え、まともな事情聴取ができなくなってしまうことさえあるのだ。どうも、安原は部下の教育が今一つなのではないか……今後、そういう役目まで押しつけられる可能性がある。ここは一つ、気を引き締めていかないと。

管理人は、一階ホールの横にある狭い管理人室で、小さくなって座っていた。ここは彼の「城」なのだろうが、いかにも居心地が悪そうである。六十歳ぐらい、小柄で実直そうな顔つき故に、岩倉は少し可哀想になった。

二人が入って行くと、管理人が慌てて立ち上がった。グレーの作業着の胸のところに、「荒木《あらき》」の名札があるのが見える。さあ、ここからが最初の勝負の始まりだ。

荒木は両手でノートを抱えていた。表紙にはちらりと「業務日誌」のタイトルが見える。事情聴取に備えて準備してくれていたのか、と岩倉はほっとした。

とはいえ、ここでは話がしにくい。デスクと椅子が一つずつあるだけで、座って話もできないのだ。そういえば、狭い横のホールにはソファが置いてあった。人目につく可能性はあるが、立ったまま話をするよりはいいだろう。

「ちょっとホールで話しましょう」岩倉は一度閉めたドアを開けた。「ここだと立ち話になりますから」

「はい」荒木が素直にうなずいた。

三人はホールに出て、ソファに並んで腰かけた。向かい合って座れないのでやりにくいが、立ち話よりはこの方がましである。

「もう、残業タイムですか」岩倉は軽く切り出した。

「そうですね。ここは五時までなので」

荒木が左腕を上げて腕時計を確認した。岩倉は壁の時計を見る。間もなく五時。何もなければ「今日一日も無事に終わる」とほっとする時間帯だろう。

「そんな時間にまことに申し訳ありませんが、ご協力お願いします」

「はい、まあ」

荒木はいかにも自信なげだった。両手できつくノートを握っているのがその証拠である。岩倉は、横に座る彩香に目配せをした。彩香はピンとこない様子で、大きく目を見開いて岩倉の顔を見返してきた。結構鈍いタイプなのだろうか、と鬱々たる気分になる。

いちいち全て説明しなくてはならないとなると、厄介だ。

「記録」

短く言うと、彩香が慌てて手帳を取り出す。ボールペンを構えたのを見て、岩倉は体を少し捻《ひね》って荒木の方を向いた。

「まず、確認です。二〇四号室の住人ですが、三原康夫さんで間違いないですか？」

「はい」

「ご家族は？」

「一人暮らしのはずです。確か五年前に、奥さんを亡くされて」

「子どもさんは？」

「私は聞いていません——知りません」

「免許証の記載だと七十歳のはずですが、何かお仕事はしていたんですか？」

「いや……それも、私は聞いていません」荒木が力なく首を横に振る。

「その業務日誌には、詳しい個人情報が書いてあるんじゃないですか？　家族構成とか、仕事のこととか」

「いえ、そこまで詳しいことは書いてないです。個人情報にかかわることまで、記録に残す必要はないですから」

「しかし、管理する立場としては、それぐらいは知っておいてもいいんじゃないですか」

つい非難する口調になってしまう。見ると、業務日誌は小刻みに震えていた。緊張しているところへ、さらに自分の追及が追い打ちをかけてしまった、と反省する。どうも俺は、関係者を無駄に追いこんでしまう癖がある……あまりいいやり方ではない。しかし、今から修正できるかどうか、自信はなかった。

「三原さんの部屋は賃貸ですか？　持ち家ですか？」

「持ち家です」

「いつからこちらへ？」

「お待ち下さい」

荒木が業務日誌をパラパラと開いた。目当てのページがなかなか見つからない……考えてみれば、今時こんなアナログな方法でデータを残しているのも珍しい。

ようやく必要な情報が見つかり、荒木が顔を上げた。

「十二年前ですね」

ということは、五十八歳の時……会社員だったら定年が見えてくる年齢で、家を購入して引っ越しするタイミングとしては珍しいのではないか。もちろん家に関する事情は人それぞれだが……岩倉はかすかな違和感を抱えこんだ。

「その時は、奥さんが一緒だったんですね」

「そうですね」

「他のご家族はいなかった……」

「奥さんと二人、と記録があります」

「緊急の連絡先の記載はありませんか？」

「それが……ないんですよ」荒木はすっかり困った様子だった。「業務日誌に書かれている緊急連絡先は、携帯電話の番号が二つだけなんです。ご主人と奥さん……他のご家族のものはないですね」

ということは、子どもも親類縁者もいない、二人きりの夫婦だったのかもしれない。ここで一つ、面倒な状況に直面する――殺されたことを連絡する相手がいないのだ。あとは、報道の影響に期待するしかないだろう。記事に気づいた関係者が連絡してくる可能性もある。そもそも、被害者が三原だと確定したわけでもないが。

「近所づきあいはどうだったんですか？」

「私も、会えば挨拶ぐらいはしましたけど、ちゃんと話したことはないですね」

「どんな感じの方ですか？」

「大人しい……話し好きな感じではないですね」

「これまでに、何かトラブルは？」

「家の中の問題で相談を受けたことはありますけど……ガスや電気のトラブルの時ぐらいですね」

「ご近所とのトラブルはありませんでしたか？」

「そういうのは聞いていません」

三原のプライベートについて、荒木にこれ以上聴いても何も出てこないだろう。質問の方向を変えよう。岩倉はちらりと彩香を見た。背中を丸めたまま、必死に手帳にボールペンを走らせている。こちらのやり取りを全て記録しようとしているのか……後で、メモの取り方も教えないといけないかもしれない。メモはあくまで記憶の補助。相手の話の中から、要点だけを素早く選択し、短い言葉で書きつけるのがポイントだ。あとは、固有名詞を間違えないようにする。

もっとも岩倉は、まともにメモを取ったことはない——そういう必要がないからだ。

「通報したのは荒木さんですか？　どういう経緯で発見したんですか？」

「いや、あの、発見したのは私ではないんです」

「違うんですか？」これはまずい。「第一発見者」と「通報者」はまったく違う。第一発見者はとうに、現場から離れてしまっているかもしれない。「誰ですか？」

「宅配の方です」

「部屋まで行って、異変に気づいたんですか？」

「ええ。靴が挟まってドアが細く開いていて、変な臭いがして……」

「それであなたに連絡してきた？」

「そういうことです」

「宅配の方、今どこにいるんですか？」

「さあ、どうでしょう」荒木が首を捻る。「私が一一〇番通報している間に、いなくなりました。仕事中じゃないんですか？」

まずいな……真っ先に、きちんと話を聴かねばならない相手なのに。

「ここへはよく出入りしている業者の方ですか？」

「ええ」

「だったら名前も分かりますね？」

「分かります」

よし。少し遅れるが、何とか第一発見者は確保できそうだ。岩倉はこのマンションを担当している配送員の名前を聞き出し、彩香に「すぐ摑まえるように」と指示した。彩香がスマートフォンを摑んで立ち上がる。

彩香の追跡作業が終わるまで、事情聴取は一時中断だ。岩倉は荒木に「楽にして下さい」と言ったが、荒木は緊張しきったままで、肩が上がっている。

「部屋の鍵は最初から開いていたんですね？」岩倉は念押しした。

「ええ」

「ここは、警備会社と契約は……」

「していません」

このマンションは、セキュリティに関しては、現代レベルで考えるとかなり緩い。オートロックではないし、個別に警備会社と契約している部屋もあまりないようだ。防犯カメラもあるかどうか。最近は、街のあちこちにある防犯カメラが、犯罪捜査でも重要な手がかりをもたらすことが多いのだが、ここでは当てにできそうにない。

「合鍵ですかね」

「いや、それは分かりません」

「遺体は見ましたか」

「……見ました」荒木の顔が一瞬で白くなる。

これはまずい。彩香でさえショックを受けていたのだ。こういうことに関して完全に「素人」の荒木にすれば、とんでもない体験だっただろう。

「荒木さん、深呼吸しましょうか」

言われて荒木が、肩を上下させながら、勢いよく呼吸した。顔に血の気は戻ってきたが、表情は険しいままである。

「あまり気にしないで下さい。そのうち忘れますから」

「そうですかねえ」

「そうですよ……それで、部屋からはすぐに出て来たんですか？」

「ええ」

「じゃあ、一瞬見ただけでしょう？　それなら、すぐに記憶は薄れますよ。何度も遺体を見てきた私が言うんだから、間違いありません」

「そうですか」荒木がまた肩を大きく上下させ、息を吐いた。

取り敢えず荒木を落ち着かせるために、嘘をついてしまったことを悔いる。実際には、ほんの一瞬でも遺体――それも殺人事件の被害者を見るのは強烈な体験で、後々夢に見る人もいる。そしてそれは、何度も繰り返される。

　彩香が戻って来た。厳しい表情を浮かべたまま、岩倉に向かってうなずきかける。

「営業所で摑まりました」

「慌てて帰ったんだろうな」この時間なら、本来はまだ配送作業中のはずだ。相当動揺しているのは間違いない。岩倉は立ち上がった。

「申し訳ないですが、もう少しここにいていただけますか？」

「はあ」荒木が不満そうに言った。

「後でもう一度事情を聴かせて下さい。お願いします」

「分かりました」

　岩倉は、彩香を伴って二階の現場に向かった。安原に状況を説明し、これからすぐに配送員の事情聴取に向かう、と告げる。

「最初の段階で混乱したようですね」安原が渋い表情を浮かべる。

「こういう現場ですから、しょうがないでしょう。とにかく、第一発見者の証言をもらってきます。管理人は禁足にしてありますから、後でまた話を聴きましょう」

「管理人の方は、別の人間に担当させせますよ。何か分かったら、すぐに連絡を入れて下さい」

「了解です」

最初の小さなつまずき——これが後で大きな失敗につながらないといいのだが、と岩倉は懸念した。些細なずれが、後で大きな断層になってしまうことはよくある。

特捜本部が設置され、最初の捜査会議は午後九時から開かれた。謎が多い——やはり一人暮らしだった三原に関して、情報があまりにも少なかったのだ。マンション内での近所づきあいもほとんどなかった。実際、マンション内での聞き込みでも、三原を知っているという人はほとんどいなかった。もちろん、会えば挨拶ぐらいは交わすものの、それ以上の関係はないらしい。七十歳の、寂しい一人暮らしの実態が浮かび上がってくるようだったが、それで諦めるわけにはいかない。

「宅配の荷物の方はどうだったんですか」

安原が岩倉に話を振る。岩倉はゆっくりと立ち上がった。

「自分宛の荷物でした」第一発見者の配送員への事情聴取は終えている。「五日前に、近くの家電量販店で買った空気清浄機です」

「五日前?」安原が首を捻る。「今時、当日配送も珍しくないでしょう」

「在庫切れで取り寄せになって、今日の配送になったそうです。これは量販店の方でも確認が取れました」

「五日前までは、普通に生活していたわけですね」

「そう思われます」

岩倉からの報告はこれで終わり。腰を下ろし、今度は他の刑事たちの報告に耳を傾けた。横に座った彩香は必死に手帳にメモを取っている。報告が切れたところで、ちらりと顔を上げて岩倉を見た。

「メモは取らなくていいんですか？」小声で訊ねる。

「これぐらいなら、必要ないよ」

彩香が目を見開く。本当ですか、とでも問いたげだったが、岩倉は首を横に振って会話を打ち切った。捜査会議中に交わす会話ではない。彩香の緊張は、まったく解けていなかった。初めての殺し、初めての特捜本部だから緊張しないわけはないが、それにしてもずっとこんな状態が続いたら、息切れしてしまうだろう。後で、もっとリラックスするようにアドバイスしておかないと。

それにしても異動初日にいきなりこれか、と苦笑してしまう。事件づきしているのは自分でも分かっているが、これはあまりにも極端だ。果たして南大田署では、どれぐらい事件に引きずり回されることになるのだろう。

本部の水谷《みずたに》という刑事が手を上げ、発言を求めた。この男とは直接面識はないが、刑事として安定した雰囲気を発している。

「玄関なんですが、鍵はこじ開けられたと見られています」

確かに……岩倉は詳しくチェックしたわけではないが、あの玄関の鍵をこじ開けるのは難しくはなさそうだ。鍵穴はピッキングに弱い縦型タイプ。慣れた人間なら、数分で解錠可能だろう。

「鍵穴のすぐ下にテープを貼った跡がありました。器具を安定させるためですが、手口は、宮本卓也《みやもとたくや》のやり口とよく似ています。宮本は常習の窃盗犯ですが、二年前に服役を終えて、今は出所しているはずです」

特捜本部の中に、ざわざわした空気が流れた。小さな手がかりから、一気に犯人にたどり着くことも少なくない。悪くはないな……この署で最初の事件ぐらいは、綺麗に解決したいものだと岩倉は思った。

捜査会議が終わると、岩倉は水谷にすっと近づいた。

「どうも。昨日まで一課の岩倉です」

軽い調子で言うと、水谷が「分かってますよ」と言ってにやりと笑う。話しやすいタイプだと判断し、すぐに本題に入った。

「さっきの宮本の話だけど、どうして分かった?」

「三年前まで捜査三課にいたんですよ。手口の分析を専門にやっていました」

「だったら、現場の様子を見ただけで、犯人に結びつくわけだ」

「黙って見ればぴたりと当たる、じゃないですけどねえ」水谷がまた笑みを浮かべ、煙草を取り出した。

「ここでは吸えないぞ」

「分かってます」

岩倉は、一年ほど前に禁煙に成功していた。たまたまきっかけがあったからだが、人が吸っているのが気にならないわけではない。水谷がパッケージに鼻を近づけ、匂いを嗅いだ。それだけで、嬉しそうな表情になっている。そう、火を点《つ》けずとも、煙草は香りを嗅ぐだけでも楽しめるのだ。

「宮本の所在は確認できていないんだったな」

「ええ。でも、すぐに見つけますよ。基本的に、出所すると毎回親元――山梨の方へ帰ってますから。それから何とか生活を立て直すというか、次の犯行へ向かって準備を進めるというか」

「要するに、まともに仕事をしたことはないわけだ」

「それが、そうでもないんですよ」水谷が渋い表情で告げる。「新聞配達のバイトをよくやってましてね」

「そいつは、街の様子を頭に叩きこむためじゃないのか？」

「さすが、ガンさん」水谷が笑みを浮かべる。「まさにその通りなんです」

「あのな」岩倉は疑念を感じて、思わず訊ねた。「何だか俺と顔見知りみたいな感じで喋ってるけど、今まで一度も仕事で一緒になったことはないだろう？」

「ないですよ。でもガンさんは、警視庁の中では有名人じゃないですか」

「ろくでもないことで有名なんじゃないか」

「いやいや」水谷が、煙草をスーツのポケットに戻した。「とにかく、明日には宮本の所在確認を済ませます。もう現地に二人を派遣してますから、上手くいけば今夜中にも分かるかもしれませんよ」

「そうなったら、スピード解決だな」話を合わせながら、岩倉は警戒していた。初期段階でいい手がかりが出てくると、特捜本部は一気にそちらの方向へ走り出してしまう。それが間違いだと分かった時には、真犯人はずっと遠く——警察の手が届かない場所へ逃げてしまっていたりする。

「ガンさん、異動して最初の特捜でしょう？　綺麗にまとめて早く終わりたいですよね」

「それはそうだけど……宮本っていうのは、こういう乱暴なことをする人間なのか？」

「いや、どうですかね」それまですらすらと喋っていた水谷が、急に口籠《くちごも》った。

「窃盗を専門にする人間は、人を傷つけるのを避けるものじゃないかな。余計なことをすれば、そこから犯行が破綻する可能性が高いから」

「そうですけど、鍵をこじ開けた手口はそっくりなんですよ」水谷が口を尖らせる。まるで、自分の全人格を否定されたとでも思っているようだった。

「鍵のこじ開け方に、そんなに個性が出るものかな」

「一度成功した犯人は、だいたい同じ手を使いますよ」

「それはそうだろうけど」岩倉は一歩引いた。最初の手がかりを摑んで鼻が高くなっている相手に対して、露骨な否定はできない。まあ、いいだろう……間違った方向へ走り出した時、引き戻すタイミングを見極める自信はある。

捜査の方向性は二つに絞られた。まず、宮本の所在確認。居場所が摑めればすぐに引っ張ってきて事情聴取を開始。そちらは水谷たち本部の刑事が主に担当することになり、岩倉たちは近所の聞き込みに注力するよう命じられた。何となく疎外感はあるが、これも重要な仕事――もしも宮本が犯人でなかった場合、捜査を行き詰まらせないようにするためには、基本をしっかり押さえておかねばならないのだ。基本、すなわち被害者の交友関係の調査。そして、怪しい人間がいなかったかどうか、確認する。防犯カメラのチェックもその一つである。それは勘弁して欲しいな、と密かに思った。最近急激に視力が落ちてきて、防犯カメラの粗い画像を見続けるのはきつくなっている。

手持ち無沙汰にしていた彩香を摑まえ、引き上げるように指示する。

「いいんですか？」

「何が？」

「特捜本部って、泊まりこみになるものだと思ってました」

「それは状況次第なんだ。今回みたいに二十三区内の事件だと、帰れる人間は帰る――その辺りは個人の裁量に任されている。もしも捜査が夜中まで長引いたら、俺たちも泊まらざるを得ないけど、取り敢えず今夜は帰って大丈夫だ。明日は現場で午前八時集合。それで近所の聞き込みを進めよう」

「分かりました」彩香の肩がすっと落ちる。今日は一日ずっと緊張していたようだ。

「初日からあまり緊張すると、持たないぞ」

「でも、すぐ解決するんじゃないですか」

「それは分からないぞ」

「何か、そんな雰囲気でしたけど」

「緩い空気に流されちゃいけないよ」岩倉は忠告した。「とにかく、まだ初日なんだ。どう動くかは分からないから」

「分かりました」

「とにかく、ご苦労さん」岩倉は軽く頭を下げ、彩香を解放した。

さて、自分も少しだけ緊張を解《ほぐ》さないと。そのための行き先は決まっている。

「フィリー」という店名の由来は分からない。オーナーが決めたのだろうが、店員が誰も理由を知らないのも不思議だった。会話の手始めとして、そういうことを聞きたがる客もいるはずなのに。

この時間——午後十時過ぎだと、まだ客は少ない。本格的に賑わうのは日付が変わってからなのだが、岩倉はそんな遅い時間に店に来たことはなかった。遅くない時間に来て、さっと呑んでさっと帰る——警察官はとにかく、酒を呑むのが早いのだ。昔から叩きこまれた習慣は、いくつになっても変わることはない。

店内はそれほど薄暗い感じではない。特に、岩倉がいつも座るカウンターには天井からスポットライトが当たっているので、新聞ぐらいは普通に読めそうな明るさだ。低い音で流れるBGMは、古いソウル系。それこそ岩倉の年代の人間が子どもの頃に、ラジオでよく流れていた曲が多い。カラオケはなく、酒を呑む以外の遊びというとダーツぐらいだ。ただし岩倉は、誰かがダーツをしているのを見たことは一度もない。基本的には、静かに呑んでそっと帰る店であり、岩倉はそれが気に入っていた。

座るとすぐ、ブッシュミルズのオンザロックとチェイサーが出てくる。チェイサーは普通の水ではなく、ガス入りだ。このままグラスに入れればハイボールになるわけだが、岩倉は別々に呑むのを好む。「変な呑み方だ」と指摘する人もいるが、笑って受け流すことにしていた。酒ぐらい、好きに呑みたいではないか。岩倉が若い頃、所轄で教育係をしてくれたベテランの刑事は、いつもビールに氷を入れて呑んでいた。

「ガンさん、疲れてない？」

声をかけられ、ゆっくりと顔を上げる。そう、疲れているかもしれない。しかしそれは、彼女の顔を見た瞬間に吹っ飛んだ。赤沢実里《あかざわみのり》。白いTシャツの上にダンガリーのシャツを羽織っただけのラフな格好で、シャツは腹のところで縛っていた。そのせいで、胸のふくらみがいつも以上に強調されている。会う度に髪型は微妙に違うのだが、今日はシンプルに、後ろで一本に縛っていた。何というか……彼女に的確な形容詞を送るのは難しい。何しろ女優なので、雰囲気を自在に操る術を身につけている。敢えていえば、「凜としている」だろうか。常に姿勢よく背筋を伸ばし、涼しげな表情をしている。もちろん、その気になればいくらでも別人に化けられるのだが。

「新しい職場の初日だからね」

「ガンさんでも気が張るの？」実里が小首を傾げる。

「新人の気分で頑張ってますよ」

岩倉は顔の高さにグラスを掲げ、ブッシュミルズを一口呑んだ。こういうのを芳醇な味わい、というのだろう。心の強張りがすっと解けていく感じが心地好い。

「次の舞台、来月だったね」

「連休前に」

「また観に行くよ」

「どうぞ」実里が肩をすくめる。岩倉に観られることを、特に何とも思っていない様子だった。「それより、この辺には慣れた？」

「まだまだ……引っ越しの荷物も片づいていない。しばらく片づける暇もないと思うけど」異動先に南大田署を選んだ大きな理由が、実里が蒲田に住んでいるからだった。

「忙しいの？」

「さっそく事件に巻きこまれたよ」この話はここまで——一般の人が来る店で、具体的な事件の話をするわけにはいかない。だいたい彼女も、岩倉の仕事に興味はないのだ。一度だけ、刑事の仕事のディテールについて事細かに聞かれたことがあるが、それは彼女が舞台で女性刑事役を演じる参考にするためだった。

基本的に実里は、自分が最優先というタイプである。岩倉に対する愛情を感じないわけではないが、積極的に世話を焼く感じでもない。ただ、岩倉にはそれが不快でなかった。いちいち構ってもらうのは好きではないし、女優というのはそういうものだろうと思っている。自分のことよりも他人のことを優先するようでは、いい女優にはなれない――捜査一課の後輩で、彼女と岩倉が出会うきっかけを作ってくれた大友鉄《おおともてつ》もそう言っていた。

「そう言えば、大友さんは元気？」まるで岩倉の考えを見抜いていたように、実里が唐突に言った。

「元気だと思うよ。あいつとはすれ違いが多くて、一緒に仕事をすることはないけど」

「これからは、大友さんも忙しいんでしょうね」

「たぶん」妻を事故で亡くし、子育てのために捜査一課から刑事総務課に異動して長年燻《くすぶ》っていた大友は、先日十年ぶりに捜査一課に復帰した。これまでも、頼まれて捜査一課などの仕事を手伝ってきたのだが、フルタイムの仕事ではなかった故か、感覚がなかなか元に戻らないらしい。

大友とは、彼が以前捜査一課にいた時、ある事件の捜査を通じて知り合った。何となく馬が合うというか、仕事以外でも会うようになって、一年ほど前、彼に誘われるままに実里の劇団の芝居を観たのだった。大友自身、学生時代は演劇をやっていて、今でも年に数回は劇場に足を運ぶという。岩倉から見れば優雅な趣味は、大友に言わせると

「青春の尻尾」。彼にすれば、昔の自分とのつながりが演劇らしい。実里の所属する劇団は、もともと大友と一緒に活動していた俳優が、大学卒業後に作ったのがルーツになっているらしい。旗揚げ時とはほとんどメンバーが変わってしまったものの、大友は今でもその俳優とはつき合いがあり、舞台が終わった後に楽屋に案内されて、実里と出会ったのだった。

岩倉は当時四十九歳になったばかり。実質フリーの身の上だったが、女性とのつき合いに関しては「しばらくはいい」という気分だった。ところが実際には、目の前にいる実里とつき合っているのだから、人生は分からない。

実里は女優の仕事だけでは食べていけず、ここ蒲田のガールズバーで、週に何度か仕事をしている。不安定な立場であり、そういう女性とつき合うのは分別のある年齢の男としてどうかとも思ったのだが、いつの間にか、この状況を楽しんでいる自分がいた。

「ガンさんも大変そうね」

「まあね」

「こっちへ来たら、多少は時間ができるって言ってたのに、なかなか上手くいかないみたいね」

「宮仕えの辛さでね……ところで、今かかってる曲は？」

「スタイリスティックス」実里が即座に答える。

「結構古いんじゃないか？」名前には聞き覚えがあるような気がする。

「七〇年代、かな」

「君は生まれてもいないじゃないか」

「年齢の話をしたい？」実里が悪戯《いたずら》っぽく笑った。

「その件は、俺たちの間ではタブーだと思ってたけど」岩倉は苦笑した。何しろ年齢差が二十歳なのだ。

「私にはタブーはないわよ」

「俺の人生はタブーだらけだよ」

「じゃあ、あまり突っこまないでおくわ」

　さらりと言って、実里が岩倉の前を離れた。長いカウンターには他に二人客がいて、彼女はそちらで酒を作ったり、話し相手になったりしている。何というか……もったいない、というのが岩倉の感覚だ。彼女には、普通の人とは違うオーラがある。それこそ、女優がまとう独特の空気感なのだろうが、それでも女優として成功しているとは言い難い。「難しい年齢なのよ」と以前彼女が不安を漏らしたことがある。舞台女優も、二十代のうちにチャンスを摑めないと、先はない――彼女はそう言った直後に三十歳を迎えた。とはいえ、岩倉にしょっちゅう愚痴や不満を零《こぼ》すわけではなかったが。

　バイトをしないと生活は立ち行かないとはいえ、毎年数回は自分の劇団の舞台に立ち続けているし、他の劇団への客演もある。もしかしたら、こんな風にアルバイトをしながら、ずっと女優を続けていけるかもしれないだろう。

ただそれは、彼女が求めている人生ではないはずだ。

女優としての成功――公務員である岩倉には想像もできない夢がある。

彼女が夢見ている道。その先に自分の姿はあるのだろうか、と不安になることもある。

今が楽しければいい、と呑気に言っていられる年齢はとうに過ぎていた。

第二章　容疑者

事件翌日の捜査会議で、まず大きな進展があった。指紋の照合から、被害者の身元が三原康夫と断定されたのだ。念のため、部屋で採取された毛髪などを使用してＤＮＡ型の照合も行われるが、まず間違いないだろう。

身元が確認できたところで、いよいよ通常の捜査が始まる。まずは隣近所の聞き込み。岩倉は聞き込みは嫌いではないのだが、手応えがない時には早々とうんざりしてしまう。今回がまさにそういう聞き込みになった。二十三区内で一人暮らしの高齢者は、だいたい周囲との関係が希薄になっている。マンションの住人とは挨拶を交わす以上の関係はなかったようだったし、近所の聞き込みでも三原の人物像はまったく浮かび上がってこなかった。そもそも認知されてもいない。

「本当に、こんなものなんでしょうか」昼近くになって、彩香が疑念を呈した。

「こんなものって？」

「一人きりで生きているみたいな……そんなこと、できるんですかね」

「足腰が丈夫なうちは、全然問題ないだろう。買い物はコンビニでも済むし、人と話さなくても困らない。東京で一人暮らしするのは、本当に楽なんだ。君だって同じだろう」

「でも、高齢者は違うと思いますけど」

「交番勤務の時に、一人暮らしの高齢者はたくさん見ただろう？　皆、何とか暮らしてるんだよ」

「私は無理ですけどね」

「君は、近所づき合いなんかしてるのか？」岩倉は思わず目を剝いた。

「してますよ。というか、近所づき合いをちゃんとしないと、何だか心配なんです」

「どうやって？」岩倉には理解できなかった。考えてみれば、大学を卒業して警察に入ってからずっと、普通の近所づき合いをせずに生きてきた感じがする。仕事以外でつき合いができたのは、以前住んでいたマンションで自治会の役員に選出された時ぐらいだった。あの頃は家族と一緒だったせいもあり、自治会活動もきちんとやらないといけないと思っていたから……一人暮らしに戻った今、近所づき合いなどとても考えられない。面倒臭いだけだ。

「普通に話をしてるだけだと思いますけど……クリーニング屋さんとか、八百屋さんとか。買い物ついでにちょっと話をするだけです。それで向こうには認知してもらえます」

「東京に住んでると、それがなかなかできないんだけどね」

「しない方が不安なんです。田舎者だからですかね」

「君、出身は？」

「栃木です」

栃木はそれほど田舎ではないだろうが……こういう感覚は人それぞれだろう。

昼が近くなってきたが、聞き込みが上手くいかないので食事をする気にもなれない。だいたい岩倉は、昼食はいつも適当に済ませてしまうのだ。五十歳という年齢を考えると、そろそろ食べるものにも気を遣った方がいいのだが、「短時間で腹が膨《ふく》れればいい」という長年の習慣は、簡単には修正できない。特に体調は悪くなく、人間ドックでも悪い数値が出ないので、こういう生活習慣を改める気にもなれなかった。

そもそもこの辺りには、食事ができそうな店が見当たらない。糀谷駅の近くまで出れば商店街があるのだが、その辺は岩倉たちの聞き込みの担当場所ではない。しかし、まだ若い彩香を空腹のまま動き回らせるわけにはいかない——取り敢えず何か食べておこうと決めて、糀谷駅前まで出ることにした。

レンガ敷きの、細い一方通行路の両側に広がる商店街は、なかなか味わい深い雰囲気を放っていた。生活の臭いが濃厚で、大田区の中でも特に下町のイメージが強い場所だとすぐに分かる。こういう街がある一方で、田園調布のような超高級住宅地が存在しているわけで、大田区は実に多様性に富んでいる。

ここまで来れば手早く食事ができそうだと思ったが、飲食店は意外に少ない。結局、商店街の環八側入り口近くにある中華料理屋に入った。この事件が解決するまでには、何度かこの店に通うことになるだろう。

　中は既にほぼ満員だった。顔を覚えたばかりの南大田署の刑事が二人、テーブルについている。目が合うと、苦笑しながらさっと頭を下げてきた。結局同じ店で食事になって……何となく気まずい。

　刑事たちは二人がけのテーブルを占領していたので、岩倉と彩香は空いていたカウンターについた。岩倉は五目チャーハンを、彩香はランチセットの麻婆豆腐定食を頼む。

「何だか疲れてるな」先ほどから、歩くスピードが落ちているのに気づいていた。

「慣れないせいですかね」

「靴は大丈夫か？」

「大丈夫です」

　彩香は今日も紺色のパンツスーツ姿で、足元も紺色のローヒールのパンプスだった。軽いから疲れないというわけではなく、靴はある程度重量がある方が歩きやすい。岩倉はずっと、フランス製のパラブーツを愛用してきた。それなりに高価なのだが、ごついゴムのソールはどれだけ歩き回ってもほとんど減らないし、アッパーが防水仕様の革なので、急な雨や雪でも足を濡らす心配をせずに済む。非常にタフで長持ちするので、買い替えのスパンが長く、結果的に靴代の節約にもなっていた。

「女性の場合は、靴選びにも困るよな」

「本当は、スニーカーを履きたいぐらいです。走る用の本格的なランニングシューズならもっといいんですけど、それだと服に合わないんですよね」

「悩みどころだな」

　女性用のウォーキングシューズもあるはずだが、そういうのはだいたい、デザイン的に今ひとつだ。彩香はそれほどファッションに気を遣わないタイプに見えるが、機能性とデザイン性を天秤にかけて、必ず機能性に軍配を上げるというわけでもあるまい。今履いているパンプスも、シンプルですっきりしたデザインだった。

「昨日、肉刺《まめ》ができてました」

「靴が合ってなかったんだな」

「しばらく大変そうです」

「女性の靴のことは分からないな……取り敢えず、いつも絆創膏を持ち歩くんだね」

「今日からそうしてます」

　何だか会話が上手く転がらない。彩香はまだ緊張が解《ほぐ》れていない様子だし、遠慮もあるようだ。午前中の聞き込みでも、ほとんど岩倉が一人で喋っていた。聞き込みが終わる度に、「君も質問しないと」と注意したのだが、質問することは、彼女にとってなかなかハードルの高い行為のようだった。まあ、こういうのは徐々に慣れていくしかないだろう。

　チャーハンはごく標準的な味だった。一口食べて「美味い」と目を見張るほどではないものの、ほどほど……頻繁に食べるには、こういう味の方がいい。店内にも常連客が多いようだ。言葉を交わさなくとも、常連というのは雰囲気で何となく分かる。

麻婆豆腐をレンゲで口に運んだ彩香が、「はあ」と深刻そうな声を上げた。ちらりと横を見ると、目を閉じ、眉間にシワを寄せている。慌ててご飯に手をつけたので、麻婆豆腐が予想よりも辛かったのだろうと想像がついた。

「そんなに辛いのか？」

「結構凶暴です。山椒じゃなくて、唐辛子の辛さですね」

「辛いのが苦手なら、麻婆豆腐なんか頼まなければいいのに」

「苦手じゃないんです。ただ、予想を超えてました」

ここで「じゃあ一口試させろ」と言えれば、後輩との間にある壁があっさり消えるかもしれない。だが岩倉は、食で冒険する気はなかった。そもそも辛い食べ物はそれほど得意ではない。

彩香は二口目で早くも辛さに慣れたようで、その後は平然と食べ続けた。ただし、麻婆豆腐を食べ終えるより先に、ご飯がなくなってしまう。

「今後もこの店で食べるなら、辛いものは避けた方がいいかもしれないな」

岩倉が提案すると、彩香が紙ナプキンで口を押さえながらうなずいた。見ると、首筋が汗でかすかに光っている。今日は寒いぐらいなのに、それほど辛かったのか……。

スマートフォンが鳴る。安原だった。「課長だ」と彩香に一言告げて店を出る。

「食事中でしたか」安原がいきなり訊ねた。

岩倉は「今食べ終えたところです」と答えた。安原が妙に気を遣ってくるので、どうにもやりにくい。

「宮本を引っ張ることになりました」

「奴はどこにいたんですか？」

「東京――九品仏《くほんぶつ》です。腐れ縁の女がいて、そこに転がりこんでいたんですね」

山梨の実家ではなく、東急大井町線沿線の街か。近いようで、糀谷からは結構遠い街だ。

……宮本は、新聞配達などで街の様子を摑みながら犯行の好機を窺う手口だったというが、九品仏に住んでいたら、糀谷の街の様子は詳しく観察できないはずだ。

「もう呼んだんですか？」

「今、こちらに向かっています。ガンさんも署へ戻ってくれませんか？」

「構いませんけど、宮本の取り調べの様子を見て下さい」

「ガンさんも、宮本の取り調べの様子を見て下さい」

見るだけか……今は、カメラなどを使って、取調室の外でも様子を確認できるが、自分がそれをする意味は何なのだろう。

「取り調べは誰が担当するんですか？」

「本部の水谷警部補」

「宮本説の言い出しっぺですね」

「そういうわけで、自分で担当してもらうことにしました」

「だったら彼に任せればいいじゃないですか。本部の刑事の力を、所轄の連中に見せてもらえばいい」

「まあ……そうですね」安原の言葉は歯切れが悪かった。

「水谷が頼りないんですね？」岩倉はずけずけと聞いた。

「私がそう言ったわけじゃない」安原が微妙に避けた。

「まあ、誰の台詞《せりふ》でもいいですよ。とにかく、ミスがないように……それよりあの係には、本職の取り調べ担当の谷田貝《やたがい》さんがいるじゃないですか」

捜査一課のそれぞれの係には、だいたい取り調べを得意にしている刑事が一人はいる。容疑者を確保した後は、ひたすら取調室で対峙して自供を引き出すのに専念するのが仕事だ。その間、外での裏取りや聞き込みは免除。

「水谷が、自分で手を上げたんです」

「それを受け入れたんですか？　大丈夫なんですよね？」昨夜水谷と話した限りでは、少し頼りない感じだった。初手で宮本に大きなダメージを与えられるかどうか、疑問である。容疑者との対決は、最初が肝心なのだが。

「まあ、ですからその辺のチェックを……」

「分かりました。すぐ戻ります」

電話を切り、思わず溜息をついた。岩倉にはよく、こういう仕事が回ってくる。チェック係というか、用心棒というか、人の背中を守る仕事。嫌いではないが、粗探しをしているだけのような気分になる時もある。

四月とは思えない冷たい風が吹きつけ、思わず首をすくめて周囲を見回した。正面はやきとんの店、横はクリーニング屋という、いかにも下町の商店街らしい生活感溢れる雰囲気が漂っていた。こういう街で一人で暮らし、殺された老人……三原という男がどんな人間かはまだまったく分からないが、岩倉はいつの間にか暗澹《あんたん》たる気分になっていた。自分は五十歳、一人暮らし。実里という女性は身近にいるものの、これからの生活がどうなっていくかはまったく分からない。漠然とした不安を抱えたまま、岩倉は店のドアを開けた。

生身の人間と直接対峙するのと、モニター越しに見るのとでは全く印象が違う。やはり直に会わないと、本質は見抜けないものだ。しかし、宮本という男が完全に警察慣れしているのは、モニターを見ただけですぐに分かった。何というか、リラックスしている。

取調室の様子を斜め上から押さえた映像なので、宮本の顔を正面から見られるわけではない。しかし態度から、まったく緊張していないことは明らかだった。椅子に浅く腰かけ、背中を丸めて、爪をいじっている。いかにも冴えない中年男なのだが、少なくとも困っている様子はまったくない。

一方、水谷は前のめりだった。テーブルに両手をつき、身を乗り出している。五分後には自供を引き出して、後悔の涙を流させてやろうと張り切っているようだった。

「元気そうじゃないか」いきなり、気さくな口調で切り出す。

「は？」宮本が不審気な声を上げた。「何なんすか？　前に会ったこと、ある？」

「俺はないけど、あんたは捜査三課では有名人だからな」

「そりゃどうも」マイクを通しての声なので細かいニュアンスは分からないが、宮本が呆れているのは分かる。

「この六日間の行動を教えてもらおうか」

「六日間って……何ですか、それ」

「あんたには質問する権利はない。取り敢えず、この六日間の行動を完全に教えてもらいたい」

「そんなの、すぐには分からないね」

「分からない？　どうして」

「あんた、自分の六日間の行動を説明できるわけ？」馬鹿にしたように宮本が切り返した。

「俺はできる」

「公務員は、生活パターンが決まってるからじゃないの？　こっちは違うからね」

「最近は何をしてたんだ？　仕事は？」

「まあ、いろいろ」

「いろいろ、じゃないだろう。パチンコ屋で働いてるよな？」

「知ってるなら、わざわざ聴かなくても」

「本人の口から確認しないとな」

「面倒臭いな」

「ふざけてるのか！」

水谷がテーブルを拳で叩く。宮本はまったく動じず、ゆっくりと腕組みをした。

「まずいですね」岩倉は、隣で一緒に見守っていた安原の顔をちらりと見て言った。

「確かにまずいですね。今時、ああいうやり方は流行《はや》らない」安原は顔をしかめた。

「流行らないというか、やってはいけないことでしょう」

「威圧的なのはまずいですよ」

「指導しますか？」

「いや……ちょっと様子を見ましょう」安原は何をやるにしても、少し腰が引けている感じだった。

水谷の威圧的な事情聴取はなおも続いた。しかし宮本に対しては、何の効果もない。あらゆる問いに対してのらりくらりで、水谷はさらにいきり立ち、二人の間ではまともな会話さえ成立しなくなっていた。

岩倉は組んでいた腕を解き、ゆっくりと息を吐いた。この事情聴取は失敗だ……見ると、横に座った安原も口をへの字に曲げている。岩倉は腕時計を見て、事情聴取が始まってから三十分が経ったことを確認した。これが三時間になっても、状況は変わらないだろう。

「そろそろストップさせた方がいいと思いますよ」岩倉は進言した。

「そう、ですね」安原が渋々同意する。

「作戦ミスですよ。水谷は手柄が欲しかったんだと思いますけど、やっぱり取り調べは専門の谷田貝さんに任せるべきだった」

「仕方ないか……」

安原が立ち上がったが、その瞬間、取調室の雰囲気が少しだけ変わった。宮本が突然、「まあ、話してもいいけどね」と言い出したのだ。

「何を」

おいおい……岩倉は思わず頭を抱えた。自分であれだけ質問しておいて、これはないだろう。もっとも、どの質問に対する答えかは分からないわけだが。

「その、六日間の話」

「最初から言えばいいんだ」

「あんたみたいに乱暴に出られたら、話す気だってなくなるよ。もうちょっと修業した方がいいんじゃないか」

「何だと？」

水谷が腰を浮かしかける。宮本はすっと椅子を後ろにずらして、安全な距離を確保した。水谷が手を伸ばしても、ぎりぎり届かない程度。この男は、刑事に上手く対処する方法を知っている。逆に水谷は、容疑者の扱いが分かっていない。

「さてさて」わざとらしくゆっくりした口調で言って、宮本がジャケットのポケットから手帳を取り出した。指を舐《な》めてからページをめくり、顔を近づけて読み上げる。

「二十八日から三十日までずっとパチンコ屋で仕事、三十一日は休み、一日、二日は仕事。今日は仕事へ行こうとしていたところで、あんたらに引っ張られた。今日は仕事にならないし、勤務先にはどう説明すればいいんだろうね」

「それはそっちの都合だ」傲慢な口調で水谷が言った。「欠勤の連絡はちゃんとさせたんだから、後のことは責任は取れない」

「どう言い訳するかね。俺なんか、あの店では単なるパーツに過ぎないんだから」

「三十一日が休みだったんだな？　嘘をついても、店に確認すればすぐ分かる」

「どうぞ、ご自由に」宮本が肩をすくめる。

「勤務は何時から何時までだ？」

「八時四十五分から五時十五分まで。昼食休みは三十分」

「仕事が終わった後の行動について説明できるか？」

「どうして説明しなくちゃいけない？」

「聴いてるのはこっちなんだよ」

水谷が脅しにかかったが、宮本はまったく動じていないようだった。どうも、宮本の方が一枚上手である。岩倉は、眉間《みけん》の皺がどんどん深くなるのを感じた。

「全部は覚えてないね」

「たった数日間だぞ？　それぐらい説明できるだろうが」

「毎日たっぷり酒を呑んでれば、記憶だって危なくなる」

「だったら、あんたの女に確認するのがいいだろうな」

「向こうだって、家にいない時間の方が長いんだぜ。確認できるかどうか、保証はできないね」

水谷はようやくペースを摑み、宮本をねちねちと攻め続けた。宮本は考えながらじっくりと答える。この六日間のうち三日間は、仕事が終わった後で酒を呑みに行った。帰宅は毎回、午前様だったという。残る三日のうち二日は仕事が終わって真っ直ぐ帰宅、休みだった三十一日は、立川へ競輪に行っていた。戻って、馴染みの焼き鳥屋で呑んだ。

この証言は、ある程度は確認できる。宮本の行きつけの店は限られており、パチンコ店のある自由が丘、ないし自宅に近い九品仏駅周辺で当たればアリバイは確かめられるはずだ。特に九品仏……商店街の規模などたかが知れているから、今夜にもチェックは終わるだろう。

問題は三十一日だ。立川へ行っていたにしても、競輪場にいたことを裏づけられるかどうか。しかし水谷も、そこはぬかりなかった。

「パスモかスイカは使ってるか？」当日の動きをチェックしようというのだろう。

「そんな便利なものは持ってないね」

宮本も簡単には譲らなかった。どうもこの男は、警察をからかっているだけではないか、と岩倉は考え始めた。証明が難しいアリバイばかり持ち出して、刑事たちを振り回し、いい加減切れそうになったところで思い出した振りをして、確実なアリバイを持ち出す——岩倉はゆっくりと首を横に振った。あり得ない。確かに宮本は警察慣れしているし、何度も逮捕されるうちに、警察に対する恨みも募らせているかもしれない。しかし今回、事は殺人事件である。今まで宮本が重ねてきた窃盗事件とは重みが違う。

——いや、水谷はまだ、宮本に対して「殺人事件の容疑者」とは告げていない。殺人事件について参考までに話を聴きたい、と前置きしただけである。当然、宮本は自分が疑われていると悟っているだろうが、そういう状況で警察をからかうのは危険だ。心証を悪くし、今後の事情聴取が厳しくなるであろうことぐらい、当然予想できているはずである。

事情聴取は結局二時間に及んだ。宮本が取調室を出たのは午後三時過ぎ。岩倉は署の出入り口まで行って、宮本が堂々と出て行く様を見送った。まったく疲れていないのには呆れてしまう。ただモニターで様子を見守っていただけの彩香が、疲れたような吐息を漏らす。

「何だよ、君は何もしてないだろう」

「集中して観てたら疲れました」

「確かにな」岩倉は右肩をぐるぐると回した。ずっと同じ姿勢で座ったまま画面を凝視し続けていたので、すっかり肩が凝っている。

「取り調べって、あんな感じなんですか？」

岩倉は答えず、踵《きびす》を返して階段へ向かった。一階でこういう話をするのは危険だ……殺人事件発覚から二日目、一階の副署長席辺りには報道陣が集まっているので、話を聞かれたくない。

階段の途中で追いついた彩香に説明する。

「あれを手本にするなよ。今日の取り調べは、百点満点で言えば五十点だ」

「赤点じゃないですか」渋い口調で彩香が言った。

「そうだよ。主に、取り調べ担当の間抜けさが原因だ」

「そうですか？　しっかり話を聞き出していたじゃないですか」

「大友だったら、二十分で全部喋らせていたよ」

「大友さん？　誰ですか？」

「そのうち紹介するよ。ちなみに独身だ——コブつきだけど。ついでに言えば、君より二十歳ぐらい年上かな？」

自分と実里の年齢差ぐらいか……まあ、大友に女性を紹介する必要もないだろう。あれぐらいのイケメンだったら、女性には不自由していないはずだ。むしろ、女性関係でややこしいことになっていないか、と心配になる。

特捜本部へ戻ると、安原たち幹部が雁首《がんくび》を揃えて相談中だった。宮本の供述を受け、アリバイの確認作業の手順を決めているのだろう。今日は間違いなく、仕事は夜まで食いこむ。彩香にとっては未経験の仕事だが、特捜本部のこういう感じに早く慣れてもらわないと。それと、呑み屋での聞き込みの難しさも経験しておく方がいい。ざわついた雰囲気の中で、店の従業員などに話を聴くのは、かなり面倒なのだ。仕事を邪魔してしまうし、酔った客に絡まれることも珍しくない。そういう時にバッジを示すと、ちょっとした騒ぎになってしまうこともある。酔っ払いは警察のバッジを見ても大人しくなることはなく、むしろこっちをからかったりするものだ。

こういう修業は、できるだけ若いうちに経験しておく方がいい。

「いやあ、疲れました」水谷が、首をぐるぐる回しながら近づいて来た。

「お疲れ」要領が悪いから疲れるんだ、と思ったが、口には出さなかった。

「これで何とか、容疑を固められるんじゃないですかね」

「まさか。まだ一歩を踏み出したばかりだぜ。だいたい、宮本の動機は何なんだ?」

「そりゃあ、盗みに入って見つかって、慌てて殺したんでしょう」

「盗みに入るのと人を殺すのとでは、差はでかいぜ」

「動転したら、そういうこともあり得ますよ」

水谷は引かなかった。どうも危ない……こいつは手柄を焦って、自分の考えを強引に押し通そうとするタイプの刑事のようだ。あまりにも強引な考えは、往々にして捜査を頓挫させる。

岩倉は取り敢えずこの話題を打ち切った。「俺の手柄だ」といきり立っている人間を諭《さと》しても、まず効果はない。この段階なら、まだまだ引き返すことは可能だし、自分が強引に引き留める必要はないだろう。

すぐに別の指示が出た。宮本の立ち寄り先の調査。岩倉はまた彩香と組んで、九品仏へ向かった。東急多摩川線で多摩川まで出て、東横線に乗り換え。自由が丘駅で乗り換えのために歩いている時、彩香が唐突に「車じゃないんですね」と切り出した。

「いつも覆面パトで、颯爽と街を走るんだと思っていたか？」

「ええ」

「都内では、電車を使った方が早いよ。もちろん、車を使うこともあるけど」

「地味ですねえ」

「これがまさに、足を使うっていうことだ」岩倉は一瞬前屈みになり、右の腿を平手で叩いた。「おかげで運動する必要もない。毎日歩き回っていれば、常に健康だ」

「はあ」彩香は納得していない様子だった。彼女の年齢なら健康を心配する必要はないだろうが……岩倉は四十歳になる頃、運動の意義を強く意識するようになった。三十代の後半、捜査一課の中で配置換えがあり、発足したばかりの追跡捜査係で勤務することになったのだが、あの係にいた頃は、歩く距離が極端に落ちた。何しろ、書類を読みこんで過去の未解決事件解決のヒントを捜すのが主な仕事である。一日外へ出ないで終わるような日がほとんどだった。二年で捜査一課の強行班へ戻った時、妙に疲れやすくなっていて愕然としたものである。歩くのは人間の基本……歩けば健康になるし、足腰も鍛えられると実感した。

何かと洒落た自由が丘駅から一駅離れているだけなのに、九品仏駅前は地味な街だった。九品山浄真寺の門前町とはいえ、特に何があるわけではない。そして宮本の家は、線路を挟んで浄真寺と反対側、多摩川へ向かう方にあった。そちら方向は、古く個性に乏しい商店街が続く。東京というのは実に様々な顔を持った街だと実感できた。ここを抜けて行くと、今度は全国屈指の高級住宅地である田園調布に辿り着く。

まだ夕方五時前――飲食店を訪ねるなら、この時間が狙い目だ。夜の営業は始まっていても、賑わうのはだいたい六時を過ぎてからで、五時台には店員も暇を持て余している。安原たち幹部も当然それは見越していて、捜査員を集中的にこの近辺に送りこんでいた。

商店街に足を踏み入れた瞬間、岩倉の記憶が鮮明になった。

「そうか……芦原《あしはら》事件の現場がこの近くだったな」

「芦原事件って何ですか？」独り言のようにつぶやいたつもりが、彩香がすぐに聞きつけた。

「平成十五年に、この近くに住んでいた芦原光男《みつお》さん、良子《りょうこ》さん夫妻が自宅で殺された事件だ。宅配便の業者を装って侵入した容疑者が、二人を殺して自宅にあった現金三十万円を奪って逃げた。その動機が何とも……『田園調布に近い場所なら、金持ちが住んでいる』だったからね。容疑者の角田保《かどたたもつ》は、秋田県からわざわざ東京へ出て来て犯行に及んだんだけど、田園調布っていうのは、そういうイメージの街なんだね」

「確かに、いかにもの高級住宅街ですけど……岩倉さん、その事件を担当したんですか?」

「いや、別の係の担当だったよ」

「何でそんなに詳しく覚えてるんですか?」

「普及し始めた防犯カメラが解決に役立った事件だったから。ある意味、節目になる事件と言えるかな」

「それにしてもすごい記憶力ですね」

「自分が担当した以外の事件にも気を配るのは当然だよ。どこで参考になるか分からないから、話を聴ける仲間を増やしておいた方がいい。捜査が一段落したところで、酒でも呑みながら苦労話を聞き出す……そういうのは、なかなか面白い」

「岩倉さん、今もそうしてるんですか?」

「暇がある時には」

うなずき、岩倉は歩調を速めた。これは余計な話だった……今はとにかく、目の前の捜査に集中しなければ。

商店街を歩いて五分ほど。店舗が少なくなり、住宅地に変わり始める直前で、岩倉は事情聴取を割り当てられた店「鳥重《とりしげ》」を見つけ出した。マンションの一階にある焼き鳥屋で、いかにも長年地元で繁盛してきた店のようである。テイクアウトもやっているようで、道路に面したガラス張りの作業スペースでは、店員が黙々と串に鶏肉を刺しているのが見えた。ここで焼いて、香ばしい匂いで客を引き寄せようという作戦だろう。その匂いを想像しただけで、岩倉の食欲は激しく刺激された。まあ、食べるのは後回し……今は話を聴くのが先決だ。

夕方六時から店を開ける「鳥重」は、ちょうど仕込みの最中だった。忙しい中、店長が対応してくれたが、いかにも迷惑そう……飲食店を事情聴取する際の難しさを、岩倉は彩香に味わわせることにした。準備の様子が気になる店長への事情聴取を、彼女に任せたのだ。刑事のトレーニングは、何より実地でやるのが一番である。

店長は、顔だけ見るとまだ三十代前半のようだった。しかしでっぷりと太って、既に「貫禄」という言葉が似合っている。短く刈り上げた髪を金色に染め、白いタオルを巻いていた。濃紺の前かけは汚れ、指には傷が目立つ。サンダルのサイズが合わないのか、歩くとペタペタと大きな音がした。

テーブルに陣取って向き合う。しかし店長は、やはり開店準備が気になるのか、しきりに振り返って厨房の様子を確認していた。店員は、見えている限り三人。テーブルの数から店の規模を推測すると、店長を含めた四人でも回して行けるかどうかぎりぎりだろう。

「お忙しいところすみません」彩香がさっと頭を下げる。

「いや、いいんだけど……」店長は不満そうだった。「今、ちょうど忙しいんでね」

「ご協力いただければ、すぐに終わります」

「じゃあ、どうぞ」口調は愛想がいいが、表情が厳しい。さっさと終わらせてくれ、という本音が透けて見えた。

「こちらのお客さんで、宮本卓也さんという方がいますね」

「ああ、宮さんね」

その呼び方を聞いて、常連なのだと岩倉は判断した。ここから宮本の家までは歩いて五分ほど。駅から帰る途中で立ち寄ってちょっと一杯やるのに、いかにも適した店なのだろう。

「先月の三十一日、こちらへ来たかどうかを確認したいんですが」

「三十一日？」店長が体を捻って、ズボンのポケットからスマートフォンを取り出した。しばし画面を凝視していたが、何も分からなかったようで、首を横に振る。「よく来ますけど、三十一日に来たかどうかは分からないなあ」

「支払いの記録とかはどうですか」彩香が食い下がる。

「記録って」馬鹿にしたように店長が笑う。「うちは現金払いだけで、カードは使えませんよ。だからどのお客さんがいつ来たかなんて、記録に残りませんって」

「でも、常連なんですよね？」彩香が念押しした。「来る日とかは、だいたい決まってるんじゃないですか」

「いや、そういうわけじゃないんだ」店長が即座に否定する。

彩香はなおもしばらく粘り続けたが、やはり来店の記録——記憶はないようだった。それはそうだろう。人の出入りが多い焼き鳥屋で、特定の客がいつ来たかなど、いちいち覚えている方がおかしい。岩倉は、彩香のしつこさ——刑事に必要な素質の一つだ——には感心していたが、取り敢えずこの店での確認は無理だろうと諦め始めた。じっくり話を聴けば思い出す可能性もあるが、店長はやたらと時間を気にしている。厨房を振り返る回数も増え、気持ちが岩倉たちに向いていないのは明らかだった。改めて出直すか、と考え始めた瞬間、ふと思いついて念押しする。

「宮本さん、いつも現金払いなんですよね」

「だから、うちはカードは使えないから」店長が、鬱陶しそうに言って岩倉を見た。

「たまにはツケにすることもあるんじゃないですか？　常連なら、それぐらいのサービスはするでしょう」

「ああ、まあ……」

「ツケにしたら、さすがに記録は残しておきますよね？　金額だけじゃなくて、日付けと名前が分からないと、後で回収できないでしょう」

「そりゃそうですけど」

「ちょっと記録を調べてもらえませんか？　大した手間じゃないですよね？」岩倉は強引に押した。

「まあ……はい」店長が立ち上がった。体重がある分、立ち上がるのも大変そうだった。

店長が厨房に姿を消すと、彩香がしおれた口調で謝った。

「すみません、ツケの件に気がつかなくて」

「現金商売の店は、なかなか調べにくいんだ」岩倉は声を潜めた。

「ええ」

「焼き鳥屋なんて、普通は一時間ぐらいしかいないだろう？　客の回転が早いから、店員だって客の様子を一々覚えてないし」

「そんなものですかねえ」

「君、近所の店で顔つなぎしてるって言ったよな？　暇な時は、そういう話をしてみるのもいいんじゃないかな」

「分かりました」

彩香が手帳を取り出し、何か書きつける。こんなアドバイス、一々メモらなくてもいいのに……と苦笑したが、真面目なのはいいことだ。いずれは、真面目な性格に加えて何か刑事としての個性を身につけるべきだが、まずは仕事に真摯《しんし》に取り組むことが基本になる。

店長が、ぼろぼろになった大学ノートを持って戻って来た。どこか、バツが悪そうな表情を浮かべている。

「……ありましたね」椅子を引きながら告げる。

「三十一日ですか」岩倉は訊ねた。

「ええ。二千五百二十円、ツケでした」

彩香がまた必死に手帳に書きこむ。それを横目で見ながら、岩倉は質問を続けた。

「よくツケで呑むんですか？」

「月末には、そういうこともありますね」

パチンコ屋は月給制ではないのだろうか、と岩倉は訝《いぶか》った。普通、勤め人は月末には懐が温かいものだが。

「どんな人なんですか？　ここへはいつも一人で？」

「そうですね、だいたいカウンターで呑んでます。いつもレモンサワーですよ」

「焼き鳥には合いますよね」岩倉は話を合わせた。岩倉自身は、ああいう軟弱な酒は基本的に飲まないのだが……強い酒を少しだけ、というのが好みだ。「話し好きですか？」

「まあ、普通ですね……だけど宮本さん、どうかしたんですか？　何かやらかしたとか？」店長が心配そうに言った。

「そういうわけじゃありません」岩倉はさらりと否定した。これは嘘ではない——少なくとも現段階では。

「でも、警察の人が来るっていうのは、あまりいい話じゃないですよね」

「警察絡みでいい話なんか、まったくありませんよ。人命救助で感謝状を贈る時ぐらいじゃないですか？　それで、三十一日なんですが……宮本さんは、何時ぐらいに来て何時ぐらいに帰りました？」

「来たのは六時ぐらいだったと思いますよ。というか、来るのはいつもその時間帯だから。うちの開店直後です」

立川競輪で夕方まで遊んでからここへ来れば、だいたいそれぐらいの時間になるだろう。計算は合っている。

「結構呑むんですか？」

「呑みますよ。宮さんはピッチが速いですね。いつも一時間ぐらいしかいないけど、帰る時はだいたいご機嫌です」

「焼き鳥が美味いと、酒も進むんでしょう。三十一日はどうでした？」

「ああ」店長が少し呆けたような表情を浮かべてうなずく。「そう言えば、あまり呑んでなかったかな……だから普段より安く上がったのに、ツケにしてくれって言われたから、ちょっと変な感じがしてたんです」

「なるほど。酒を控える理由でもあったんですかね」

「それは分からないけど……」

「よく話すんですか？」

「そうでもないです」店長が首を横に振る。「俺はいつも、焼くので忙しいので。それにカウンターに座っても、間に壁があるでしょう？」

岩倉はそれを確認してうなずいた。脂が飛び散らないようにするために、焼き場とカウンターは半透明のプラスティック製の壁で仕切られている。元は透明だったかもしれないが、長年の酷使で傷だらけになってしまったのだろう。あれでは客と話もできまいが、そもそも焼き鳥屋は、客と店員が会話を楽しむ類の店ではない。

「他の店員の人はどうですか？」

「まあ……宮さんは、そんなにお喋りなタイプじゃないから。あの人、訳ありなんでしょう？」探りを入れるように店長が訊ねる。

「警察としては、何も言えませんよ」岩倉はやんわりと話を断ち切ろうとした。

「泥棒で捕まったことがあるとか、聞いたことがありますけど」

「そういう人が客でいると、店としては困るんですか？」

「いや、そういうわけじゃないけど」店長が気まずそうに黙りこむ。

「あまり詮索しない方がいいんじゃないでしょうか……とにかく、ありがとうございました」

さっと頭を下げ、岩倉は立ち上がった。店長は急に宮本に興味を持ちだしたようで、まだ話を聞きたそうな顔をしていたが、無視する。宮本がどうしようもない常習窃盗犯なのは間違いないが、何も悪口を言いふらす必要はない。何もしなければ、静かに暮らす権利はあるのだ。

店を辞して、すぐに特捜本部に電話を入れる。安原が応対した。

「奴が三十一日に、九品仏の『鳥重』に来ていたのはほぼ間違いありません」

「そうですか」安原の声は少しだけ落ちこんだ。一部アリバイが成立したのが悔しい様子だったが……まだこれでOKというわけではない。

「時間ははっきりしませんが、だいたい午後六時から七時の間――ですから、七時以降のアリバイはありませんよ」

「確かに」

「ポイントは、被害者の殺害日時なんですけど、それほどピンポイントでは確定できないんですよね？」

「解剖は終わりましたけど、何とも……三十一日から一日、というぐらいです。もう少し絞りこめるとは思いますけどね」

まだ春は遠い感じで、現場の部屋はしんと冷えこんでいた。遺体の腐敗はそれほど進んでいなかったはずだが、さらに時間を絞りこむためには、もう少し検査が必要だろう。

「いずれにせよ、これでアリバイが確定したとは言えません。他はどうですか？」

「まだ連絡が入っていないので、何とも」

「分かりました。そちらに戻ります。今の件は、夜の捜査会議で詳しく報告しますよ」

「頼みます」

電話を切り、ふっと吐息をつく。隣に彩香がいない……振り返ると、少し離れたところをのろのろと歩いていた。岩倉は立ち止まり、彼女が追いつくのを待った。

「どうした」

声をかけると、彩香がはっと顔を上げる。泣き出しそうな表情だった。

「駄目ですね、私、全然話が聴けてないです」

「あのな、最初から全部上手くいくなんて考えるなよ」岩倉はアドバイスした。「バッジを見せれば、どんな人でもすぐに全部喋ってくれるとは限らない。意図があって情報を隠す人もいるし、そもそも覚えていない人だっているんだから」

「はあ……でも、情けないです。最後は岩倉さんに助けてもらったじゃないですか」

「俺ももう、真っ先に飛びこむ年じゃないんでね」岩倉は右肩をぐるりと回した。しばらく前から、肩を動かすと引っかかるような感じがある。「君たち若い人に任せて、何かあったら偉そうに口を出す――これからもそういう感じでいこう」

「自信、ないです……」

「自信なんか、後からついてくるさ。最初から自信たっぷりな奴がいたら、俺はむしろ信用しないね」

「ツケの話は、思いつくべきでした」

「まあまあ……そういう考え方やノウハウは、これからおいおい教えるから。それより、今夜は飯を食ってから署に帰ろうか」

「いいんですか？」

「捜査会議は八時からだ……時間はたっぷりあるから。特捜本部の冷たい弁当を食べるよりは、蒲田でラーメンでも食べた方がいいんじゃないか？」

「岩倉さん、蒲田は詳しいですか？」

「基本的にはあまり知らないな」本格的に詳しくなるのはこれからだ。

「トンカツがお勧めです」彩香の顔がぱっと明るくなる。

「トンカツ、ねえ」岩倉は首を捻った。体調に変化があるわけではないが、そろそろ脂っこい物は避けた方がいい年齢だ。たまには脂を入れるのもいいだろうが……。

「蒲田には、美味しいトンカツ屋が何軒かあるんですよ」

「まあ……いいか」岩倉は妥協した。彩香は何となく元気がないし、ここでつき合ってやるのもいいだろう。どうせ、特捜本部ができると食生活は乱れがちになるのだ。栄養バランスは後で調整すればいい。

九品仏の駅は不思議な造りで、線路と線路の間に駅舎がある。どこからアプローチするにしても、一度線路を渡らないと改札へ行けないのだ。東京南部の住宅街に網の目のように張り巡らされた東急の路線には、時々無理矢理造ったような駅がある……線路を渡ろうとした瞬間、スマートフォンが鳴った。

「ちょっと待て」

岩倉は、彩香に声をかけてスーパーの前で立ち止まった。見覚えのないスーパー……

チェーン店ではなく、地元資本の店だろうか。液晶画面を見た瞬間、岩倉は顔をしかめて無視しようかと思った。話したくない相手――しかしつい「通話」ボタンを押してしまうのが、刑事の性《さが》だ。若い頃に叩きこまれた、「かかってきた電話にはすぐに手を伸ばす」習性は、五十歳になっても変わらない。

「切るぞ」

「何ですか、いきなり」相手が驚いた声を上げた。「忙しいんですか？」

「お前と話すと、ろくなことがないからだ」

「そんなはず、ないでしょう。本当に忙しいなら切りますけどね。また電話します」

そう何度も電話がかかってきたら、たまったものではない。岩倉はここで話を聞いてしまうことにした。スマートフォンを顔から離し、彩香に向かって「電話が終わるまでちょっと待ってくれ」と告げる。彩香は不思議そうな表情を浮かべたが――仕事の電話ではないと気づいたのだろうか――無言でうなずいた。

警務部人事第二課。警部補以下の人事を取り扱う課で――第一課は警部以上の人事担当だ――警視庁の中枢部署の一つである。電話をかけてきた岩倉の後輩・横山《よこやま》は、一年前からここに勤務していた。岩倉が駆け出しの所轄時代、横山は警務課に勤務していて、本部へ異動になった後もずっと警務畑を歩んできた。

外部の人がイメージする「警察官」と違って、内側から屋台骨を支えるような仕事なのだが、所轄時代から妙に気が合って、互いに本部に異動になっても、二人でよく呑んでいた。何というか、一緒にいて非常に楽なタイプ——妙に人懐っこいのだ。岩倉の感覚では、「永遠の後輩」であり、何となく面倒を見なくてはいけない、という気分にさせられる。そういう感覚を持つのは岩倉だけではないようで、特に年長の人間から可愛がられ、引きがいい。こういうのは生まれつきとしか言いようがないもので、岩倉にはついぞ縁がなかった。

そういう能力は、警務部でも発揮されているようだ。隠しておかねばならない人事の秘密を、この男の前ではつい喋ってしまう——横山は、今では警視庁内随一の事情通だ。ただし、岩倉にとっては必ずしも福の神というわけではない。今でもしばしば電話をかけてくるのだが、だいたいろくな用事ではないのだ。今回の異動についても……まあ、これはよしとするか。彼の警告が元になり、南大田署へ脱出できたのだから。

「で、何なんだよ？　このクソ忙しい時に」

「特捜ですよね？　ガンさん、相変わらず事件の神様に好かれてるなあ」

「俺はどっちかというと、無宗教になりたいね」

「またまた……事件好きのガンさんがそんなこと言うと、罰が当たりますよ」

「まさか、俺を励まそうと思って電話してきたんじゃないだろうな？」

「違いますよ」横山の口調が急に真面目になった。「サイバー犯罪対策課の連中から、何か連絡はありませんか？」

「いや」嫌な予感が胸の中に広がる。

「連中、まだ諦めてませんからね。気をつけて下さいよ」

「それは分かってる」しかし、気をつけていても逃げられるものではない。所詮は警視庁の中にいるのだし、いきなり訪ねて来られたら、追い返すのに一苦労しそうだ。それに、電話がかかってくるのは止められない。いっそ、簡単には接触できない島嶼部の所轄への異動を申し出るべきだったかもしれない。それなら、さすがに連中も諦めるだろう。しかし岩倉も、「暇」というリスクを抱えこむことになっただろうが。

「今回の異動は、連中にとっては抜き打ちみたいなものだったんですよ」

「当たり前だ。一々奴らに教えてやる必要はない」実際には、横山が陰でかなり動いてくれた。よほどの事情がない限り、警察官の異動に個人の意思は尊重されないのだが、そこはさすが横山……岩倉を上手く南大田署に押しこんでくれた。二十三区内で一番南にある署に。

「とにかく、相当カリカリしていますから、要警戒です」

「分かった。で、どこまで乱暴に出ていい？」

「それは勘弁して下さい」横山の声が強張る。「こっちでフォローできる限界もありますから」

「そうだな……お前に迷惑はかけないよ」

「じゃあ、一応の忠告ということで」

「ろくでもない話を聞かせるなよ。たまにはいいことで連絡してくれないか」

「ガンさん絡みだと、ろくな話がないんですよねえ」

岩倉は反論しようとしたが、既に電話は切れていた。彩香が不思議そうな顔でこちらを見やる。

「何かトラブルですか?」

「いや……」岩倉はスマートフォンを背広のポケットに落としこんだ。「五十歳になって急にもて始めるのは、どういう気分だと思う?」

彩香の顔に、不審気な表情が浮かぶ。面倒な説明をする気にはならず、岩倉はさっさと歩き出した。サイバー犯罪対策課をどう撃退するか、そろそろ本気で考えねばなるまい。


結局彩香の誘いに乗って、トンカツにつき合った。カウンターしかない小さな店で、いきなり行列……一瞬怯《ひる》んだが、時間はあるし、トンカツ屋だからそれほど待たされることもあるまい。外に貼り出されたメニューを確認すると、やはりそこそこの値段だった。上ロースカツ定食の千五百円はともかく、リブロースカツ定食の二千八百円には目を剝く。ライスのお代わりで別料金を取るのも、トンカツ屋としては異例だろう。それでもこれだけ行列ができているのは、美味い証拠だ。

並んで待っている間に注文をきかれたので、カウンターにつくと比較的早く上ロースカツ定食が出てきた。これはなかなかの佇《たたず》まい……料理は見た目が大事で、トンカツのように豪快さが売りの料理でも例外ではない。綺麗に等分に切られたトンカツ、こんもりと盛られた千切りキャベツをメーンに、ご飯、漬物、豚汁と、目に嬉しい光景になっていた。ソースをかける前にトンカツの一切れを持ち上げてみると、非常に分厚く、芯の部分には少し赤みが残っている。豚肉をミディアム状態で供するということは、よほど肉質に自信がある証拠だろう。

食べてみると、実際にいい豚肉で、揚げ方も上々だった。脂の旨味が口一杯に広がり、甘みさえ感じられる。これはソースではなく、塩や辛子醤油でもいけたかもしれない。その方が、肉の甘みも引き立ったのではないだろうか。

ご飯の炊き具合も、豚汁のコクも最適。蒲田にこれほど美味いトンカツ屋があるのが意外だった。長くこの街に住んでいる実里は、この店を知っているのだろうか。女優ということで、いかにも体形には気を遣っていそうな実里だが、実際にはよく食べる——一回の食事の量は、岩倉とさほど変わらないほどだし、この店にも来たことがあるかもしれない。

今度、彼女を誘ってここで食べてみようと思った。

——いやいや、それは危ない。ＪＲと京急の駅間にあるこの店の周辺には、南大田署の刑事がうろうろしているはずだ。二人一緒のところを目撃されたら、何を言われるか、分かったものではない。

そもそも自分は、書類上はまだ結婚しているのだ。それが、娘といっても通用しそうな女性と二人、仲良く並んでこの店のカウンターに座っていたら……世の中には、隠しておいた方がいいことがたくさんある。

店を出ると、彩香の表情は穏やかになっていた。顔色もいい。腹が膨れれば満足――若さは、実に単純だ。食欲が満たされれば、大抵の嫌なことも忘れる。

「いい店を教えてもらったよ」

「他にもまだ、トンカツの美味しい店は多いですよ」

「隠れた名物ってことか」昔からここが「発祥の地」と言われていた羽根つき餃子はそのうち試そうと思っていたのだが、他にも美味い物があるとは。上品な店は少なそうだが、実質的に美味い店はいくらでも見つかりそうだ。岩倉は食にこだわるタイプではないが、どうせなら自分が働く街に美味い名物があるに越したことはない。

蒲田、悪くないじゃないか。我ながら単純だと思いつつ、岩倉は満足していた。

夜の捜査会議は、微妙な雰囲気になった。宮本が「行った」と証言した店では、確認が取れたり取れなかったり……宮本のアリバイは、崩れたとも崩れていないとも言い難い状況だった。犯行時刻が確認できていない以上、どうしようもないのだが。

しかし会議の終盤になって、本部の若い刑事がある事実を指摘した。

「被害者宅の新聞なんですが、一日の朝刊から溜まっていました」

おお、というざわめきが刑事たちの間に走ったが、岩倉はむしろ苦い思いを味わっていた。そんなこと、さっさと自分が気づいているべきではなかったか。最近は新聞を取っていない人も多いが、毎日朝夕と配達される新聞は、人の生活パターンを示す証拠になり得る。

「そういうことは早く言え！」本部の管理官・木下《きのした》がドスの利いた声を張り上げたので、会議室の中は一気に静まり返った。さすが、捜査一課一筋二十五年の人間は違う。岩倉より三歳年上の木下は、基本的に刑事になってからずっと、死体とつき合ってきたのだ。今の叱責は、彼自身に向けたものでもあるのだろう。誰かが報告してこなければ、いち早く指示して調べさせるべきだった……新聞を調べるのは、被害者捜査の基本なのだ。

いずれにせよこれで、犯行は三十一日の夕方以降、という線がさらに強くなった。つまり、宮本が焼き鳥屋に行った事実が確定している三十一日も、アリバイが成立したとは言い難い。「忍びこんだのを見つかって殺した」という水谷の説に、岩倉は一瞬傾きかけた。無人だと思った家で住人と出くわし、慌てて刺殺してしまう——絶対にあり得ない話とは言えない。しかし宮本がそれをやったイメージがどうしても湧かないのだ。岩倉は直感に頼るタイプではないのだが、人はだいたい、第一印象通りの人間性だと信じている。そしてそれが外れたことはまずない。

もっとも中には、彩香のように第一印象で「こういうタイプ」と規定できない人間もいる。彼女のことはどうにも摑みにくい。実里とそれほど年齢は変わらないのだが、彼女に比べればかなり子どもっぽい、という印象しかなかった。本当はどういう性格か、まだ何とも言えない。

木下がまた声を張り上げる。小柄なのに、昔から人一倍声がでかい――意識してそうしているのかもしれない。自分の存在をアピールするために、「声がでかい」のは非常に有効なのだ。

「今夜から、宮本の動向調査を開始する。そのローテーションはこの後発表する……後は、三十一日前後の宮本の行動パターンを細かく割り出す作業だ。明日、勤務先のパチンコ屋の方で勤務日程を確認。一緒に住んでいる女も呼んで、状況を説明させろ。ところで、この女は何者だ？」

横に座った安原が立ち上がる。所轄の刑事課長が報告すべきようなことではないのだが、彼の元には全ての情報が集まってくる。

「詳細は調査中ですが、覚せい剤で前科があります。現在、三十八歳。宮本と知り合ったのは二十代の頃ですが、その後宮本が服役している期間を除いて、つかず離れずの関係を続けているようです。現在は、尾山台のバーで働いています」

となると、夜は家を空けているわけだ。実里が勤める「フィリー」も、夜中の三時まで店を開けていて、彼女が勤務を終えて家に帰るのは明け方、ということもある。宮本の女もそういう感じで仕事をしているなら、アリバイを証言するのは不可能だろう。

捜査会議の終わりに、岩倉は宮本の「同居人」であるこの女性を調べるように指示された。基本的に取り調べは得意ではないのだが、仕方ない。特に女性の相手は苦手なのだが……これも仕事だ。

　長い会議が終わると、彩香が心配そうに声をかけてきた。

「どうかしましたか？」

「何が？」

「何だか怒っているみたいですけど」

「ああ」岩倉は慌てて両手で顔を擦《こす》った。昔から、「ポーカーには弱いタイプ」とよく言われる。内心の変化が、結構すぐに顔に出てしまうのだ。「女性の取り調べは苦手でね」

「そうなんですか？」

「まあ……苦手は苦手なんだ。それより、店のこと、調べてくれないか？」

「はい――どうやってやりますか？」

「電話を突っこめよ。まず、何時までやっているかを知りたい」

　宮本の女、高岩《たかいわ》みどりが勤めているのは「ラ・ヴィ」という店だった。フランス語で「人生」。飲食店ではありがちな名前である。

「いきなり電話ですか？」彩香は不安そうだった。

「酔っ払いのふりをしろ。余計なことは聞かないで、営業時間だけを確認すればいい」

　そんなに構えることはないのだが……制服警官と私服の刑事では仕事の内容がまったく違う。しかし制服警官でも私服の刑事でも、マニュアル通りでは仕事ができないのは同じことだ。その場その場で機転を利かせて対処しないと。それに、何でもかんでも指示を受けてから、というのでは困る。明日の事情聴取はやはりこのコンビで行うのだから、岩倉が何を欲しているか、素早く理解して欲しかった。

緊張した様子で、彩香が電話をかけ始める。やけに馬鹿丁寧な口調で話している……もっと気楽にやった方がいいのだが、と心配になった。まるで普通のサラリーマンが、取り引き先とシビアな契約金の額でも話すような口ぶりだったのだ。

電話を切ると、彩香がそっと息を吐く。一仕事終えた、という感じだったが、あまりにも大袈裟……美味い上ロースカツでエネルギー補給を終えたはずなのに、もう効力は消えてしまったようだった。

「七時から、朝の三時までです……たぶん」

「たぶん？」

「BGMが煩《うるさ》くて。あまりよく聞こえませんでした」

「そうか……まあ、いい」

岩倉は頭の中で素早く計算した。三時まで仕事をしていたら、帰宅は早くとも三時半、ちょっとだらだらしていたら四時になるだろう。一方、宮本が朝家を出るのは八時十五分ぐらいだ。

「明日の朝は、八時四十五分に現地集合だ」

「早くないですか？」

「早い方がいい。寝ている時に声をかければ、簡単に嘘はつけないよ」

「寝込みを襲うんですね？」

「寝込みというか、一番熟睡しているタイミングだな」岩倉はうなずいた。「化粧する暇も与えずに署に引っ張ってきて、話を聴くんだ。車は俺が用意しておくから、君は朝から現地へ行って、監視してくれ」

不機嫌な人間を相手にすることになる。これも岩倉は不得手なのだが……仕事となればこなさねばならない。

第三章　後退

一度署に寄って覆面パトカーを借り出し、環八を走って九品仏の住宅街にある宮本の家を目指した。胃がすっきりしない……昨夜のロースカツ定食がまだ残っている感じだった。朝家を出る前に野菜ジュースを飲んできただけなのに、昼まで空腹を感じずに済みそうだった。

朝の通勤ラッシュの時間帯とあって、環八はところどころで渋滞している。それでも昔ほどではないな、とふと考えた。岩倉が警察官になったのは、もう二十七年も前——バブル経済の最終盤で、東京は昼夜問わず、どこでも賑わっていた。街を走る車も、今よりずっと多かった気がする。若者も、就職したらまず車を買おうとしたものだ。岩倉の場合、最初のマイカーを買ったのは結婚してからだったから、当時の平均的な若者としては遅かったかもしれない。車好きの同僚は、警察学校を出て所轄に配属されると、すぐに新車のローンを組んだりしたものだ。署の独身寮に住んでローテーション勤務をしていると、車を乗り回す時間もあまりなかったのに。岩倉自身は結局、車が好きだったのか嫌いだったのか……特に好きではなかったのだろう。家族と別れた時に車を手放したが、別に不便もしていない。

覆面パトカーのトヨタ・アリオンは、何とも色気のない車だ。全体にぼてっとしたデザインで、動力性能も控えめである。元々はカリーナの後継車で、車内が広いことだけが救いといえば救いだ。そう言えば昔、カリーナEDというのがあったな……あれはカリーナではなくセリカのプラットフォームを使った車で、「4ドアクーペ」とカテゴライズされていたはずだ。居住性などを無視した「恰好だけの車」ではあったものの、あのデザインは二十一世紀になって再評価され、今や「4ドアクーペ」は定番になった。ただし、ベンツやBMWなど欧州の高級車ばかり……車のデザインの流行は、岩倉には分かりにくい。

九品仏の駅周辺には一方通行も多く、現場に辿り着いたのは、彩香と約束した時間ぎりぎりだった。アパートの前に車を停めると、彩香が素早く近づいて来て助手席に滑りこむ。

「おはようございます」

「今朝は元気そうじゃないか」

「はい、よく寝ました」

若いな、と思わず苦笑してしまった。若いうちは、どんなに辛いこと、嫌なことがあっても、一晩たっぷり寝れば忘れてしまう。体力の回復も早い。

「さっき、宮本が家を出たのを確認しました」

「そんなに早く来てたのか？」岩倉は目を見開いた。

「念のためです……こんな状況でも、普通に働きに行くんですね」

「そりゃあ、誰だって仕事をしないと食べていけないからな」

「パチンコ屋の方だって、警察に調べられていることは知っているんですから、馘《くび》にしてもおかしくないと思いますけど」

「店それぞれに事情があるんだろう。推定無罪の原則もあるしな」実際は、「疑われた」だけで罪人扱いされてしまうのが日本という国だが。

さっさとドアをノックしてもよかったが、その前に、宮本のアパートを観察しておくことにした。二階建てで、まだ新しく小綺麗だが、それぞれの部屋はそれほど広くはなさそうだ。元々ここに住んでいたのはみどりで、宮本に転がりこまれて結構迷惑しているのではないか、と岩倉は想像した。たとえ家族であっても、個人と個人の間にはそれなりに距離がないとトラブルの元になる……もっとも、広ければそれでいいわけではない。岩倉が妻と娘と三人で住んでいた頃は、新築の家の広さに寒々とした雰囲気を感じていたのだ。幸いというべきか、その家に家族三人で住んでいたのはごく短い期間だったのだが。

アパートの前に自転車が何台か置いてある。これはちょっと不用心じゃないかな……道路に面した場所で、タイヤをロックできるポールがあるのだが、防犯上はとても安全とは言えない。きちんとロックされているのは三台だけで、壁に立てかけられているだけの自転車も二台あった。おそらくみどりは、家と店の行き来に自転車を使っている。深夜に自転車で帰宅するのはお勧めできないが、毎晩タクシーで通うほど稼ぎがいいとも思えない。「自転車盗に気をつけろ」と後で注意しておくべきだろうか。

道路に面した郵便受けは十個。確認すると、一〇四号室が「高岩」だった。女性の場合、苗字さえ表示しないほど用心している人が多いのだが、一応男と一緒に住んでいるので、安心して名前を書いたのかもしれない。今日の朝刊はない……朝から働きに出る宮本が抜いていったのか、そもそも新聞は取っていないのか。

戻ると、彩香も車から出て立っていた。少し寒そう――四月になったのに一向に春らしい気配はなく、岩倉はコートを着こんでいた。

「コートなしだと寒くないか？」

「ちょっと寒いですね」腕を交差させて、彩香が両の二の腕を摩《さす》った。

「これぐらいの気温だったら、コートを着ておいた方がいい。寒くて風邪をひくよりはましだから」

「明日からそうします」

「ところで、高岩みどりの部屋は一〇四号室だ」

「それは確認しました」

「よし、仕事が早いな。さっさとドアをノックしよう――君がノックしてくれ」

「私ですか？」彩香が自分の鼻を指差した。

「君の方が怪しまれないだろう。オッサンは、こういうのは駄目なんだ」

「はあ……そうですね」

まだ、自分の仕事にピンときていないようだった。若いうちは、とにかく前に出て先鋒を務めるように意識しないと。誰かの背中に隠れてこっそり顔を出すようでは駄目だ。

ただし、直接ドアはノックできない。それほど古いアパートではないので、共用玄関はオートロックなのだ。彩香がインタフォンで部屋を呼び出す。呼び出している音は聞こえたが、返事はない。しばらく待ってから彩香が振り返った。少し困惑したような表情が浮かんでいる。

「どうしますか？」

「連打。相手が反応するまで続けるんだ」一々確認しなくてもいいのに、と思いながら岩倉は指示した。

言われた通りに、彩香はインタフォンを鳴らし続けた。三回……四回目で、ようやくがちゃり、と音がする。続いて怒声が飛び出した。

「何！」

「警察です」向こうの怒鳴り声でむしろ冷静になったのか、彩香が淡々とした口調で告げる。

「警察……」

「南大田署の伊東と申します。高岩みどりさんですか？」

「そうですけど」不機嫌——というよりふてぶてしい返事で、ガラガラ声だった。

「お聴きしたいことがあります。ここを開けてもらえませんか？」

「寝たばかりなんだけど」

「急ぎです」

「宮本のこと？　私、関係ないからね」

「実際に関係ないかどうか、確認させて下さい。とにかく、ここを開けていただけますか？」

　無言。しかし五秒後にオートロックのドアが横に開き、岩倉は素早くアパートの中に入った。彩香がすぐ後に続く。

　一〇四号室の前に立ち、もう一度インタフォンを鳴らす。岩倉は彩香の肩を押して、ドアの前に立たせた。女性の声で呼びかけたのに、ドアを開けたら立っていたのは冴えないオッサン……それだと相手はさらに警戒してしまう。

　ほどなくドアが開いた。ジャージの上下姿、疲れきった顔つきの女性が顔を覗かせる。実際疲れているようだ——おそらく、生活にも。それにしても、こういう格好で出てくるのはいかがなものか。このジャージはパジャマ代わりなのだろうが、寝ていた姿のまま人前に顔を出す神経が、岩倉には理解できない。

「部屋に入るの？」

「署にご同行願えますか」

彩香がさらりと言うと、血色の悪いみどりの顔が引き攣《つ》った。

「何よ……そんなに悪いことなの？」

「部屋へ入られるのは、抵抗感がないですか？」彩香が訊ねる。

いずれはこの部屋を家宅捜索することになるかもしれない、と岩倉は思った。殺人事件の容疑者の家だったら、凶器などを捜さねばならないのだ。だが今は、署へ呼んだ方がいい。その方が、確実に相手にプレッシャーをかけられる。

「……ちょっと待ってもらえる？　準備するから」みどりが低い声で言った。

ドアが閉まったので、岩倉は彩香に顔を近づけてやはり低い声で告げた。

「俺は外で張ってる。ベランダ側からも外へ出られるからな」

「逃げる可能性、あるんですかね」

「あくまで念のためだ」

彩香にうなずきかけ、岩倉は部屋から離れた。道路とベランダの間には別の出入り口がある。外からは開けられないが、中からは当然解錠できるだろう。二人でドアの前で待ち続けるうちに、こちら側から逃げられたのではたまったものではない。

五分……すぐに十分になった。女性の外出の準備には時間がかかるものだが、少し気になり始める。腕時計を見て顔を上げた瞬間、ドアが開いてみどりが出て来た。直後に彩香が続く。

みどりは口をへの字にしていた。化粧っ気はなく、眉を描いていないせいか、無表情な仮面を被っているようにも見えた。足に貼りつくような細いジーンズに、丈の短いトレンチコート。細いヒールのパンプスを履いているせいで、歩き方がどこか危なっかしい。

「何なのよ、いったい」岩倉の顔を見ると、すぐに文句を零《こぼ》す。声はやはり低くかすれており、長年の酒と煙草で喉が傷めつけられているのは明らかだった。

「それは署でお話しします」

「何で警察になんか……ここでもいいじゃない」みどりが周囲を見回した。

「近所の人に聞かれたらまずいでしょう」

みどりが薄い唇を嚙み締める。とにかく、この辺でうろうろしているわけにはいかない。一刻も早く署に連れていって、こちらの土俵で勝負しないと。

岩倉が覆面パトカーのハンドルを握り、後部座席に彩香がみどりと一緒に陣取った。このような布陣になることは事前に相談していたので、予め打ち合わせていた通り、彩香がみどりに話しかける。

「昨夜は遅かったんですか？」

「三時半——四時？」不機嫌な口調でみどりが答える。

「仕事がある日は、いつもそれぐらいなんですか？」

「そんなこと、もう調べてるんでしょう？　一々聞く必要ないじゃない」

これで引くかと思ったが、今回、彩香は粘った。「本人の口から聞かないと信用できないんですよ」と続ける。

「聞いても意味ないでしょ」

「そんなことないですよ。他の人がどんな仕事をしているかは気になります」

「呑み屋で働いている人間の話なんか聞いても、何の参考にもならないわよ」

「私だって、そのうち呑み屋で働くかもしれません」

一瞬の沈黙の後、みどりが馬鹿にしたような甲高い笑い声を上げた。

「公務員の人が呑み屋で働くわけがないじゃない」

「そんなの、分かりませんよ」柔らかい声だが、彩香がはっきりと反論した。「馘になって転職するかもしれません。警察官は一回のミスでアウトですから、結構綱渡りなんですよ」

よく言うよ、と岩倉は内心白けていた。警察ほど身内に甘い組織はない。ちょっとした失敗なら、外部に漏れない限り黙認する、あるいは緩い処分で済ませてしまう。そうやって命拾いしてきた上司や同僚を、岩倉は何人も知っている。

会話は途切れた。彩香もちょっと調子に乗り過ぎたか……環八の混雑に巻きこまれて五分ほど経ったところで、みどりが唐突に言った。

「煙草、吸っていい？」

「車内は禁煙です」岩倉は思わず反応した。

「どこでも禁煙、禁煙って、つまらない世の中よね」

「時代の流れですから」

岩倉の言葉に対する反応がない。バックミラーを見ると、みどりはむっつりした表情を浮かべたまま頬杖をついていた。相当苛《いら》ついている――事情聴取では、かなり苦労させられそうだ。彩香にやらせてみようかとも思っていたが、ここは重要なポイントだ。自分で対峙した方がいい。

途中の渋滞もあって、署へ着くまでに二十五分ほどかかった。車を降りると、彩香が肩を上下させる。岩倉は彼女に視線を送り、余計なことをするな、と無言で忠告した。刑事が緊張したり疲れたりした様子を見せたら、相手は舐めてかかる。みどりには覚せい剤使用の前科があり、度胸は据わっているようだし、こちらが弱みを見せたら、のらりくらりで誤魔化《ごまか》してしまうだろう。彩香が岩倉の意図に気づいたのか、申し訳なさそうな表情を浮かべてぺこりと頭を下げる。

分かっていればよろしい。

みどりを取調室に入れ、彩香に監視を命じておいてから、岩倉は安原に報告した。

「無事に連れて来ました。これから事情聴取を始めますから、外から監視をお願いします」

「分かりました……どんな様子ですか？」安原は慎重だった。

「非常に機嫌が悪いですね。一筋縄ではいかないと思います」

「そこはベテランの技でお願いしますよ、ガンさん」安原がさっと頭を下げる。

そう言われてもな……岩倉は取り調べがそれほど得意ではないうえに、みどりはほとんど寝ていないのでカリカリしている。一番相手にしたくないタイプだ。

それでも仕事は仕事。岩倉は取調室に向かった。

みどりは不機嫌な表情を浮かべたまま、取調室で待っていた——いや、不機嫌なわけではなく、これが素の表情なのかもしれない。

「ここも禁煙?」岩倉が取調室に入った瞬間の第一声がそれだった。

「申し訳ないですが。今は、警察の庁舎内も全部禁煙ですよ」

「今朝、まだ一本も吸ってないんだけど、どこかで吸ってきていい?」

「しばらく我慢して下さい」

「煙草を吸わないと目が覚めないんだけど……」みどりが欠伸《あくび》を嚙み殺す。

「いい機会だから禁煙したらどうですか? 私も一年前に、禁煙に成功しましたよ」

「何で禁煙する気になったの? 税金をたくさん払うんだから、堂々と吸ってればいいじゃない」

「いろいろありましてね」

女優の恋人に「副流煙は喉に悪いから」と諭されたためだ、とは言えなかった。それにしても、あの一言であっさり禁煙できたのが不思議でならない。それまで三十年近く、毎日ほぼ一箱吸っていたのに……そういう意味で実里は、岩倉にとって運命の女なのかもしれない。

「始めます。任意での事情聴取ですので、楽にして下さい」

「警察なんかに連れて来られて……楽にって言われても無理よ」みどりが抗議した。

「まあまあ……宮本さんとはもう、長いんですか？」

「まあね。腐れ縁だから」

「彼が前回服役する前からですね？」

「そう」

「何がきっかけだったんですか？」

「客よ、客」

　みどりがトートバッグから煙草を取り出し、テーブルに置いた。そのうちここで強引に吸ってやる、と無言で宣言するように。岩倉は煙草の存在を無視して質問を続けた。

「場所はどこですか？」

「あの頃は……五反田かな。私もずいぶん、都落ちしたものよね」

　五反田から尾山台を「都落ち」と言っていいものかどうか。しかし実際、現在のみどりが荒《すさ》んだ生活を送っているのは間違いない。

「五反田で出会って……その頃から、宮本が何をしているかは知っていたんですか」

「言えるわけないでしょう」みどりが唇を尖らせた。「そんなこと言ったら厄介なことになるから」

　今の発言は、実質「知っていた」と認めたも同然だが……どうもみどりは、不機嫌そうにしている割に口が軽い——あまり考えずに言葉を口にしてしまうタイプのようだ。こういう人間は基本的に、隠し事ができない。隠そうとするとぎくしゃくしてしまうのだ。宮本に関して何かいい情報が出てくるかもしれない、と岩倉は期待した。

「前回服役した時には、どうしたんですか？　別れた？」

「別れるも何も、刑務所に入っている人とどうやってつき合うのよ」馬鹿にしたようにみどりが乾いた笑い声を上げる。「自動的に切れて、それでおしまい」

「じゃあ、どうしてまた一緒に住んでいるんですか？」

「向こうが転がりこんで来たんだから、しょうがないじゃない」

「拒否すればよかったじゃないですか」

「それは——それはいろいろあるから」みどりの口調が、急に弱くなった。

「やっぱり腐れ縁、ですか」

「何とでも言って」

そんなものか……男と女は、突然切れることもあれば、当然別れていて然るべきなのに、いつまでもくっついていたりする。

「とにかく、転がりこんで来て、そのまま一緒に暮らしているんですね？　どれぐらいになります？」

「二年、かな」

「その間ずっと、宮本はパチンコ屋で働いているんですか？」

「まあね。他にもいろいろ……前科のある人間が働ける職場なんて、限られてるでしょ」

「仕事は真面目にこなしているんですか？」

「そうなんじゃない？　別に私、監督しに行くわけじゃないから、様子までは知らないけど」みどりが、テーブルに置いた煙草の箱をいじった。どうやらこれが、彼女にとっての精神安定剤のようだ。煙草を禁ずることで、図らずも彼女に柔らかい拷問をかけていることになっている。

「この一週間ほどの話です」岩倉は本題を切り出した。「彼の動きを詳しく教えてもらえますか？」

「宮本が何かしたの？」みどりが急に不安そうな声を発した。どうやら宮本は、自分が疑われていることを彼女には話していないようだ。

「それについては、今はお話しできません」我ながらまずい言い訳だなと思いながら、岩倉は告げた。もう少し、相手を納得させられる言葉があるのではないか？　実際、みどりは不審気に岩倉を睨みつけてくる。

「また泥棒でもしたの？」

「申し訳ないですが……」

みどりが溜息をつき、うつむく。そのまま、「別にいいけど」とつぶやいた。おそらく、それなりに覚悟はできているのだろう。今は真面目に働いているとはいえ、彼女は宮本の過去を完全に知っている。また何かやらかすに違いない、と常に不安を抱えていても不思議ではない。

そこに攻めるべきポイントがある、と岩倉は考えた。

「あなたには関係ない――あなたが何かやったと言っているわけではないですよ」

「分かってるわよ」みどりが顔を上げ、煙草をバッグにしまう。「それで、何？　宮本が最近、何かしたっていうわけ？」

「この一週間の行動を知りたいだけです」

岩倉は、彩香に目配せした。少し離れた席に座っていた彩香が立ち上がり、手帳を広げる。

「例えば、三月二十九日はどうですか？」彩香が訊ねる。

「いきなりそんなこと言われても」

「確認してもらっていいですよ」

岩倉は助け舟を出した。渋々といった様子で、みどりがスマートフォンを取り出す。しばらく画面と睨めっこしていたが、やがて溜息を漏らした。

「覚えてないわ」

「スケジュールは残してないんですか？」

「自分のことしか書いてないから」

沈黙。岩倉が疑っていると思ったのか、みどりが「証拠だ」と言わんばかりにスマートフォンをテーブルに置く。取り上げて確認すると、確かに……基本的には自分の出勤日を書きこんであるだけで、宮本に関する記載は一切なかった。

「記憶に頼って話してくれてもいいですよ。二十九日は何かありましたか？」

「覚えてないわよ。二十九日に何かあったの？」

「その周辺、ということです」

「そんなこと言われても……基本的には、バラバラだから」

「一緒に住んでいるのに？」

「働く時間が真逆だから。向こうが出勤する時には私は寝たばかりだし、夜は私が家にいないから……」

「宮本が夜に何をしているかは分からない、ということですか？」

「知らないわよ。私が帰って来る時には、いつも寝てるし」

　これではまったくアリバイの証明にならない。その後も事情を聴き続け、出勤日には、みどりはだいたい午後六時に家を出ていることが分かった。帰宅は午前三時過ぎ。まさに宮本の仕事の「裏返し」になる。これでは、ろくに会話を交わす時間もないだろう。同棲しているというより、単なる「同居人」に過ぎない。

　しかしやがて、みどりが一つだけ宮本のアリバイになりそうなことを言い出した。

「三十一日の夜……そこだけは分かるわよ」

「何があったんですか」

「これ」みどりがスマートフォンを操作して、岩倉に示した。ＬＩＮＥの画面……二人のやり取りが示されている。

この日の夜、宅配便が届く予定になっていたという。呑んでいた宮本に電話を入れ、家に帰ってもらった。受け取りを確認するためにみどりが後で連絡したのだった。時刻は午前零時過ぎ。


荷物届いた？

届いた。冷蔵庫に入れた。


どうやら生ものだったらしい。岩倉は、表情が少し渋くなるのを意識した。

「物は何だったんですか？」

「干物。通販で買ったやつよ」

「実際に冷蔵庫に入ってましたか？」

「入ってたわ」

ということは……少なくとも、荷物が届いた時間帯から午前零時までは、宮本はアパートにいたと考えていい。いや、そうとは言い切れないか……例えば荷物を受け取り、冷蔵庫に入れてから外出してしまえば、あとは何とでも誤魔化せる。「冷蔵庫に入れた」

のは間違いないが、それがいつだったかは、宮本以外の人間には証明できないのだ。宅配便の配達記録は確認できるだろうが……。

「ＬＩＮＥもあまり使ってないんですね」少し意外だった。すれ違いが多いカップル同士だったら、今はＬＩＮＥやメールがやりとりの軸になるのではないだろうか。やはりこの二人は単なる同居人……経済的な理由でルームシェアをしているだけではないかと思えた。

その後も事情聴取を続けたが、宮本のアリバイは依然としてはっきりしなかった。夜の行動を裏づけてくれる人が見つかる可能性は極めて低い。

昼前には、みどりを解放せざるを得なかった。終わってみると、それまでの不機嫌な雰囲気が嘘のように、さばさばした表情を見せる。

「貴重な時間をいただいてすみませんでした。家まで送ります」

「結構です」みどりが真顔できっぱりと言い切る。これ以上警察と関わり合いたくない、というのが本音だろう。

結局、署の出入り口までみどりを見送るだけになった。岩倉は思わず、溜息をついた。

「上手くいかなかったですね」彩香も疲れた様子だった。

「昔、これと似た感じの事件があったんだ」階段を昇りながら、岩倉は話し始めた。

「平成二十年、北区で起きた事件だけど」

「どんな事件ですか？」

「宮本たちと同じように同棲していたカップルの男の方が、強盗殺人の容疑をかけられた。男は無職で一日中ぶらぶらしていたけど、女の方は夜の仕事をしていて、男の夜のアリバイがなかなか証明できなかった」

「今回とまったく同じじゃないですか」

「そう。結局その男――牧山通《まきやまとおる》という容疑者は逮捕できたんだが、なんと、女も共犯者だったんだ」

「そうなんですか？」彩香が目を見開く。

「牧山という男は、同じような事件を何件か起こしていた。家に侵入して、家族を縛り上げて金を奪う――それがたまたまエスカレートして、殺してしまったんだ。被害者は玉置《たまき》里子《さとこ》さん。ご主人を亡くしてから、十年以上も一人暮らしだった。八十五歳だぜ？　でかい声で悲鳴を上げたから慌てて殺してしまったんだけど、ひどい話だよな」

「そうですね」彩香の顔が歪む。

「問題は女の方だ。倉橋愛花《くらはしあいか》という女だったんだけど、店が休みの日には、牧山につき合って強盗をやっていたんだよ」

「女性が強盗？　珍しいですね」

「直接手を下すわけじゃなくて、外で見張りをしていたんだけどな――それと、逃走用の車の運転手。玉置さんが殺されたのは、この女のせいとも言える」

「どうしてですか？」

「悲鳴が外まで聞こえたんで、『ヤバい』と連絡してきたんだよ。それで慌てた牧山が、玉置さんを殺してしまった。結局、金も盗らずに飛び出して、車で逃げた……結果的には、使っていた車から足がついたんだけどな」

「ひどい事件ですね。岩倉さん、捜査を担当していたんですか？」

「いや」

「それにしては、ずいぶん詳しく覚えてますね」

「殺人事件の情報は、自然に頭に入ってくるんだよ。自分が担当していない事件についても知っておくのも刑事の仕事だから」

「私には無理……だと思います。そんなに記憶力はよくないですから」

「そのうち慣れるさ」

「何だか羨《うらや》ましいです」

「羨ましいだけじゃないぞ。記憶力がいいと、かえって困ることもある」

「そうなんですか？」

「それは——まあ、いいよ。人に話すようなことじゃない」

岩倉は彩香の質問を振り切って特捜本部に入り、事情聴取の結果を安原に報告した。

「何とも言えない感じですね」安原は渋い表情だった。

「特に宮本を庇《かば》ったりしている様子ではないんですが……何も知らないのは確かだと思います」

「しょうがないですね。取り敢えず、この女はキープしておきましょう。今後も話を聴く機会は出てくると思います」

「そうします」もっとも、またみどりに事情聴取するかもしれないと考えるとうんざりした。やはり自分は、我慢が足りない。ああいう手合いを相手にする時には、どうしても苛ついて質問が雑になってしまうのだ。こういう時はどうするのか、後で大友鉄に聞いてみよう。取り調べの名人であるあの男には、自分なりのノウハウがあるはずだ。それを他人にも伝えて、警視庁としての財産にすべきではないか——。

まさか。

サイバー犯罪対策課が自分を追い回すのと同じことではないか。そもそもマニュアル化できないのが刑事の仕事であるはずなのに、連中はそうは見ていない。サイバー犯罪対策課の連中が「ビッグデータ」「ディープラーニング」と言い出した時の、うんざりした気分が脳裏に蘇る。

まさか、別居している妻の専門分野の話になるとは。

夜遅く、岩倉は蓮沼に借りたマンションに帰宅した。ほとんど蒲田と地続きと言っていい街で、その気になれば署から歩いても帰れる。実際、何もなければ健康のために徒歩通勤しようかと思っていたぐらいだった。しかし特捜本部で帰りが遅くなっている今は、少しだけ自分を甘やかすことにして、タクシーを拾った。

十一時。ドアノブに手をかけた瞬間、かすかな異変に気づいた。朝家を出た時と、何かが違う……しかしすぐに、違和感の源泉に気づいた。ドアに紙片が挟まっていたのだ。広げると、馴染みの丸っこい字で伝言が書いてある。

「ドーナツ五個。明日の朝までに食べて」

おいおい……思わず苦笑してしまう。こんな時間にドーナツを食べさせるとは、どういうつもりなんだ？　しかしこのメモを残した人間は、岩倉がこんな時間に帰宅するとは思ってもいなかったのだろう。一緒に暮らしているわけではないし、そもそも普段からあまり連絡も取り合わない。

娘の千夏《ちなつ》。生まれたのは八月で、その年は比較的冷夏だったのだが、どうせ夏に生まれたのだから、と象徴的な名前をつけたのだ。いや、実は妻に無理矢理押し切られた感じ……結局岩倉の結婚生活は、全て妻のペースで進んでいたのだと思う。

まさか、部屋で寝ているのでは——さすがにそれはなかった。ドアを開けると中は真っ暗で、人の気配はしない。

1LDKの部屋は、まだ引っ越しの余韻を残している。というより、まったく片づいていなかった。リビングルームの床には段ボール箱が積み重なり、それを迂回しないとまともに歩けない。実際、開けた段ボール箱はまだ三つだけなのだ。犯罪関係のノンフィクションなどが入っていた箱が三つ……本だけは、最優先で本棚に収めた。

あとはまったく手つかずと言っていい。蓋だけ開いている段ボール箱は、ワイシャツを詰めこんできたものだ。毎日ここから新しいシャツを取り出して着る。洗濯が必要なシャツは、ソファの上に重ねてあった。そう言えば、近くにクリーニング屋を探さないと……蓮沼の商店街はまだちゃんと探検していないから、どこに何があるか分からない。

テーブルには、新聞が積み重なり始めていた。新聞はきちんと読み、気になった事件関係の記事は切り抜いておくのだが、まだスクラップブックに貼りこんでおらず、既に順番が滅茶苦茶になっていた。空いているわずかなスペースにドーナッツの箱。どうやら千夏の手作りらしい。おかしなものだ……この春から高校生になる千夏は、ほとんど料理などしない。ましてやお菓子作りになど、まったく興味がなかったはずなのに。この前会ったのは異動前の三月中旬で、高校の進学祝いに腕時計をプレゼントし、念のために新しいマンションの合鍵を渡したのだが、その時もそんな話はまったくしていなかった。

まあ、いいか。今は高校が始まる直前の、人生で一番気楽な時期である。急にお菓子作りに興味を持ったとしたら、微笑ましい話ではないか。

蓋を開けると、強烈に甘い香りが鼻を刺激する。ごく普通の、プレーンのドーナッツ。揚げて白砂糖を振っただけだが、それでも甘さを想像すると胃がきゅっと痛くなるようだった。元々甘い物はそれほど好きではないのだが、千夏は父親の味の好みも忘れてしまったのだろうか。

ドーナッツには特にメッセージは添えられていないので、どういうつもりでここへ持ってきたのかがさっぱり分からない。十五歳らしい気まぐれだろうとは思うが、食べ切れるかどうか……胃には少し隙間があったが、ドーナツは一個一個がそこそこ大きい。しかし、せっかく娘が作ってくれたのを食べずに捨てる訳にはいかないから、頑張るしかない。今夜二つ、明日の朝、朝食代わりに三つ食べることにするか。アメリカの警官になったつもりでいればいい。映画の中などで、アメリカの警官はいつもドーナツを食べている。

遅い時間なのでコーヒーは飲みたくなかった。もう少しソフトなものがいい……冷蔵庫を開けると、烏龍茶のペットボトルが入っていた。キャップは開いているが、いつ開けたのか、まったく覚えがない。コップに注いで一口飲み、腐ってはいないと判断する。烏龍茶特有の香りは少し抜けていたが。

ドーナツを頬張り、烏龍茶で飲み下す。少し硬かったが、味はこんなものだろう――とにかく甘い。砂糖を丁寧に落としながら食べたのだが、歯に染み入るような甘さは薄れない。二個が人間としての限界……明日の朝三つ食べるのかと思うとげんなりしたが、娘の気持ちを無下《むげ》にするわけにはいかない。

シャワーで一日の疲れを洗い落とす。ほっとしてリビングルームに戻り、スマートフォンを弄《いじ》った。先月、千夏と一緒に撮った写真がある……中学生から高校生にかけては、女性は大きく変化する時期で、一月《ひとつき》会わないだけでも雰囲気ががらりと変わる。二月までは髪を長く伸ばしていたのに、この前会った時には急にボブカットになっていて驚いた。「どうした」と訊ねると、「今これが流行りだから」と一言――昔で言えば「おかっぱ」のこの髪型が本当に流行っているかどうか、岩倉にはさっぱり分からなかったが。

それにしても、今月から高校生か……あと三年。中高一貫のこの学校を卒業するまでは、今までと同じように「家族のふり」を続けていかなくてはならない。実質的に家族は崩壊しているのだが、それを他人に知られるわけにはいかないのだ。千夏が中学に入ってから始まった別居生活。娘は母親と一緒に暮らし、岩倉が家を出た。まだ離婚していないのは、ひとえに千夏の学校のためである。世間的には評判のいい私立校で、その分、生徒の家族に対する学校側の要求も高い。これは噂に過ぎないのだが、在学中に両親が離婚すると、内申書の点数が悪くなるという話さえあった。そんなことを言われても、別居してしまったものは仕方がない――正式の離婚は、千夏が高校を卒業した後で、ということで妻との間では約束が成立していた。書類の上だけでも夫婦であるのは、とにかく千夏を守るためだ。千夏もその辺の事情は分かっていて、岩倉は不満を零されたことはない。

だからこそ申し訳なく思うのだ。家族は実質的に崩壊しており、自分には既に新しい恋人がいる。

分別のあるはずの五十男として、褒められたものではないな、と時折思う。

しかし、自分の気持ちというのは、完全にはコントロールできないものなのだ。

翌朝、胃もたれを抱えたまま、岩倉は出勤した。さすがに朝からドーナツ三つはきつい。口の中の甘みを完全に消すためには、コーヒーが二杯必要だった。

「どうかしたんですか？」特捜本部に顔を出すなり、彩香が不思議そうな顔を向けてきた。

「何でそう思う？」

「さっきから胃を摩ってばかりじゃないですか。痛いんですか？」

「もたれてるだけだよ。昼までには治るだろう」とはいえ、この状態で昼食を普通に食べられるとは思えなかった。

「胃薬、ありますよ」

「何だ、持病なのか？」

「そういうわけじゃないですけど、念のために胃薬と頭痛薬はいつも持ち歩いてるんです」

「だったら一つ、恵んでくれ」岩倉は人差し指を立てて見せた。

「持ってきますね」

席を立った彩香は、三分後に戻って来た。左手には水のペットボトル。岩倉は礼を言って薬と水を受け取り、粉薬を流しこんだ。すぐに胃がすっとする——これでだいぶ楽になるだろう。

特捜本部は、通常毎晩、捜査会議を開く。その日一日の成果を報告し合い、翌日以降の方針を決めるためだ。しかし今日は、朝も会議が招集されている。何か重要な方針を示すつもりだな、と岩倉は予想していた。まさか、宮本をいきなり逮捕するつもりか？それはまずい。今のところ、宮本の犯行を直接裏づける材料は一切ないのだ。

岩倉の予想は当たった。管理官の木下が、第一声で、「今日、もう一度宮本を引く」と宣言したのだ。木下はやけに気合いが入った様子で、今朝は一段と声が大きかった。

「宮本は今日も出勤予定だが、パチンコ屋で摑まえる。同時に、勤務先での事情聴取を一気に行う。容疑が固まり次第逮捕だ」

岩倉は思わず立ち上がった。解決を焦る気持ちは分かるが、いくら何でもこれは乱暴過ぎる。

「ちょっと待って下さい。まだ、直接犯行とつながる材料は出ていませんよ」

声を張り上げると、木下が小さな目を大きく見開き、岩倉を睨みつけた。こういうのには慣れているので、特に動じない……むしろ心配になった。木下には、解決を焦る理由が何かあるのだろうか。

「鍵を開けた手口は、宮本特有のものだ。手口は犯罪者の指紋のようなものだからな。まず、宮本が被害者宅に盗みに入ったことを認めさせよう」

「材料はそれだけなんですか？」岩倉は食い下がった。

「近くの防犯カメラに宮本が映っている。一日の未明だ」

初耳だった。これは確かに、新たな証拠になる……一礼して岩倉が座った後で、木下が得意そうな口調で続けた。

「この日、宮本が被害者宅の近くにいたのは間違いない。しかも時刻は午前一時半。こんな時間に、自宅から離れた場所にいるのはいかにも怪しい。とにかく、この材料で宮本を叩こう。担当は引き続き水谷」

大丈夫だろうか……木下は今後、水谷を取り調べのエキスパートとして育て上げるつもりかもしれないが、かなり危なっかしい。岩倉の判断では「素質なし」だ。専門家の谷田貝に任せればいいのに……いや、それはないか。長年、捜査一課で取り調べのスペシャリストとして活躍してきた谷田貝は、定年を二年後に控えている。そろそろ一線から退いて、後継者に仕事を任せる年齢だ。しかし谷田貝は、水谷に対して専門教育を行っている様子はない。

数々の疑問と不安が浮かんだが、方針を変更させるほどの材料はない。捜査会議が終わった後も、岩倉は席に座ったままでいた。会議の後半になって、ふと気になってきたことがある。これを調べなければならない……難しい話ではない。

考えをまとめようとしていると、谷田貝が近づいて来て、音もなく椅子に腰を下ろした。白髪が目立つ髪。背広の内側にはウールのベストを着こんでいる。地方の公立高校のベテラン教師、という感じだ。最近、こういう格好をする人は少ないのだが……愛想のいい笑顔を浮かべると、谷田貝は「何だか不満そうだな」とすかさず指摘した。

「ええ、まあ……捜査会議全体の流れがあるからしょうがないですけど」岩倉は声を潜めた。「ちょっと乱暴じゃないですか？　それに、水谷の取り調べはかなり危なっかしいですよ。谷田貝さんがやればいいじゃないですか」

「老兵は消え去るのみだよ」谷田貝が寂しそうな笑みを浮かべる。「俺もあと二年だ。いつまでも、自分が主役だって頑張る訳にはいかないだろう」

「まだ二年もあるじゃないですか」

「あんた、何歳だったっけ？」

「ちょうど五十になったばかりです」

「五十から先は早いぞ」谷田貝が真剣な面持ちで言った。「定年までの十年なんて、あっという間だ」

「そうですかねえ」岩倉は首を傾げた。

「そうだよ。本当に一年一年が早い……だから、自分のノウハウを後輩に譲り渡していくことも考えないとな」

「水谷に取り調べのテクニックを伝授することもですか？　あいつは、向いてませんよ」

「それは、まあ……」谷田貝が曖昧な笑みを浮かべる。「まあ、捜査一課も、必ずしも人材豊富というわけじゃないからな」

谷田貝が、呻《うめ》き声を上げて立ち上がる。実年齢よりもずいぶん年上な感じだ。最近の五十代は若いが、谷田貝は長年の勤続疲労のためか、早くも老人の雰囲気を漂わせている。

まさか自分も、外からこんな風に見られているんじゃないだろうな。ふと実里の顔が脳裏に浮かぶ。彼女と一緒にいる時に年齢差を意識することはないが、それは実里が気を遣ってくれているからではないか？

何だか気が重い。急に、五十歳という年齢を強く意識した。

岩倉は何も言わず、彩香を外へ連れ出した。行き先は糀谷駅の近く。

「何なんですか？　説明して下さい」環八に出て歩き始めた途端に、彩香が訊ねる。

「自分で考えてみたらどうだ？　何でもかんでも人に聞かないで、少しは頭を使えよ」

「使ってないわけじゃないですよ……」ぶつぶつ言って、彩香がうつむいてしまう。

これはまずかったか。まるで難題をふっかける、阿呆な上司のようではないか。最近の若い刑事の扱いは難しい。本部の捜査一課に上がってくる頃には、所轄で相当揉まれているから、多少は自分で考える癖ができているのだが、駆け出しの刑事はまだまだ勉強不足だ。かといって、手取り足取り教えていたら、むしろ伸びない。

今日は雲が重く垂れこめた一日で、今にも雨が降り出しそうだった。これではいつになったら花見ができることか……もっとも今年は、花見をしている暇などなさそうだったが。

ほどなく「ＫＥＩＫＹＵ」と大書された高架下を通り過ぎ、第一京浜を渡る。この辺りはずいぶん綺麗になった。以前は空港線の線路が第一京浜を横切っており、そこが箱根駅伝の重要なポイントになっていた。電車の通過で時間をロスしたり……今は京急が高架になって、そういうこともなくなった。

糀谷駅が近くなっても、街の景色はあまり変わらない。環八沿いにはマンションやオフィスビルが建ち並び、交通量も多く、賑わいがある。途中で広い環八を横断し、一本裏の道に入った。スマートフォンの地図で確認しながら歩く。環八の賑やかさが一変して、静かな街並みになった。

「もしかしたら、あそこですか？」

しばらく無言で歩いた後、彩香がいきなり声を上げる。横に並んだ彼女を見ると、視線は道路の先の新聞販売店に向いている。

「ご名答」

「あの……三原さんが取っていた新聞の件で？」

「そういうこと」

何かが気になっている。今のところ、新聞の溜まり具合から見て、三原が殺されたのは三十一日の夕方以降と見られている。ただしこの件を、新聞販売店にはまだ確認していなかった。

新聞配達は、タクシーの運転手と同様、四六時中街中を走り回って、様子をよく見ている。警察にとっては「街の番人」。それ故、新聞販売店に聞き込みをすることはよくある。だいたいどこも似たような感じ……店先には配達用の自転車やバイクが並び、今日の朝刊がスタンドに入っている。時間帯によっては、大量の広告が店先に置かれていることもある。

この販売店は、一軒家の一階にある。上が店主の自宅なのだろうが、職住近接どころか職住一致の環境はなかなか大変だろう。朝は、二時か三時ぐらいから仕事が始まるのではないか。

引き戸を開けて中に入る。視界に入った光景も、記憶にある通りだった。土間のような広いスペースの中央に、大きな作業用のテーブルが置かれている。両サイドにある長机には、広告が積み重ねられていた。人気はない……岩倉は店内の奥に入りこんで、「すみません」と声をかけた。

出て来たのは、七十歳ぐらいに見える女性だった。何だか疲れた表情だったが、それも一瞬のことで、すぐに愛想のいい笑みを浮かべる。

「今日の新聞ですか？」

「いえ……すみません、警察です」

バッジを示すと、笑顔は瞬時に消えた。仕事とはいえ、何だか悪いことをしているような気になってくる。

「ちょっと伺いたいことがあるんですが、店主の方は……」

「ああ、ちょっと待って下さい」

女性が引っこみ、一分後に店主が出て来た。まるで熊のような男——顔つきは、先ほどの女性と同じ七十歳ぐらいなのだが、その年代の人にしては背が高い。しかもでっぷりと貫禄があり、ダウンベストの前が開いている——閉まらないようだった。短く刈り上げた髪はたわしのように硬そうで、ぶっきら棒な表情によく合っている。巨大な手に持っているカップは、お猪口《ちょこ》のように見えた。

「はいよ」警察にも臆することなく、店主が乱暴なダミ声で言った。

「すみません、こちらのお客さんのことでちょっと伺いたいんですが」

「ああ、どうぞ……そこ、座って」

促されるまま、中央の大テーブルにつく。腰かけたのが小さな丸椅子のせいか、何だか落ち着かない。店主は音を立ててカップから何かを啜《すす》りながら岩倉を睨んだ。

「三原康夫さん。こちらのお客さんですよね？」

「ああ、殺された三原さん？」即答。さすがに商売柄、ニュースはチェックしているのだろう。というより、同じ町内で殺人事件があったら嫌でも注目せざるを得ないか。

「ええ」

「確かにうちのお客さんだけど、何か？」突然目が不安げに泳いだ。

「今月一日分の朝刊から、郵便受けに溜まっていたんです。その頃、何か異常がなかったかと思いまして」

「ああ……ちょっと待って」

店主が大儀そうに立ち上がり——山が動く、という感じだった——奥へ引っこんだ。すぐに、タブレット端末を手に戻って来る。店主が持っていると、タブレット端末がスマートフォンのように見えた。

「怒られたんだよ」

「怒られた？」予想外の答えに、岩倉はオウム返しに訊ねた。

「新聞が止まってないって、文句をね」

「止めるように言われたんですか？」

「そう、一日の朝刊から」

「その日の朝から新聞を止めるように依頼されたんですね？」岩倉は念押しした。

「ああ……」

店主が太い指でタブレットを操作する。あれでまともに反応するのだろうか、と余計なことが心配になった。

「一日から三日までだね」

「三日間だけですか？」岩倉は首を捻った。長い旅行に出る時に、新聞の配達を一時ストップさせる客もいるだろう。しかし三日なら、朝夕刊合わせてわずかに六部だ。郵便受けが一杯になるわけでもあるまい。

「こういうことは、前から何回もあったんだ」店主が告げた。「三原さんはもう何年もうちの新聞を取ってるけど、二日、三日と新聞を止めるように頼まれることは、よくありましたよ」

「旅行ですかね」

「さあ」店主がタブレットを膝の上に置く。「詳しい事情は知らないけど……こっちは、止めるように言われたら止めるだけなんで。旅行の時に止めるのはお勧めなんですよ。郵便受けに新聞が溜まってると、防犯上もよくないしね」

「怒られたというのは、どういう状況だったんですか？」

「一日の午前九時ぐらいに電話がかかってきて、新聞が止まっていないって、えらい剣幕で……配達の人間が、忘れて入れちゃったんだね」

「どこから電話してきたんでしょうか」少しおかしな話だ。郵便受けを覗けば、新聞が入っていることは確認できる。しかしその場合、抜いて部屋へ持って行くのではないだろうか。それで抗議の電話をかける……。

「たぶん、外だね。私が電話を受けたんだけど、あれは駅のホームだったと思うよ。そういう音がした」

「どこのホームだったか、分かりませんか？」電車の発着メロディーは、駅によって違う。ＪＲ蒲田駅は、確か『蒲田行進曲』だ。

「そこまでは分かりませんよ」店主が苦笑した。「ただ、ざわざわした雰囲気だけは分かったけどね」

「どこか出先から電話してきた、ということですね？」岩倉は念押しした。

「朝、出かける時に新聞が入っているのに気づいたけど、そのまま出かけて、電話してきたんだろうね。そういうこと、よくありますよ」

「しかし、その後も新聞は入ってましたよ」

「ああ……」店主がバツの悪そうな表情を浮かべ、頭を掻いた。「それはちょっと連絡ミスで……」

「止めるように、という指示が徹底してなかったんですね？」

「そういうことです。だらしないねえ」

「単純ミスですよね？」

「まあね」店主が嫌そうな表情を浮かべた。

大した話ではない――いや、これは重要なポイントだ。

特捜本部では、一日未明に三原が殺された可能性を想定して、宮本を叩こうとしている。しかし実際には、三原は一日の午前九時にはまだ生きていた。携帯の通話記録を調べなかったのだろうかと訝ったが、おそらく三原は、駅のホームにある公衆電話から販売店へかけてきたのだろう。どういう理由だったかは分からない。

危ない、危ない……特捜本部は、重大なミスを犯すところだった。

「生きていた？」岩倉が報告すると、木下が目を見開いた。

「誰かが三原さんの名前を騙《かた》って電話したなら別ですが」岩倉は一歩引いた。「アリバイ工作のためとか。しかし新聞販売店の店主は、間違いなく三原さんの声だったと証言しています。これまでにも何度か話をしたことはあるので、確かだと思われます」

「うーむ……」木下が腕組みをする。「今、宮本を呼んだばかりなんだ」

「調べるのは構いませんが、ちょっと引き気味にした方がいいと思います」岩倉は提案した。

「そうだな……危ないところだったわけか？」座っていた木下が、上目遣いに岩倉を見た。

「まだ、そこまでぎりぎりの状態ではなかったでしょう。とにかく、事件が起きたのが一日未明と断定するわけにはいかなくなりました。宮本がそのしばらく前に防犯カメラに映っていたと言っても、犯人扱いはできませんよ」

「しかし、どこかへ出かけていたはずの被害者が、どうして自宅で殺されていた？　少なくとも三日までは、どこかへ出かけているつもりだったんじゃないか？」

「そうですね……しかし、それはこれから調べられると思います」遠出するつもりだったら、新幹線や飛行機を手配していた可能性がある。そこはチェック可能だ。そう告げると、木下がうなずく――渋々という感じだったが。

「その裏取り、ガンさんがやってくれよ」

「分かりました」

「誰か使っていいから、被害者を丸裸にしてくれないか？」

三原に対する調査は、数人の刑事が中心になってやっていた。しかし芳しい結果が出ないまま……どうも三原という男は、身内もおらず、近所づきあいもなく、完全に孤独な人生を送っていたようだ。ただ、生活に窮していたわけではない。銀行の口座には、数千万円の預金があった。マンションは現金で購入。部屋を調べた限り、それほど贅沢をしていた様子ではなく、あと十年、あるいは二十年ぐらいは楽に暮らしていけただろう。ただ、いずれは孤独死……というのは避け得ない感じがしたが。

「いかにも、今の東京の事件という感じですね」

「一人暮らしの高齢者は多いからな」木下が渋い表情でうなずく。

「とにかく、周辺捜査に着手します」

「人手は？」

「取り敢えず若いのが一人いるから、大丈夫ですよ」

「ああ、所轄のお嬢さんか……あの娘《こ》はどうだい？　使い物になりそうか？　捜査一課はいつでも人材募集中だぜ」

「まだ海のものとも山のものとも分かりませんね。本当に駆け出しですから」声を潜めて言って――会議室の後方に彩香が控えている――岩倉は一礼した。

目で合図すると、彩香が音を立てて立ち上がる。岩倉はそのまま会議室を出て、二階下にある刑事課に向かった。

「刑事課へ行くんですか？」

「ああ。今、あそこは静かだから仕事がしやすい。取り敢えず、あちこちに電話をかけないと」

「分かりました……でも、新聞の件、気づきませんでした。岩倉さん、さすがですね」

「褒めても何も出ないぜ」

「分かってますけど……」

「一つだけ」階段の途中で足を止めて振り返る。すぐ近くを歩いていた彩香と、顔の高さがほぼ同じになった。「少しでも疑問に思ったら、すぐに調べることだ。時間を置くと、手がかりが冷えてしまう」

「分かりました。参考になります」

そう真顔で言われても。岩倉は彼女に背を向けて苦笑した。

刑事課へ戻り、自席につく。特捜本部が稼働中なので、ここには今、ほとんど人がいない。盗犯担当も知能犯担当も、特捜本部へ投入されているのだ。

「さて……」椅子を引いて座った途端、デスクに載せた書類が雪崩を起こしかけた。慌てて押さえたが、ファイルフォルダが二つ、床に落ちる。隣に座る彩香が、身を屈めて拾い上げてくれた。

「悪いね」

「いえ……あの、来たばかりなのに、何でこんなに散らかってるんですか？」

「何でだろうな」岩倉は薄笑いを浮かべた。警察官の異動では、前の部署で使っていた物を持って行くことはほとんどない。私物など、それこそ筆記具ぐらいだ。岩倉の場合は、自分なりにまとめている未解決事件の捜査資料を持ち歩いているので、他の人よりは荷物が多いのだが……初日に段ボール箱から出してデスクに積み重ねた後、そのままにしている。さすがにこれはまずいだろうと考え、引き出しを開けて適当に突っこみ始めた。

「そんなに雑に入れて、後で分かるんですか？」彩香が訊ねる。

「何となくね」

「デスクは綺麗にしておけって、厳しく言われましたけど」

「それができたら苦労はしないさ」

実際、他の刑事たちのデスクは整理整頓されている。帰る際には書類などは全て然るべき場所に保管し、デスクには電話しか載っていないようにする——秘密保持のためだが、岩倉は何故かそれができなかった。だいたい、警察署内で書類などを盗む人間がいるわけがない。貴重品がなくなることは時々あるのだが。

岩倉は、三原の周辺捜査について彩香に指示した。銀行口座のチェックは終わっているが、実際には分かっていないことの方が多い。まずは、家にある電話の通話記録の調査。誰といつ話していたか分かれば、彼が本当に孤独に生きていた人間なのか、あるいはつながりのある人物がいたかが分かる。

指示を受け——彩香は一々メモしていた——受話器を取り上げようとした瞬間、彩香がびくりと身を震わせる。まさに手が触れたタイミングで、彩香のデスクの電話が鳴ったのだ。

「はい、刑事課……ええ。はい、分かりましたが、今こちらには誰もいないんです。はい、取り敢えず課長に報告してから連絡します」

受話器を置くと、彩香が立ち上がった。

「どうした？」

「自殺です」

「自殺？　今の電話はどこからだ？」

「地域課です」

一一〇番通報で外勤の制服警官が出動し、遺体を確認してこちらに電話してきたわけか……岩倉は自然に、独居老人の孤独死を想像した。そういう遺体と対面すると、彩香はまたショックを受けるだろう。遺体の状態はどうなっているのか。

「身元は分かっているのか？」

「新聞記者らしいですよ」

岩倉も立ち上がった。自殺の処理には慣れているが、新聞記者というのは……嫌な予感がした。

第四章　自殺

岩倉はすぐに特捜本部に電話を入れ、安原に報告した。状況を把握した安原は、岩倉と同じ不安に襲われたようだった。

「新聞記者ですか……厄介そうですね」

「そうなるかもしれません」

「ガンさん、ちょっと現場を見て来てもらえませんか？　今、刑事課は総出なので……」

自分も刑事課の一員なのだが、と思いながら、岩倉は要請を受け入れた。岩倉自身、この自殺には何か嫌なものを感じている——根拠は何もないのだが。

「分かりました。取り敢えず現場に行ってみます。やばそうな状況になったら、改めて連絡しますよ」

「頼みます」

「念のため、伊東もそのまま連れていきますよ」

「そうですね。鍛えてやって下さい」

電話を切り、頬を膨らませて息を吐く。日本の年間の自殺者数は二万人以上にもなる。つまり今回の自殺は、二万分の一の一件に過ぎないのだが、死者の職業が新聞記者というのがやはり気になった。特に根拠はないのだが、新聞記者は自殺などしそうにない、精神的にタフなイメージがある。

「行くぞ」

「私たちが調べるんですか?」彩香が目を見開く。

「他に誰がいるんだ?」岩倉は課内を見回した。「どうやら君は、事件づきしてるみたいだな。岩倉二世を名乗ってもいいぐらいだよ」

「事件づきしてるのって、ありがたい話じゃないですよね」

「もちろん、平穏な方がいいけど……とにかく行ってみよう」

「現場はすぐ近くです。住所は西蒲田」彩香が手帳に視線を落とした。

「何だ、俺の家の近くじゃないか」

「同じ町内会ですか?」

「何丁目だ?」

「現場は二丁目ですね」

まだ全域を歩き回ったわけではないが、自宅近くの地図を頭の中で広げた。西蒲田二丁目というと、東急線の池上駅に近い方ではないだろうか。岩倉のマンションは、蓮沼駅に近い六丁目だ。

「それだと、うちからは結構離れてるな。ちなみに、記者の身元は分かってるのか？」

「日本新報社会部の松宮真治《まつみやしんじ》さん、二十八歳です」

「その年齢で社会部の記者というと、警察《サツ》回りかな？」日本新報には、まだ警察回りの記者がいるのだろうか。数年前に経営不振から大規模なリストラに踏み切り、地方支局の統廃合を進めたことは岩倉も知っていた。夕刊は廃止され、朝刊のページ数もぐっと減っている——せめて東京の取材体制ぐらいは、昔と同じにしようとしているのだろうか。

「そこまではまだ摑めていません」

「発見者は？」

「会社の人のようです」

「そうか……」やはり厄介だな、と心配になる。新聞社の人間が現場にいると、やりにくそうだ。何かと煩い連中だから、こちらのやり方にいちいち文句をつけてくるかもしれない。「現場でいろいろ大変かもしれないけど、これもいい経験だ」

「分かりました」

　例によって彩香は緊張している。殺しの次は自殺——立て続けに起きた事件に対応するだけでも大変だろう。これもいい訓練なのだが、果たして彼女はついてこられるだろうか。

自殺だ、と岩倉は一目で判断した。遺体はまだ自室に残されたままで、発見時と同じ姿を確認できたのだが、これが殺しだとしたら手がこみ過ぎている。

松宮は、浴室のドアを利用して首を吊っていた。ドアノブにロープを結びつけてドアの上部を通し、反対側に首を突っこむ輪を作る。足元には、小さな踏み台が転がっていた。踏み台に乗って輪に首を入れ、踏み台を蹴飛ばして体を宙に浮かす——よくある自殺の方法である。

ロープは切れ、松宮は床に倒れていたが、これも不自然ではない。本人が息絶えた後で、ロープが体重で切れる——自殺現場では珍しくない光景なのだ。そしてこの現場では、ドアの上部に激しく擦れた跡がある。

「自殺で間違いないな」岩倉は彩香に告げた。

「……ええ」彩香の声には精彩がない。短期間に二度も死体を見て、精神の許容量をオーバーしてしまったのだろうか。

「遺体の搬送の準備をしてくれ」岩倉は制服警官たちに小声で命じ、外へ出た。

マンションの外では、第一発見者である日本新報の社員が、別の中年の男と話していた。こちらは、マンションの管理会社の社員らしい。鍵を開けてもらって死体を発見した、というところだろう。

岩倉は、新報の社員に向かって軽く会釈した。向こうも礼を返す。

「南大田署の岩倉です」

「日本新報の近藤《こんどう》です」

岩倉は、近藤という男を素早く観察した。年の頃、四十歳ぐらい。小柄で、ぽこんと突き出た腹が目立つ。日頃の不摂生が、如実に体つきに反映されているようだった。

「状況を説明してもらえますか」

「ええ……」近藤が一瞬目を閉じた。喉仏が上下する。やはりショックを受けているようだった。いかに新聞記者とはいえ、死体に対面する機会はあまりないだろう。

「ちょっと座りましょうか。立ち話もなんですから」

岩倉は気を利かせて、覆面パトカーに近藤を誘った。近藤はパトカーに乗るのを嫌がっていたが、しばし迷った末に、結局岩倉の誘いに乗った。二人並んで後部座席に腰かけ、彩香には運転席に座るよう指示した。メモを取ってくれ――その指示は不要だろう。彼女にとってメモは、仕事の道具というより生活必需品のようだ。

「今回は大変でしたね」

「いやあ……参りました」近藤が両手で顔を擦った。「いきなりこんなことになるとはねえ」

「松宮記者は、仕事は何をしていたんですか？」

「警察回りです」

「方面は？」

「二方面」

第二方面の記者クラブは、品川北署にある。最寄駅は山手線の大崎、ないし東急池上線の大崎広小路。ということは、池上線沿線に住んでいるのは極めて自然である。

「あなたのお仕事は？」

「都内版主任です」

「どういう仕事ですか？」聞いただけではまったくピンとこない。

「都内版の紙面作りと、警察回りの統括です」

「警察回りの統括は、警視庁クラブの仕事じゃないんですか？」

「そういう社もありますが、新報の場合は都内版主任が担当します」

「それで、松宮記者のところへ来たんですね……何か問題でもあったんですか？」

「連絡が取れなくなっていたんですよ。ここ二日ほどですが」

「ああ、それで確認に……」得心がいった。記者は、いつでも連絡が取れないとまずい仕事だろう。二日も音信不通になれば、異常事態だと判断されてもおかしくない。

「そういうことです」

「状況から間違いなく自殺と思われますが、何か思い当たることはありますか？」

「いや……普通に仕事もしてましたからね。だから、病気で倒れているんじゃないかって心配になって、様子を見に来たんです」

「今の仕事というと、南大田署の殺しですか？」

「ええ。もちろん、取材の主体は警視庁クラブでしたけど、彼も取材には参加していましたよ」

「そういう状況で連絡が取れなくなったら、さすがに心配しますよね」

「そうなんですよ」近藤がまた顔を擦った。「しかし、まさか自殺とはね」

「思い当たる節はないんですか？」岩倉は念押しした。

「少なくとも私には……警察回りは、放牧されているようなものですからね。自由に動き回るのが仕事なんです。とはいえ、私も詳しいことは知らないんですよ」

「統括されているんですよね？」無責任な発言に思えて、岩倉は確認した。

「そうなんですが、このポジションについたのは、今月に入ってからなんです」

「ああ、異動で？」

「そうなんです。だからまだ、松宮とは顔も合わせていなくて」

「それでいきなりこういう状況になったのは、大変ですね」岩倉は同情をこめて言った。異動していきなり大事に巻きこまれる大変さは、岩倉も今回散々味わっている。

　気を取り直して、質問を変える。まず、事務的な話を進めていかないと。

「状況的には自殺ですが、解剖は必要です。その手続きを進めさせていただきますが、ご家族は？」

「都内に住んでいます。連絡済みですから、もうすぐこちらに来ると思いますよ」

「お手数でした」岩倉は頭を下げた。「本来は、警察から連絡しなくてはいけないことでしたね」

「いや、会社としても……責任はありますからね」

「実家はどちらなんですか？」

「武蔵村山です」

武蔵村山市は、都内では珍しく、鉄道が通っていない自治体だ。場所によっては、都心部に出るのにかなり時間がかかる。忙しい警察回りの松宮が、実家を出て、自分が担当する管内に住もうと考えてもおかしくないだろう。

「松宮さんは、いつから警察回りをしていたんですか？」

「半年前——去年の十月からですね」

「その前は？」

「静岡総局です」

「地方から社会部に上がってきて警察回りというのは、普通の人事ですか？」

「まったく普通です」近藤がうなずく。

「病気をしていた、ということはないんですね？」岩倉は念押しで訊ねた。病気で苦しんでいる人は世の中にいくらでもいる。肉体に加えて、精神的にダメージを受けることもあるだろう。

「私は聞いてないですね」

微妙な表現——「私は」か。何とも頼りない。この男と話していても、事態は前進しないだろう。結局家族と話すしかないか……しかし、一人暮らしで完全に自立しているなければ。

二十八歳の男は、家族に愚痴を零したりしないだろう。何か分かる可能性は低いと考え
「ちょっと待って下さい」近藤がいきなり体を斜めに倒した。ズボンのポケットから携帯電話を引っ張り出して、すぐに耳に当てる。

「はい、近藤……ああ、峰《みね》さん。ええ、そうです。今、現場です――分かりました。じゃあ、こちらで改めて」

電話を切って溜息をつく。岩倉はすかさず、「会社の方ですか？」と訊ねた。

「警視庁キャップです」

「警察回りの統括は、あなたなのでは？」

「それとは別件でしょう」近藤は目を合わせようとしなかった。

「別件？　どういう意味ですか？」

「それは、峰が来たら直接聞いて下さい」

「私に何か用があるんですか？」

「峰が話したがると思います……あ、来ましたね」

近藤が窓の外に目をやった。もう来た？　電話を切ってから一分も経っていないではないか。すぐ近くまで来てから電話してきたのだろうか。

「ちょっと話してきますが、いいですか？」

「どうぞ」

近藤が外に出てドアを閉めると、運転席に座った彩香が振り向く。どこか不満そうな表情だった。

「何か……はっきりしないですね」

「事情が分かっていない人に話を聞いてもしょうがないよ。もしかしたら、警視庁キャップの方が詳しく知っているかもしれない」

「でも、何だか面倒臭そうな感じですよね。警視庁キャップって、都内の事件取材全部に責任を持つ人でしょう？　変なことを言い出さないといいんですけど」

「君は心配性過ぎるよ」

「そうですかねえ」

「何も起きてないのに、あれこれ心配して疲れるのは損だぜ」

最近の若い連中は、だいたいこんな感じかもしれない。一歩を踏み出す前に悪いケースばかりを想定して、動けなくなってしまう。何も考えずに突っ走り始める馬鹿など、今では絶滅寸前だろう。

車の窓ガラスをノックする音がした。そちらを向くと、近藤が屈みこんで、申し訳なさそうな表情を浮かべていた。二度、三度と頭を下げる――出て来いということか。岩倉はドアを押し開け、外に出た。彩香も続く。

これが新報の警視庁キャップか。

岩倉は一瞬、気合いが抜けるのを感じた。事件取材の統括責任者というと、歴戦の猛《も》者《さ》、警察に対しても一歩も引かない強情な人間のようなイメージがある。しかし目の前にいる峰という男は小柄で小太り、極端に度の強い眼鏡をかけていて、どうにも迫力がなかった。年齢的には近藤よりも上のはずだが、何となく顔つきが子どもっぽい。

「警視庁クラブの峰です」

峰は如才なく名刺を差し出した。そう言えば近藤は、名刺もくれなかったな……それだけ彼は動揺していたのだろう。それに比べれば、峰はやはり落ち着いている。

「南大田署の岩倉です」

「刑事課ですか？」

「ええ」

「すみませんね、ご面倒をおかけして」峰がさっと頭を下げた。この辺の態度も如才ない。「そちらでは、岩倉さんが担当ということでよろしい？」

「担当というか、取り敢えず現場を調べています」

「そうですか」峰がすっと息を呑む。「重要なお願いがあるんです。ちょっと聞いてもらえますか？」

岩倉は思わず身構えた。有数の全国紙——今はその面影はだいぶ薄くなっているが——の警視庁キャップが「重要なお願い」。嫌でも緊張してしまう。

「お願いとは？」岩倉は素知らぬ顔で切り出した。隣にいる彩香は露骨に緊張していて、それが波のように岩倉を洗う。

「広報にはもう話をしたんですが」峰が周囲を見回した。マンションの近くを歩いている人はおらず、聞かれる心配はないと思うが……。

「広報に？」

「この件、表沙汰にしないように頼みました。一般的に、大きな影響のない自殺なら――」一段声を低くする。「広報しないのがお約束ですよね」

「なるほど」

彼の言い分にも一理ある。例えば飛び降り自殺、列車への飛びこみ自殺――公に影響のある自殺なら広報する。あるいは亡くなったのが有名人なら、公にするだろう。そうでなければ、警察官や自衛官の場合だ。警察官が拳銃自殺したりすると、まず百パーセント広報する。職務に関連した自殺は、隠しておいて後でばれると問題になるからだ。それにこういうことは、隠し通せるものでもない。しかし一般人の普通の自殺は、まず広報しない。

「それと私と、何の関係があるんですか？」

「こういう情報はどこから漏れるか分からない。ですから所轄の方にも、是非内密にしていただくよう、お願いしたいんです」

「ご心配なく。記者の人と接する機会なんか、ありませんから」岩倉は肩をすくめた。実際これまで一度も、記者の取材を受けたことはない。例外は追跡捜査係が発足した時で、宣伝のために、広報課がスタッフへのインタビューの場を設けたのだ。ただしその時も、岩倉は一言も喋らなかった。新聞記者とつき合う利点は一つもない。

「それなら結構ですが、念のためにお願いします」峰が丁寧に頭を下げた。よくもまあ、こんなに簡単に頭を下げられるものだ。新報の警視庁キャップと言えば、それなりに重みがあるポジションのはずだが。

「記者の自殺はみっともない、ということですか」

峰が頭を上げる。表情が微妙に変わっていた。怒り——しかし、それはすぐに消える。

「完全に個人的な事情だとしたら、広報する意味はないでしょう。こういうのを面白がって書くところもあるかもしれませんが」

「週刊誌の動きを警戒しているんですか？」

何も言わず、峰が真っ直ぐ岩倉の顔を見詰めた。おっと……こいつはやはり、只者ではない。決して目力があるわけではないが、吸いこまれそうな目をしている。相手の怒りを跳ね返すのではなく、吸いこんで自分のエネルギーに変えてしまいそうな目つき。

「新聞だというだけで、騒ぎ立てる連中もいますからね」

「私にとっては、職業は関係ありませんよ。そもそも自殺なんか、広報する意味はないと思っていますから」

峰が、ふいに笑みを浮かべた。どうやら思い通りになった、と安心した様子である。

「もちろん、何か問題があれば、あなたのお願いは守れませんけどね」

「問題とは？」一転して峰の目つきが鋭くなる。

「例えば、平成十年五月十日に、小田急線に飛びこみ自殺した新報さんの整理部記者の件——覚えてませんか?」

峰は何も言わなかった。覚えていないのか、あるいは岩倉の発言の真意を慮《おもんぱか》っているのかは分からない。

「あの時は記事になりましたよね。何しろ朝のラッシュで混み合う経堂駅での飛びこみ自殺ですから。確か、三万人の足に影響が出たはずです。少なくとも記事にはそう書いてありました」

峰が目を見開く。さすがにそこまでは記憶にないのだろう。岩倉は口調を速めてさらに続けた。

「当初は、自殺の動機は不明でした。ただしその後の捜査で、彼が覚せい剤を常用していたことが分かったんです。勤務がきつかったので、それに耐えるためということでしたが、現役の新聞社社員が覚せい剤を使ったわけで、言い訳はまったく通用しませんでしたよね」

「……今回も、何か問題があるとでも?」

「さあ」岩倉はまた肩をすくめた。「その辺はまだ、何とも言えません。もしもそういう事実が分かったら、公表せざるを得ないでしょうね……いずれにせよ、私の口から情報が出ることはありません。さっきも申し上げましたが、記者さんと接触する機会なんか、ありませんから」

「私の唯一の――たった二人の記者の知り合いといえば、あなたたちだけです」岩倉は、峰、近藤と順番に顔を見詰めた。「あなたたち以外には、私の名前を知る記者はいませんよ。もちろん、あなたたちが取材に来ても、何も話せませんが。あくまで、副署長から広報が対応します」

「そうですか」

「それは――」

峰が口を開きかけたが、岩倉はすぐに言葉をぶつけて遮った。

「あまり例外は作らない方がいいんじゃないですか？　基準を満たしていれば広報する、していなければしない――原則通りにやるべきです」

「そうですか……取り敢えず、これから署長にご挨拶に行きますよ」

「どうぞ」岩倉はうなずいた。「キャップ自ら挨拶に行ったら、署長も感激するでしょう」

「……では、これで」峰が無表情なまま一礼して、自分の車の方へ去って行った。

取り残された近藤は、戸惑いの表情を浮かべている。この件は、峰とは事前に打ち合わせていなかったのだろうか。社内でも、意思の統一が取れていない可能性もある。社員が亡くなったら、取材部門ではなく人事や総務が仕切ることになるのが普通だと思うが……もしかしたら、自分がそれを全て受け止めねばならないかもしれないと考えて、うんざりしているのだろうか。

淡々と事件処理するだけです」

「キャップの言い分は――」

「よく分かってますよ」岩倉は近藤の言葉を遮った。「偉い人は、まず自分の組織を第一に考えるでしょう。それは理解できます――私のような現場の人間は、取り敢えず淡々と事件処理するだけです」

淡々と、というわけにはいかなかった。まず、武蔵村山から駆けつけた両親に事情を説明し、遺体が運ばれた南大田署へ連れて行く。死体見分が行われる間に二人に最小限の慰めの言葉をかけ、状況を説明した。父親はまだしも落ち着いていたが、母親はずっと泣きっぱなしで、気絶するのではないかと岩倉はハラハラしていた。彩香がいてくれて助かった、と思う。こういう時には、女性の存在が何かと慰めになるものだ。

結局、見分が終了したのは午後も半ばになってからだった。死因は窒息死、外傷などは認められず、事件性はなし――完全に自殺と断定された。遺体の引き取り手続きを終えてから、両親を送り出す。全てが終わった時には、日勤と当直の交代時間が迫っていた。

まずは安原に詳細の説明――二階の刑事課へ上がろうとすると、副署長に呼び止められた。嫌な予感に襲われる。

「何ですか？」

「ちょっと署長に会ってくれ」

「もしかしたら新報の件ですか？」岩倉は思わず声を潜めた。

「そういうことだ。あんたの仕事が終わるのを待ってたんだよ」

「失礼しました……彼女も一緒でいいですか？」岩倉は彩香に視線を向けた。途端に彩香が緊張して真顔になるのが分かる。「新報の警視庁キャップと会った時に、一緒だったんですよ」

「それなら、二人一緒に報告してくれ」

「分かりました」

署長室に足を踏み入れる。どこの所轄も同じようなもので、素っ気ない……署内の他の部屋と違うのは、しばしば壁に絵がかかっていることだ。だいたいが、管内に住むアマチュア画家の作品である。どういうわけか、どこの署長室でもこの手の絵は定番だ。

南大田署の署長・貝沼《かいぬま》は警備畑の男で、前職は災害対策課長である。機動隊勤務が長かったせいか、五十代も半ばになるのに背筋はぴしりと伸びて、贅肉もついていない。

「ご苦労さん」

人当たりは柔らかい——それは赴任時の挨拶で分かっていた。二人にソファを勧めると、自分は向かいに座る。彩香は尻を引っかけるようにして浅く腰かけた。

「新報の件ですか？」岩倉は先に切り出した。

「昼過ぎに、警視庁キャップがここへ来たんだ」

「私はその前に、現場で会いました。ここへ来ると言ってましたよ」

「まあ……特に気にしないでくれ。警視庁キャップとしては、自社の記者が自殺したことを記事にされたくない——そう考えるのは自然だろう」

「分かります」

「向こうは広報にも頭を下げた。私も話は聞き置いた。君は気にすることなく、通常の処理をしてくれ」

「承知しました」貝沼は峰に丸めこまれたわけではないようだ、とほっとする。

「しかし君も、事件づきする男だな……評判通りだ」

「とんでもない。今回の件は明らかに自殺ですし、事件づきするっていうのは褒め言葉になってませんよ」

「まったくだな」冗談だか本気だか分からない口調だった。「なるべく平穏に、が私のモットーでね」

「警察にコントロールできることには限界があります」

「コントロールするために、防犯活動というのがあるんだがな」貝沼がうなずいた。

「ところでこの件は、間違いなく自殺なのか？」

「確実ですが……」岩倉は言葉を濁した。「動機がまだはっきりしていないのが引っかかりますね」

「具体的には？」

「具体的なことはまだ言えませんが……」

「勘か」

「申し訳ありません」岩倉はすっと頭を下げた。「適当なことは言いたくないんですが、何か気になるんです。自殺したのが新聞記者だからかもしれません」

「世間的に見れば、何かと注目を集めそうな一件ではあるな……分かった。何か新しい事実が判明したら、遅滞なく報告してくれ」

「了解しました」

　署長室を出て刑事課へ向かう。記者たちが詰めていないか、十分注意した——何しろ特捜本部が稼働中だから。幸い記者らしき人間は見つからず、無事に刑事課へ到着した。荷物を下ろし、特捜本部に詰めている安原に電話をかける。

「そっちへ降りますよ」

「俺が行きますが……」

「特捜とは関係ない事案でしょう？　ここで話をしない方がいい」

　安原を待つ間、彩香がしきりに肩を上下させていた。

「どうした」

「何だか肩が凝りました——緊張しました」

「署長と会ったから？　訓示でしょっちゅう顔を合わせてるだろう？」

「署長室で会うことなんか、滅多にないですよ」

「そりゃそうだな」岩倉は両手で顔を擦った。署長は「捜査続行」を指示した。自分もそのつもりである。あとは刑事課長の安原にも了承してもらわないと。ただし安原は、それを嫌がる可能性がある。何しろ自殺は自殺、誰に迷惑をかけたわけではない。それに比べれば、特捜本部の方がはるかに大事——人手はいくらあっても足りない。

「さっきの——平成十年の新聞記者の自殺の話、本当なんですか？」彩香が唐突に訊ねる。

「もちろん。あんなことで嘘をついてもすぐにばれる」

「でも、刑事部が扱うような事件じゃありませんよね。そんなことまで覚えているんですか？」

「ああいう面白い話は、自然に頭に入ってくるんだ」岩倉は耳の上を人差し指で突いた。

「ある意味、趣味かもしれないな」

「趣味と実益を兼ねてるってことですか？」

「そんなところだ」

安原が下りて来た。何だか疲れた様子……ここ数日で、顔に陰ができたようだった。安原自身は家にも帰らず署に泊まりこんでおり、そろそろ疲れがピークに達する頃だろう。確かこいつの家は松戸——通勤時間は一時間ほどで、それほど遠いわけではない。睡眠時間を確保するために署に泊まりこむより、家のベッドで寝る方が疲れは取れそうなものだが。実質独り身の気楽さを、岩倉は嚙み締めた。仕事場の近くに住むのが一番——通勤時間の節約になる。歩いて二十分ほどというのは、距離的にちょうどいい感じである。

「ガンさん、お疲れ様でした」

「いやいや、大したことはないですよ。こちらのお嬢さんはだいぶお疲れみたいですが」

「私も平気です」彩香が意地を張るように強気の声を出した。

「状況を説明して下さい」

安原が課長席に腰を下ろす。岩倉は彼の前に立って「休め」の姿勢を取り、朝からの捜査の状況を報告した。

「自殺なのは間違いないんですね」

「ええ。現場の状況でも死体見分でも、不審な点は見つかりませんでした。問題は動機だけですね」

「両親や会社の人間とは会ったんでしょう？」

「もちろん」

「そこで出た話で、何か動機になりそうなことはなかったんですか？」

「普段の様子は分かりませんが……課長、この件の調査は続行していいですか？」

「特捜の方は、人手が足りないんですけどねえ」安原が渋い表情を浮かべる。

「どうにも引っかかるんです」岩倉は引かなかった。

「引っかかるとは、具体的にはどういうことですか？」安原が怪訝《けげん》そうに訊ねる。

「新報の警視庁キャップが接触してきたんですよ」

「初耳だな」安原の顔からさっと血の気が引いた。

「現場で。それと、署長にも面会を求めてきたそうです」

「何とまあ……私は置き去りですか」

安原の顔が今度は赤くなる。刑事課長という要職にありながらどうして——と怒りが沸騰しているのだろう。これに関しては自分の失敗だった、と悔いる。先に報告を上げておけばよかったのだ。岩倉はすぐに謝罪してから、話を続ける。

「これは異常事態だと思いませんか？」

「何がですか？」

「わざわざ口止めする必要があるんでしょうかね。もちろん、そうしたくなるのは分かります。新聞は、自分たちがあれこれ言われることには敏感ですからね。ただ、明らかな自殺で、しかも動機が分からない状態でこういう動きをするのは早過ぎませんか？何だか焦っているような感じがする」

「確かにそうですね」

「もしかしたら新報側は何か事情を摑んでいて、隠そうとしているのかもしれません。例えば、薬物中毒の可能性とか」

「解剖では問題はなかったのでは？」

「今のところは……しかし、簡易検査が終わっただけですから、これから何か出てくるかもしれません。とにかく、新報側の動きも気になりますから、このままもう少し調べさせて下さい」

「……仕方ないですね」安原が渋々認めた。「ただし、十分気をつけて下さい。相手は何かと煩いマスコミだ」

「心配ないでしょう。新報は死にかけなんだから」つい皮肉を吐いてしまう。

「窮鼠猫《きゅうそ》を嚙む、ということもありますよ」

「承知してますよ」

実際には、警察が攻撃を受けることはあるまい。あくまで新報側が自分たちの利益——評判を落とさないために、事実を隠蔽しようとしているだけではないだろうか。その事情は岩倉にも十分理解できる。

しかし、何か特別の事情があったら……。

あくまで勘なのだが、どうしても引っかかる。

一休みして元気を取り戻した彩香を連れ、岩倉は再び現場に向かうことにした。屋内での自殺ということで、目撃者がいるとは思えなかったが、松宮の普段の様子を知っておきたかった。独身の男が積極的に近所づきあいをしている可能性は低いものの、もしかしたら彩香のように、商店街を利用して街の人と顔見知りになっているかもしれない。

その前に、ちょっとした内部調査——岩倉は副署長席に立ち寄った。とうに宿直の時間になっていたが、副署長は制服を着たまま席についていた。何しろ特捜本部を抱えた署であり、夜になっても新聞記者がうろうろしているから、その対応のためだろう。

岩倉に気づくと、副署長は不思議そうな表情を浮かべた。こんな時間に何の用だ？

岩倉はわざと呑気な口調で、「ちょっとお話が」と声をかけた。

「わざわざ何だい」副署長が立ち上がる。交通畑が長かったせいか、どこか呑気な雰囲気をまとっている。

「今、この辺に記者連中はいないですよね」岩倉は周囲を見回した。

「ああ」

「署長から、新報の記者の話、聞きました？」岩倉は声を潜めた。

「聞いた。まあ――うちとしては特に言うことはないな。黙ってるということで」

「それはいいんですけど、副署長、松宮という記者は知ってます？」

「もちろん」

副署長が屈みこんで引き出しを開けた。名刺ホルダーを取り出し、パラパラと名刺をめくる。すぐに見つけ出し、「これこれ」と言って一枚の名刺を引き抜いた。

受け取って確認する。肩書きは「日本新報社会部　記者」のみ。連絡先として、会社の代表番号と社会部の直通電話番号が書いてある。あとは携帯電話番号と、メールアドレス――今時の標準的な名刺と言っていいだろう。品川北署の記者室の電話はなしか……実際には警察回りは署の記者室にいることなどほとんどないはずで、番号を載せる意味もないだろう。

「どんな記者ですか？」

「どんな、と言われてもねえ」副署長が首を傾げる。「会ったのは二回か三回ぐらいだよ」

「そんなものですか？　二方面の警察回りを半年もやってたそうですよ」

「こっちの方へはあまり来ないんじゃないかな。二方面だと、品川北署が拠点だろう」

「そうなんでしょうが、今、うちは特捜を抱えてるんですよ」

「そりゃそうだが」

「最後にここへ来たのはいつですか？」解剖の結果、松宮が亡くなったのは昨日の夜と見られている。彼はいったい、いつまで仕事をしていたのだろう。

「いやあ、いつだったかな」

「覚えてないんですか？　殺しが分かった日は来てると思いますよ」

「おいおい、あの日、ここにどれぐらいの記者が押しかけてたか、知ってるか？」副署長が恨めしそうに言った。

「分かりません。私は現場に詰めてましたから」

「現場の人は気楽でいいね」副署長が鼻を鳴らした。「事件の時は、ここにいるのが一番面倒なんだよ」

「お互い、そこは職責を果たしている、ということですよね……発生当日は、ここへ来たんですか？」

「来たと思うけど、断言はできないね」副署長が、警務課長に助けを求めた。「警務課長、最近、新報の松宮記者は顔を出したかな」

「来ましたよ」警務課長があっさり認める。

「いつ？」

「発生日——四月二日の夜中に。私は宿直でしたから、見てます。それに、次の日の朝一番でも顔を出しました」

「ああ、そうだったかな……」

警務課長の方が副署長よりも当てになる——それとも南大田署の警務課は、副署長を訪ねて来た記者を一々記録しているのだろうか？

「普通に取材していて、いきなり自殺ですか」岩倉は、今度は警務課長に矛先を向けた。

「いや、その辺の事情は私には分からないけどね」

「松宮記者と話さなかったんですか？」

「話した記憶はあるけど、普通だったなあ」

「普通っていうのは、どういう感じで普通だったんですか」岩倉は思わず突っこんだ。話が進まない。

「だから、事件が起きた時の記者そのまま——張り切って、怒って、疲れてる」

「ああ」岩倉はうなずいた。「分かります」

わずか一日の間に何が起こったのだろう――いや、何かあったとは限らない。もともと抱えていた悩みが、何かのきっかけで突然爆発することもある。

「すみませんね、もう終わりの時間なのに」岩倉はひょいと頭を下げた。この二人からは、これ以上は情報は取れないだろう。あとは自分の足を使うだけだ。


変な話だが、現場があと百メートル西にずれていたら、岩倉はこの事件に関わっていなかった。ぎりぎりで南大田署の管内――人口が多いために、同じ区内でも管轄が細かく分かれている東京の場合、こういうことはよくある。この辺りだと、東急池上線の線路西側は、隣の署の管轄だ。

池上駅周辺は、いかにも大田区の下町らしい賑やかな雰囲気である。池上本門寺の門前町の色合いも濃く、特に駅前はごちゃごちゃしていて活気がある。パッと見ただけでも目を引かれるような飲食店も目立つ。食事が彼女のエネルギー源になっているから早く食べさせたい……しかし店が多過ぎて、チョイスに苦労しそうだ。彩香も、池上の駅前は隣の所轄の管内ということで、あまり詳しく知らないようだ。

賑やかな雰囲気はすぐに薄れる。線路に沿って歩き出すと、何となく物悲しい気分になった。小さなマンションが並び、右側を池上線の電車が通り過ぎて行く……どうして物悲しくなるのかは分からなかったが。こういうのは、少し都心部を外れた都内では、ごく普通の光景なのに。

松宮の家の付近まで来ると、飲食店がまったく見当たらなくなった。駅前まで戻らないと食事もできないのかと考えると、少し面倒になる。

「このまま歩くと、すぐ俺の家だよ」

「池上線って、駅と駅の間隔が短いですよね」

「確かに。一つずつ抜いても問題なさそうだな」

軽口を叩いているうちに、松宮のマンションにたどり着いた。自殺で、事件性はないということで、特に警察の手は入っていない。同じマンションに住む人にすれば嫌な話だろうが、そもそも話が広まっているかどうか。単身者専用らしいこのマンションでは、隣の人が何をしているかも分からないだろう。気にしているのは、管理する不動産屋だけかもしれない。事件にしろ事故にしろ、死者が出た部屋は「事故物件」として嫌われる。

その不動産屋の人間——昼間もここに立ち会った——が、またいた。松宮の部屋から出て来たばかりで、どうやら後始末に来たらしい。向こうも岩倉を覚えていて、顔を見た瞬間に嫌そうな表情を浮かべる。あくまで警察とは関わり合いになりたくない、ということだろう。

「先ほどはどうも」岩倉は軽い調子で挨拶した。「後始末ですか」

「そうです。ちょっと部屋の中を調べていました」

「ご両親とは話されました?」

「軽く、です。まだちゃんと話せる状態じゃないですね……ただ、向こうはしきりに申し訳ないと言っていました」

「真面目なご両親ですね。でも、部屋は事故物件になって大変でしょう」

「まったく……」不動産屋の男がドアの鍵を締めた。「不動産屋としては、最悪ですよ」

ずいぶんはっきり言う人だ、と岩倉は驚いた。不動産屋というのは、比較的慎重で口が重い人が多いのだが……この男は四十歳ぐらいだろうか。ある程度経験を積んできた人間にしては口が軽い。

こちらとしては、こういう脇の甘い人間は大歓迎だ。

「ちょっと話をしてもいいですか？」

「いや、特に話すことは……」不動産屋が躊躇《ためら》った。

「いずれにせよ、ちょっと部屋も調べたいので、中に入れませんかね。鍵は……」

「それはちょっと——お貸しすると、返してもらうのが大変ですから」

「一筆書きますよ」岩倉は気楽な調子で言った。「明日の朝にはお返しします」

「ちょっと上に相談していいですか？」スマートフォンを取り出し、岩倉に背を向けて話し始める。低い声なので内容までは聞き取れなかったが、さほど難渋している様子ではなかった。

一分ほど話した後、男が振り返り「許可が出ました」と告げた。

「すみませんね、お手数をおかけして」岩倉はさっと頭を下げた。「取り敢えず、鍵を開けていただけますか」

「私も入るんですか？」

「一応」

何が「一応」なのか自分でも分からなかったが、岩倉は言ってうなずいた。結局、不動産屋が渋々鍵を開けてドアを引いた。

ここは、遺体が見つかった部屋にしては状態が悪くない。具体的には、ほとんど臭いがない。最初に踏みこんだ時には、かすかに小便の臭いを嗅いだのだが——死ぬ時に失禁したものだ——今はそれも消えている。死後何日も経った遺体の凄まじい臭いも経験している岩倉からすれば、まったく普通の部屋だった。今日から住めと言われたら住める。

何とか、不動産屋を部屋に引っ張りこむことに成功した。玄関は狭いので、岩倉と彩香は廊下に上がりこみ、彼は靴を履いたまま玄関に立った。完全に腰が引けている。

「松宮さんは、半年前からここに住んでいるんですよね」

「ええ」

「どういう経緯で入居してきたんですか？」

「不動産サイトで探して、契約したようです」

「なるほど」

ずいぶん便利になったものだ、と改めて思う。岩倉が若い頃は、家を借りるというと、まず住む街を決めて、そこの不動産屋に相談するのが一般的だった。今は、不動産サイトを使って物件を探すのが普通だろう。松宮は東京へ来る前には静岡に住んでいたのだから、こういう探し方をするのも当然だ。

「これまでに、何か問題はありましたか？」

「いや、まったくないです」即座の否定。

「ご近所とのトラブルとか……」

「ないですね」

「家賃の滞納もないですか？」

「引き落としになっていました。今まで一度も問題はないですよ」

「仕事については、何かご存じですか？」

「いや、私は管理会社で仕事をしているだけなので……問題がなければ、店子さんと会うことはないです」

岩倉はしばらく突《つっ》き続けたが、有益な情報は一つも出てこなかった。こんなものだろう……東京で一人暮らしをする人間は、トラブルでもない限り、マンションの管理会社の人間と会うこともない。

結局、岩倉は十分ほどで不動産屋を解放した。彩香は少し不満そうだった。

「もうちょっと話をしてもよかったんじゃないですか？」

「だったら君が質問すべきだったな」

「でも、岩倉さんが話していたから……」

「変なところで遠慮するなよ。一緒に仕事している限り、刑事は対等だぜ……さて、本格的に部屋を調べてみようか。そういう勉強も大事だ」

松宮の部屋は、この手のマンションではごく一般的な1DKだった。六畳のダイニングキッチンと、六畳のフローリング。他にはトイレ、風呂と、独身の男が一人で住むには十分だ。

松宮は、基本的に整理整頓好きな男のようだった。新聞社の警察回りというと、何かと忙しくて部屋を掃除している暇もなさそうなイメージがあるが、松宮は違うらしい。

ダイニングキッチンには、二人で使える小さな丸テーブルに、椅子が二脚。だからと言って、この部屋を頻繁に訪れる人がいると決まったわけではない。風呂と一緒になった洗面スペースを見ると、コップには歯ブラシが一本しか挿していなかった。もしもここによく来る女性がいるなら、歯ブラシぐらいは用意してありそうだが。

ガス台はほとんど使った形跡がない――そもそも料理はしないのだろう。冷蔵庫の中は、飲み物ばかりだった。ミネラルウォーター、野菜ジュース、牛乳に缶ビールが何本か。一人暮らしの男の冷蔵庫としては、ごく標準的な感じだ。

もしかしたら、整理整頓好きなのではなく、家にいる時間が短いので、汚くする暇もなかったのかもしれない。

六畳間の方を調べる。こちらは寝室兼リビングだろう。ベッドを置いて狭くなるのを嫌ってか、畳んだ布団が部屋の隅に置いてある。他には机と本棚、テレビ。机にはノートパソコンが載っていた。電源を入れてみたものの、パスワードを要求されて起動もできない。ハードディスクには、彼の生活を示すようなデータが入っているかもしれないが、ここでは調べようがないだろう。押収して専門家に調べさせるにしても、事件ではないから勝手にやるわけにはいかない。両親の――あるいは会社の許可が必要になる。パソコンは会社支給のものかもしれないし。

本棚は、雑多な本で埋まっていた。一番上の段の左側――最も目立つ位置にはスクラップブック。ぱらぱらと開いてみると、彼が自分の書いた記事をスクラップしたものらしいと分かった。主に静岡総局時代の記事で、事件・事故から選挙、気楽な街ネタまで様々な記事で埋まっている。地方記者というのはこういうものだろう。その地方で起きる、ありとあらゆる出来事を取材して記事にする。

彩香はクローゼットを調べていた。何となくやりにくそうにしているのは、男性の部屋を調べたことがない――入ったことすらないからかもしれない。

「そんなに服持ちじゃないみたいだな」岩倉は、彼女の背中に声をかけた。

「そう、ですね。でも、男の人ってこんなものじゃないですか？」クローゼットに首を突っこんだまま、彩香が答える。

「それは人によると思うよ」

松宮がどれぐらいファッションに興味を持っていたかは分からないが、クローゼットの様子を見た限り、取り敢えず必要な服を揃えているだけのようだった。スーツが何着か、それにコートが二枚。いずれも仕事用で、プライベートで着るような服は見当たらない。彩香がプラスティック製の衣装ケースを改めると、中にシャツやズボン、下着などが入っていた。色合いが地味——黒か紺、白しかないが、勤め人の私服など、だいたいこんなものだろう。この前会った時に、娘が「挿し色」と何度か言っていたのを思い出す。聞いたことのない言葉だったので意味を訊ねると、ベースの色と関係ない、アクセントになる色のことだという。意味は分かったが、男は使いにくい。せいぜい、白いシャツに紺のスーツという普通の格好の時に、派手な赤いネクタイを締めるぐらいではないか。とはいえ、クローゼットにかかったネクタイの中に、目立つ色は一本もない。どうも松宮は、仕事用の服装に関しては、目立たないことだけを心がけていたようだ。

彩香がクローゼットを調べている間に、岩倉は本棚を再度チェックした。本は大量……種類も様々だった。小説もあればノンフィクションもあり、法律や行政の専門書も何冊も収まっている。この辺りは仕事用だろうか。

しかし、彼の私生活を感じさせるものはほぼない。せめてもと、岩倉はスクラップだけには全て目を通したが、やはり彼が書いたらしい記事しか見当たらなかった。日付を見て、社会部へ来てからの記事がほとんどないことに気づく。あまり仕事をしていなかったのか……いや、最近は事件記事の扱いは小さい。しかも東京では、そういう記事はほとんど、警視庁クラブ詰めの記者が書いてしまうだろう。警察回りは雑用係——聞き込みなどの取材専門で、記事は書かせてもらえないのかもしれない。いずれにせよ、スクラップブックを見ても、彼がどんなタイプの記者なのかはさっぱり分からなかった。

他に「記者らしさ」を感じさせるのは、本格的なデジタル一眼レフカメラぐらいだった。机に置いてあったカメラはキヤノン製で、二十四ミリから百五ミリのズームレンズと、かなり大きなストロボがついている。簡単な写真だったら、これで十分撮影できるだろう。

机の下には、黒いリュックサック。最近、この手のバッグを背負った若いサラリーマンが多い。念のために、床の上に中身を全て出してみる。ぞろぞろ——という感じで、商売道具が出てきた。机に置かれたものよりも少し小さめのノートパソコン、タブレット端末、コンパクトデジカメ、ノート、メモ帳、ＩＣレコーダー……取材用具一式を常に持ち歩いていたのだろう。

ノートとメモ帳を広げて見てみたが、極度の悪筆で、何が書いてあるのか一切分からない。ただ、ノートの最後の方に、「4月2日」の日付があるのは分かった。内容は読み取れないものの、今回の殺人事件に関する取材メモではないかと推定された。もしかしたら、自分たちが知らない事実を摑んでいたかもしれない……ただ、この状態では何を書いてあるのかまったく読めないので、どうしようもない。

「特に異常はないと……思います」自信なげに彩香が言った。

「こっちは、暗号解読の専門家の助けが必要だな」

岩倉は彩香にノートを見せた。一目見た彩香が、鼻に皺を寄せる。

「もうちょっと綺麗に書けないんですかね」

「確かにな。これじゃ、本人も読めないんじゃないかな」

「ですよね……これでちゃんと記事が書けるんでしょうか？」

「ちゃんとしたメモは、パソコンかタブレットの方に打ちこんでおいたのかもしれない」

「起動できないですか？」

「無理だ」岩倉はタブレットを取り上げた。「パスワードを要求される」

「押収します？」

「それには両親か会社の許可が必要だ」

許可を得て調べることができても、パスワードを突破するにはそれなりの時間がかかるだろう。松宮のことを調べるには、何か他の方法を考えた方が早いかもしれない。

「どうしますか？」彩香がぐっと背中を伸ばした。屈みこむようにクローゼットの中を調べていたので、腰にきたのだろう。

「取り敢えず撤収しようか。明日、もう一回調べてもいい」

「鍵を不動産屋に返すんじゃなかったですか？」

「明後日まで延長しておこう」

今晩ずっと調べ続けることはできるが、岩倉は夜間の家宅捜索が嫌いだった。できたら、自然光を頼りにしたい。この部屋は特に、南向きでベランダが広いので、昼間は燦々《さんさん》と陽が入って調べやすいだろう。不動産屋には適当なことを言っておけば、何とでもなるはずだ。

取り敢えず、マンションの他の部屋の住人に話を聴いてみたい。とはいえ、そろそろいい時間……まず、彩香に何か食べさせなければならない。数日間一緒にいて、この新人刑事は腹が減ると動きが鈍くなり、機嫌も悪くなることが分かっていた。逆に言えば、何か食べさせておけばしっかり動いてくれる。

「池上の駅前まで戻ろうか。早めに食事をして、マンションの聞き込みをしよう」

「分かりました」彩香の顔がぱっと明るくなった。何と分かりやすいことか……しかし自分も、若い頃はこうだったと思う。若い時には、基本的に頭ではなく体で動く。つまり、エネルギーさえ足りていれば、何とかなる。

そういう単純な時代が懐かしい、とふと思った。

駅前は賑やかだと思っていたのだが、実は目立つのはチェーン店ばかりだった。刑事の外食は難しい……手早く、しかも確実に腹を満たせる店は、意外に限られているのだ。結果、ファミリーレストランや立ち食い蕎麦店、チェーンのファストフード店に頼りがちになる。気楽に入れる定食屋が一番いいのだが、最近、その手の店は急激に減っている。岩倉が駆け出しの頃には、どの駅の近くにも昔ながらの定食屋が一軒はあって、食事には困らなかったものだが。

しかし探せばあるもので、駅のすぐ近くで定食屋を発見した。場所柄、「駅前食堂」と呼ぶべきかもしれない。何とも懐かしい雰囲気……厨房の前に黒い短冊型のメニューがずらりとぶら下がり、床はタイル張り。黒いパイプ椅子というのも、懐かしさに拍車をかける。これで座面が赤かったら、それこそ昭和四十年代の大衆食堂だ。料理にライスを合わせて定食にするスタイルで、岩倉はサバの塩焼きを頼んだ。彩香はカツ煮。先日もトンカツを食べたばかりなのに、体重のことなどまったく気にする必要がないわけか、と少し羨ましくなる。

「若いと、自由に肉が食えていいな」岩倉は思わず零した。

「岩倉さん、食事制限でもしてるんですか？」

「そういうわけじゃないけど、何でもかんでも好きに食べていい歳じゃないんだよ」

「うちの父なんか、大変ですよ。塩分制限、糖分制限で、食事の楽しみが全然なくなったって言ってます」

「糖尿？」

「一歩手前だそうです」

「お父さん、何歳なんだ？」

「五十五です」

一気にどんよりした気分になった。自分よりたった五歳年上……娘が社会人としてしっかり働いているのは、どんな気分だろう。岩倉が五十五歳になっても、娘はまだ大学生の年齢だ。

「太ってるとか？」

「そんなこともないんですけど、昔ながらの濃い味つけがよくないみたいですね」

栃木――北関東の味つけは、東北に近い塩辛さなのかもしれない。運ばれて来たサバの塩焼きが、また塩分がきつ過ぎて……岩倉はつけ合わせの大根おろしに、醬油をかけないことにした。サバの塩気プラス醬油は、明らかに塩分の摂り過ぎだ。

一方、彩香はまったく気にせず、嬉しそうにカツ煮を食べている。そのまま丼の上に載せればカツ丼なのだが、別々に食べる良さもあるのだろう。白米が濡れるのを嫌う人もいる。

食事を終え、小声で今後の作戦を話し合った。「当たり」が出る確率は極めて低いのだが、まずはマンションの住人に当たってみるしかない。その聞き込みは、今日、明日に終わらせたい。

これで外れた場合、どういう方向へ行くべきか。一番いいのは、新報の人間に直接話を聴くことだろう。警察回りは一人で自由に動き回っているとはいえ、やはり会社の管理下にある。仲のいい人間もいるだろうし、普段の動向を確認するには、他の記者に聴いてみるのが一番いい。

ただし、協力が得られる可能性は低いはずだ。峰はどうしても、この件を「なかったこと」にしたがっている。改めて「話を聴きたい」と言っても、何だかんだと逃げようとするだろう。それを追いかける上手い理由があるかどうか。

しかしそこで岩倉は、一つの可能性に気づいた。普段の松宮の様子について、話が聞ける相手が一人だけいる。しかも運のいいことに、岩倉の知り合いだ。どうしてこれを最初に思いつかなかったかな、と自分が嫌になる。先に彼の名前を思い出していたら、とっくに話が聞けたのに。

……まあ、いい。まずはマンションでの聞き込みが優先だ。それが空振りに終わった時点で、連絡を取ってみよう。向こうがこっちをどう思っているかは分からないが、俺は現場の刑事だ。現場の人間の行動パターンや考え方がどんなものか、じっくり思い出してもらおう。

聞き込みは失敗に終わった。やはり単身者向けのマンションらしく、松宮は隣近所とのつき合いがまったくなかったのだ。「顔を見たこともない」「名前も知らない」という答えばかりを聴き続けて、午後九時。まだ帰宅していない人もいるので、明日も聞き込みは続行するつもりだが、おそらく何も出てこないだろうと岩倉は予想していた。

「明日の朝は、署で会おう」別れ際、彩香に告げる。

「マンションの方でなくていいんですか？」

「今会えない人間は、昼間にも会えないよ。明日の夜、もう一度出直そう。他にもっといい方法がないか、明日の朝までに考えてきてくれないか？　それを今日の宿題にする」

「分かりました」

彩香の表情がきゅっと引き締まる。極めて重要な任務を任された、と思っているのかもしれないが、決して大袈裟な話ではなく、ブレーンストーミングの材料になればいいだけだ。

岩倉は家路を急いだ。歩きながらスマートフォンでも話せるが、関係ない人間に聞かれるのはまずい。とにかく家に帰ってから電話しよう。

玄関に入り、靴を脱ぎながらスマートフォンを取り出す。相手は、岩倉からの連絡を待っていたように電話に出た。

第五章　記者たち

「岩倉だ」

「分かってますよ」相手が苦笑しながら応答した。「お元気ですか？」

「他人行儀な挨拶はやめろよ」岩倉は忠告した。短い廊下からリビングルームに入り、上着を脱いで椅子の背にかける。冷蔵庫を開けてビールを取り出し、ソファに乱暴に腰を下ろした。

「異動したばかりで、随分事件づきしてますね。ガンさんは相変わらずだ」

「それは俺のせいじゃない……お前こそ、元気か？　出世が早い奴は、何かと大変だろう」

「前後左右に気を遣って、毎日神経がすり減ってますよ」

「副署長なんだから、もっと堂々と構えてればいいじゃないか」

「そういうのは、署長になるまでお預けですかね。副署長の仕事は気配りですよ」

そんなことからもすぐに解放されるだろう。

岩倉が最初の所轄で刑事になって一年後、村沢《むらさわ》は新人刑事として後輩になった。当時から、何となく「できる奴」というイメージを漂わせていて、その予感は後に現実になった。職員四万人超、多数の同期の中でも出世は早い方で、既に警視に昇任し、現在は品川北署の副署長を務めている。次の異動では本部のどこかの課の理事官、その後に小規模署の署長、さらに本部の課長というルートが見えている。典型的な出世コースだ。安原の少し先を行っている感じである。

警視庁は岩倉のような現場の刑事だけから成り立っているわけではない。大きな組織だから、管理する人間もそれなりに必要なのは当然である。刑事としての優秀さと、管理職としての優秀さは別物で、どちらが欠けても組織は上手く機能しない。

管理職は尊敬されるべき——とはいっても、駆け出し時代の上下関係は、途中で階級が逆転しようがいつまでも残るものだ。岩倉と村沢の場合がまさにそれである。村沢はいつまで経っても岩倉を先輩扱いするし、一緒に酒を呑めば、必ず岩倉が奢ることになる。

「それで、どうかしましたか？　ただのご機嫌伺いじゃないですよね」

「ああ、違う」

「怖いな。ガンさんからの電話は、だいたい何かヤバい話ですからね」

「それはお前の思いこみだろう。大した話じゃない——新報の松宮記者、知ってるよな？　二方面の警察回り」

「もちろん」

「そっちでは、特に騒ぎにならなかったか?」

「そうですね。自殺したと言っても、うちの管内じゃないですから」村沢の声には揺らぎがない。

「署としては……」

「何もしません」村沢があっさり言い切った。「たまたまうちに詰めている警察回りの記者が亡くなっただけ——だけと言ったら何ですけど、基本的には関係ないですからね」

「普通の会社なら、取り引き先の若い社員が亡くなった時には弔電ぐらい送りそうだけど」

「それは、どうしましょうかねえ。こういうケース、あまり前例がないもので」

「新報の警視庁キャップが何か言ってこなかったか?」岩倉は新しい話題を切り出した。

「いえ——何かあったんですか?」村沢が露骨に警戒する。

岩倉が説明すると、村沢はすぐに事情を吞みこんだ。

「要するに、社員が自殺したらみっともないから表沙汰にするな、ということでしょう」

「それだけならいいんだが……」

「まだ何かあるんですか?」

「ちょっと神経質過ぎるような気がして、自殺の動機を調べてるんだよ。それでお前に電話したんだ。松宮記者のことはよく知ってるだろう？」

「警察回りと副署長の関係以上のことは……」村沢が言い淀む。

「しかし、だいたい毎日顔を合わせるだろう？」岩倉は食い下がった。

「それはね……朝一番で副署長席に顔を出して、当直時の事件・事故をチェックして、午前中は記者室で管内を警戒——そんな感じですよ」

「普通の警察回りの仕事だな」

「そうですね」

「どんなタイプの記者だった？」

「説明しにくいですねえ」電話の向こうで村沢が首を傾げる様が容易に想像できた。

「まあ、真面目ではありましたよ」

「なるほど」

「質問は的を射ているし……頭がいいかどうかは、話をすればすぐに分かるでしょう」

「どうかねえ。俺は普段、新聞記者とのつき合いがないから分からない」

「中には見当はずれの質問ばかりで、うんざりさせてくれる記者もいますよ」

「そいつを上手くリードするのも副署長の仕事、か」

「別に記者を教育してるわけじゃないですけどね」村沢が苦笑した。「まあ、普通の記者ですよ。よくいるタイプの若い記者というか……真面目で、質問は的を外さない」

「つまらんタイプ、か」

「そうは言ってません。冷静な観察による結論です」村沢があっさり言った。「それで、何か気になるんですか？」

「まあな」

「何が？」

「お前はどう思う？」岩倉は逆に聞き返した。「自殺しそうなタイプに見えたか？」

「そうは見えませんでしたけど、そういうのって、副署長と記者レベルのつき合いぐらいじゃ分からないでしょう？」

「そりゃそうだ」岩倉は一人うなずいた。

「しかし、自殺は自殺でしょう？　無理に首を突っこむこともないんじゃないですか？　今、殺しの捜査で大変でしょう」

「そっち方面では、俺はそんなに期待されてないから。それよりお前こそ、気をつけろよ。新報の警視庁クラブが何を考えているか、分からない」

「うちは関係ないでしょう。外に漏らすべき話でもないし」

「しかし、そこに詰めている他社の記者が気づくかもしれないぜ。そうなると厄介だろう」

「まあ……それは『知らない』で押し通しますよ。ガンさん、新報に気を遣ってるんですか？」

「いや、まったく」

村沢が沈黙する。ややあって「変わりませんねえ」とぽつりと言った。

「何が？」

「いや、上手く説明できないんですけど、ガンさんは相変わらずガンさんですね」

「この歳になって変われるかよ」

捨て台詞を最後に、岩倉は電話を切った。ふっと息を吐き、結局あまりよく分からなかったな、と悔いた。ごく普通の、最近の若い記者……何が「ごく普通」なのかは分からなかったが、少なくとも村沢は自殺の兆候を読み取ってはいなかった。もちろん、そんなに深いつき合いをしていたわけではないだろうから、彼の読みが正しいかどうかは分からないのだが。

さてさて、村沢が当てにならなかったとすれば、次の手だ。岩倉の頭には新たな作戦があったが、まずは彩香の意見を聞こう。最近の若い刑事がどんな風に捜査の手順を考えるか、お手並み拝見だ。

彩香は、両親に当たるべきだ、と提案した。なるほど……真ん中に直球を投げこむわけか、と岩倉はうなずいた。それを見て、自分のアイディアが採用されたと思ったのか、彩香が嬉しそうな笑みを浮かべる。

「家族に当たるのは、王道にして絶対的な捜査だな」

「だったら、今すぐにでも——」

「待った、待った」岩倉は首を横に振った。「ちょっと考えてみろよ。遺体が見つかったのは昨日だぜ？　まだ葬儀も終わってないだろう。いくら何でも、そんな状態で話は聴けないよ」

「……落ち着くのを待った方がいいですかね」

「もちろん、警察には話を聴く権利も義務もあるけど、タイミングは大事だよ」岩倉はうなずいた。「これが殺人事件だったら、遺族の都合も多少は無視して突っこんでいいけど、あくまで自殺だから」

「……ですね」彩香が唇を嚙んだ。「ちょっと配慮が足りませんでした」

「大袈裟だよ」岩倉は苦笑した。「とにかく何でも、思いついたことを言ってみればいいんだ。そのうち上手い考えにぶち当たるかもしれない……取り敢えず、新報の人に話を聴きたいな」

「昨日、あんなことがあったのに、ですか？」

「何かあったっけ？」岩倉は耳を摩った。「公表しないように頼まれただけだろう？　で、俺は公表するつもりはない。ただ、警察の仕事として自殺の背景を調べるだけだ。そのためには――」

「会社の同僚に話を聴くのが一番早い」

「正解」岩倉は人差し指を立てて見せた。「ただし、当たる相手を間違えるとえらいことになる。誰に突っこむかが、最初の大事なポイントだな」

「どのレベルの人を狙うんですか？」

「できるだけ近い立場の人だな」

　できれば同僚がいい。上司は意外に、部下の悩みを摑んでいないものだ。そして松宮の同僚と言えば、他の警察回りということになるだろうか……そういう人間を近藤に紹介してもらうのは手だし、彼の方でも断る理由はないだろう。しかしそれでは、手間がかかり過ぎる気がした。となると、直当たり——普段記者と接触している副署長で、すぐに話ができるような知り合いは村沢しかいない。しかし昨日の今日で、何となく話は聞きにくかった。

　一方面の警察回りの主戦場である千代田署に、主のように居座っている男がいるのを思い出す。失踪課一方面分室の室長、高城賢吾《たかしろけんご》——彼に頼もう。分室は所轄の組織ではなく、本部の失踪課の出先で、一方面分室は千代田署に間借りしている。「行方不明者を捜す」という仕事の性格上、新聞記者との接触も多いはずだ。公開捜査の場合、失踪課としてはマスコミも利用したいからだ。ただ、愛想もなく何かとシニカルなあの男が、記者と友好関係を維持しているかどうかは分からなかったが。

　いずれにせよ、自分より数歳年上の高城は、捜査一課時代の先輩である。腹蔵なく話ができる間柄でもあった。

「何だ」電話に出た高城は、いつものように無愛想だった。

「ちょっとお願いがあるんですけどね」

「高くつくぜ。当然賄賂あり、だろうな」

彼が欲しがる「賄賂」は酒だ。ウィスキーの「角」を一本ぶら下げていけば、大抵の頼みは聞いてくれる。

「もちろん。後で『角』を進呈しますよ」

「それなら結構。で、用件は？」

「日本新報の、一方面担当の警察回りを紹介して欲しいんです。失踪課にも出入りしているでしょう？」

「いや、うちはほぼスルーされてる……だけど、名刺はあるよ」

「お願いします」

「と言われても、すぐにはなあ……名刺がどこにあったか分からない」

面倒臭がっているわけではなく、本当に名刺がどこにあるか分からないのだ、と岩倉には分かっていた。この男は自分と同じで——いや、さらに輪をかけて整理整頓ができない男で、生活態度もだらしない。名刺一枚を見つけ出すのに、どれぐらいの時間がかかるかも分からなかった。

まあ、焦ってもしょうがない。今日中に分かれば御の字だ、と岩倉は自分に言い聞かせた。

新報の一方面担当の警察回り、綾瀬《あやせ》と会えたのは、結局午後二時過ぎだった。高城がなかなか名刺を見つけられなかったせいもあるし、その後も綾瀬が摑まらなかったためでもある。ようやく電話で話せたものの、反応は鈍い——記者は警察のやり方をよく分かっているから、警戒するのも当然だろうが。やっと説き伏せて、千代田署で会えることになった。

ところが、千代田署では話をするスペースもろくにない。綾瀬は記者室に刑事を入れることも、取調室などで話をすることにも難色を示した。記者室と言っても、警察側が提供している部屋ではないか……反論しようと思ったが、相手の機嫌を損ねるのもまずい。結局中を取って、三階にある会議室を借りた。それまで綾瀬はかなり強硬——強気な態度を取っていたのだが、部屋に入ると急に不安そうになった。

「どうかしましたか？」岩倉はできるだけ淡々とした口調で訊ねた。

「いや……上へ上がるのは初めてなので」

「確かに今は、二階から上はご遠慮願います、になってますよね」

取材に対しては、一階、ないし二階にいる副署長が全て担当し、記者は上階には上がらないのがルールだ。昔の記者はどこにでも平然と出入りしていたようだが、警察側が長年粘り強く押し返した結果、このようになったのだと聞いたことがあった。

「まあ、座って下さい。参考までに話を聴きたいだけですので、どうぞお楽に」

岩倉は椅子に向かって手を差し伸べた。綾瀬が、いかにも嫌そうな表情を浮かべて椅子を引く。ごく浅く、尻を引っかけるように座ったのを見て、岩倉は自分も腰を下ろした。彩香は横に並ぶ。女性刑事がいることで、多少柔らかい雰囲気になるのではと期待したが、綾瀬は依然として緊張したままだった。

「松宮さんのことなんですけど、あなた、同期ですよね」

「ええ」

「彼の最近の様子を聴きたいんです。自殺は自殺として、取り敢えず動機がはっきりしないと気分が悪いですからね」岩倉はずけずけと言った。これが遺族相手なら当然気を使うのだが、今は海千山千の警察回りが相手である。余計な気遣いや遠慮は、かえって話の流れを阻害するだろう。

「まあ……ちょっと様子はおかしかったですけどね」綾瀬が遠慮がちに打ち明けた。

岩倉は即座に警戒した。こんなにあっさり「おかしかった」と認めるとは……何か裏があるのではないか？

「何がどんな風におかしかったんですか」

「たまに、丸一日ぐらい連絡が取れなくなることがあって」

「それはおかしなことなんですか？」岩倉は念押しした。以前にも聞いた話ではあるが……。

「呼び出しに反応しないのは異常ですよ。警察もそうでしょう？」

「警察だったら、叱責だけでは済まないでしょうね。記者さんはどうなんですか？」

「状況によりますけど、たまたま松宮は、本当にヤバい状況には追いこまれていなかったから」

結構あっさりと喋るものだ。岩倉は彼の真意を見抜こうと顔を凝視したが、本音は読めなかった。今時珍しい、短い髪の毛が逆立つようなスポーツ刈り。顎ががっしりして顔全体も四角く、平成ではなく昭和の人間の雰囲気が色濃かった。目が痛くなるほど白いワイシャツに濃紺のネクタイ、濃いグレーのスーツというかしこまった格好……真面目一辺倒という感じである。

「松宮さんのことは、よくご存じなんですか？」

「いや……」綾瀬が曖昧に否定した。「それほどでもないですね」

「同じ会社の同期なのに？」

「あまり顔を合わせないんですよ。お互い警察回りなんで、自分の管内を守るのが基本ですから」

「綾瀬さんは、支局はどこなんですか？」

「私は横浜です」急に自分のことに話を振られたせいか、綾瀬の視線が泳いだ。

「忙しいところですね」

「奇跡的に、私がいた頃は何もありませんでしたが」

「そうですか？　四年前には横浜にいましたか？」

「ええ」綾瀬が怪訝そうに目を細める。「それが何か？」

「四年前の三月十五日、横浜市都筑区の民家で、一人暮らしの高齢女性の遺体が発見される事件が起きています。家族が、連絡が取れないと警察に相談して、自宅を調べて遺体が発見されたのですが……犯人は逮捕されましたが、タンス預金していた六千九百二十万円を盗んでいたことを自供して大騒ぎになりました。約七千万円のタンス預金は、大変なものですよね」

「あれは……」綾瀬の顔が赤くなる。「あの頃私は、警察を担当していなかったので」

「なるほど」岩倉は大きくうなずいた。「自分の担当以外のことは、関心から外れますよね……失礼、話がずれました。松宮さんのことなんですが、連絡が取れなくなるというのは、どういうことですか？」

「言葉通りです」綾瀬は早くも持ち直したようだった。声が平静に戻っている。「携帯で呼んでも出ない、メールにも返事がない。ただ、いつもそれほど大変な呼び出しじゃなかったので、社内では大きな問題にはならなかった、ということです」

「なるほどね」岩倉は顎を撫でた。「そういう人、多いんですか？」

「いや……」綾瀬が言い淀む。「そんなことはないです」

「新聞記者と警察官は、メンタリティが似てるんじゃないですかね」岩倉は薄い笑みを浮かべた。「呼ばれたら必ず反応する。出遅れるのが怖いから遠出もしない——そういう人、多くないですか？」

「まあ、そうでしょうね」

「松宮さんは、どうして連絡が取れなくなったんでしょうね。そういうことは、頻繁にあったんですか？」

「二、三回だと思いますよ」

「ただサボっていただけとか？　どこかで昼寝していて、呼び出しに気づかないこともありますよね」

「いや、それはないでしょう」一転して、自信ありげな口調で綾瀬が言った。「あいつは基本的に真面目な人間なんです」

「真面目な人が、連絡を無視したりしますかね」

「それは……いろいろあるんじゃないですか」

「そのことについて、松宮さんと話し合ったりしましたか？」

「いや、さっきも言いましたけど、会う機会は多くないですから」

「隣の方面なのに？」岩倉は首を傾げた。

「警察回りは、まず自分の管内を自分で取材するのが仕事です」綾瀬が繰り返した。

「一緒に仕事をすることはほとんどありません。それに私は、本社に召し上げられていることが多いので」

「召し上げられる？」

「先輩たちの手伝いをさせられるんです。何しろ本社が近いので」

「ああ、なるほど」

「せいぜい月に一回ぐらいしか会わないですね。毎月の例会の時とか」

「この前会ったのはいつでした？」

「先月の二十三日です」綾瀬がすぐに言った。

「間違いないですか？」

「毎月必ず、給料日に例会があるんですよ。例会が終わった後で呑み会をするのが決まりです」

「酒を呑みながらだったら、いろいろ難しい話も出るんじゃないですか？」

「仕事に関しては、ね」

綾瀬が本当に松宮のことをよく知らなかったのか、あるいは何か隠しているのか、判断しようがない。単に、この自殺と距離を置いておきたいだけかもしれない。

「松宮さんとは、それほど親しくないんですか？」

「そんなには……新聞社の同期なんて、そんなものですよ。一緒に仕事でもすればともかく、そうでなければ、入社してから何十年も会わないこともありますから。警察官だって同じでしょう？　警察学校の同期が、定年まで一度も顔を合わせないことだってあり得ますよね」

「それは仰《おっしゃ》る通りですね」岩倉は素早くうなずいて話を合わせた。「しかし今は、同じ部にいる。仕事も、担当の場所こそ違え同じです。彼が自殺したと聞いて、ショックは受けませんでしたか？」

「それはショックですよ」綾瀬が認める。「だけど、自殺しそうなほど悩んでたとは思わなかったから……現実味がないですね」

「最後に会った時はどんな様子でしたか？　何かおかしかったとか？」岩倉は話を引き戻した。

「いや、特には気づきませんでしたね」

「無断欠勤——連絡が取れなくなったことは、話題になりませんでしたか？」

「少なくとも私は、聞いてません」

「誰か他に、聞いた人はいませんか？」

「まさか、うちの警察回り全員から話を聴くつもりじゃないでしょうね」綾瀬が目を見開く。

「必要だと思えば」岩倉は素早くうなずいた。それで自殺の動機がはっきりする保証はないのだが……。「ちなみにあなた、彼の自殺について、本社から何か言われてますか？」

「どういうことですか？」

「余計なことは言うな、とか」

「ああ」低い声で言って綾瀬がうなずく。「情報漏れは厳禁、とは言われてます……特に週刊誌に対しては。新聞記者が自殺したとなったら、喜んで記事にするような週刊誌がいくらでもあるでしょう」

かすかに見下すような言い方だった。新聞の連中の傲慢さがここにある。新聞、雑誌、テレビ、インターネット――様々なメディアがある中で、新聞こそが最上位の存在だと思っている。

「公表しないように、と我々も要請を受けています」

「誰からですか？」

「峰キャップ」

「ああ」綾瀬が微妙な笑みを浮かべた。「峰さんなら、それぐらい言いそうですね」

「そういう人なんですか？」

「そういう人です」

「あの……」

突然彩香が声を発した。ずっと黙りこんでいたので、岩倉は思わずびくりとしてしまった。今日もまったく話さないつもりかと思っていたのに。

「そういう人って、どういう人ですか？」

「それは……私の口からは言いにくいですね」

綾瀬が口を閉ざす。助けを求めるように岩倉の顔を見たが、岩倉は黙って首を横に振った。感覚的には分かっているのだが、峰のような人間を表現する適当な言葉が見つからない。彩香も一緒に話を聞いていたのだから、それぐらいは察して欲しいが……彩香は綾瀬とほぼ同年代だろうが、綾瀬の方がいろいろ「揉まれている」感じはする。

「まあ、警察として公表する予定はありませんから、その件は心配しないで下さい」岩倉は言った。「それより、松宮さんはどんな人だったんですか？」

「愚直、ですかね。仕事の話をしてもクソ真面目で、一度取り組むと粘っこくやるタイプ……切れよりも粘りで取材する感じですか」

「最近、何かに悩んでいた様子はないですか？　仕事でも、私生活でも……例えば健康問題とか家族の問題とか」

「いや、そういうことを知るほど親しくはないので」やはり一歩引いた態度だった。

岩倉はなおも質問をぶつけ続けたが、綾瀬の口からはっきりとした答えは出てこなかった。岩倉はやがて、綾瀬は惚《とぼ》けて答えを誤魔化している訳ではなく、実際に松宮と親しくなかったのだろうと判断した。

綾瀬を解放する——彼は部屋から出て行くだけだったが——と、岩倉は溜息を一つついて両手で顔を擦った。

「あの……」遠慮がちに彩香が切り出す。

「何だ？　今の会話で何か気づいたか？」

「そういうわけじゃないんですけど」

「何か言いたいことがあるなら言ってくれ」

岩倉は立ち上がり、先ほどまで綾瀬が座っていた椅子に座り直した。真正面から顔を合わせることになり、彩香がうつむく。どうにも言い出しにくいようだ……岩倉は「遠慮することはないんだ。この件では相棒なんだから、何を言ってもいい。表に出す必要もないし」と急かした。

「この件、こんなに熱心に調べる必要、あるんですか?」

「君はどう思う? ないかな?」岩倉は聞き返した。

「動機が分からないから、岩倉さんが気にするのも分かります。でも、自殺は自殺ですよね? 事件じゃないんですから、あまり一生懸命調べる意味はないと思うんですけど……すみません、生意気言いました」彩香がさっと頭を下げる。

「いや、実際、君が言う通りかもしれない」岩倉は認めた。「結局何でもなかった、で終わる可能性もある。例えば恋人に振られて、そのショックで発作的に首を吊ったとか」

「はい」彩香が勢いよくうなずく。

「こういうことを捜査していても、特に手柄にはならない——それだったらまだ、特捜本部で歯車になって、上から言われた仕事をこなしている方が点数は稼げる」

無言で彩香がうなずく。耳が真っ赤になっており、岩倉は自分の発言が的を射ていたと判断した。刑事として駆け出しの彼女とて、点数にならない仕事はしたくないのだろう。

「文句も言わずに命令を聞く人間なら、上層部は駒のように使える。でも、そこに自分の考えが一つもなくていいのかな?」

「一匹狼みたいな感じですか?」彩香が遠慮がちに言った。「今時、そういうのは流行らないと思いますけど……」

「別に一匹狼を気取る必要はない。そんなことをしても、警視庁の巨大組織の中では浮くだけだからな。『俺は一匹狼だ』なんて堂々と言ってる奴がいたら、俺は休養を勧めるよ……俺がやろうとしているのはそういうことじゃない。気になったことがあればできるだけ調べる、それだけだ。そのために、命令や指示をちょっとだけ破ることになるかもしれないけど、警視庁は多少のはみ出しを許すぐらいは鷹揚《おうよう》だよ」

「そうかもしれませんけど……」

「あのな、上の言う通りに仕事をしていれば、受けはいいかもしれない。でもそれは、長い目で見ると自分のためにはならないんだぜ。自分で考えて、自分で調べる――そうしないと、単なるロボットだ」

「この自殺を調べるのが、そういう訓練になるんですか？」

「そういう風に疑問に思ってしまうこと自体、いいことだ」岩倉は笑みを浮かべてみせた。

「どういう意味ですか？」彩香が首を傾げる。

「疑問を持つというのは、自分の考えがある証拠だろう？　それでいいんだ。この件で、俺が何か間違っていると思ったら、いつでも言ってくれ。人の間違いを指摘してストップさせるのは大変だけど、そういう人がいないと、大きなミスを犯しがちだから」

「そう言えば岩倉さん、捜査会議でストップをかけましたよね――宮本に対する捜査が一気に進もうとした時」

「ああ」

「そういう風に意識して反対したんですか？」

「そういう気持ちはあるな……でもそもそも、あれは特捜の暴走だから。誰かが止めなかったら、今頃厄介なことになっていたかもしれない。もちろん、普段から『人の足を引っ張ってやろう』と考えてやってるわけじゃないぜ。それこそ、いくら人の暴走をストップさせても、査定上はプラスにならないし……さて、そろそろ次の手を打とう。君に任せようかな」

「何ですか？」警戒するように、彩香が身を引いた。

「新報の近藤氏に連絡を取ってくれ」

「事情聴取ですか？」彩香が目を細める。

「もちろん。何か問題でも？」

「いえ……でも、新聞社の人って厄介ですよね」

「これは試練だ」岩倉はうなずいた。「新人刑事は、最初にきつい思いをした方が、後々楽なんだぜ。いきなりでハードルが高いかもしれないけど、まず電話してみよう。それで駄目だったら――」

「駄目だったら？」

「そういう時のために俺がいる」岩倉はうなずいた。「ただし、どうしようもなくなったと判断しない限り、手は貸さないけどね。よく見ておけよ。これが、今や絶滅寸前の昭和のやり方なんだ」

近藤はしきりに時計を気にしていた。現在、午後四時十五分……最初に顔を合わせた時に、「今日は六時から夜勤に入る」と宣言されたので、実際、あまり時間はない。先ほど綾瀬から話を聞いたのと同じ、千代田署三階の会議室。ここから日本新報の本社までは、歩いても十五分ほどなのだが、焦っている——焦った素振りで岩倉たちを振り切ろうとしているのかもしれない。

この場は彩香に任せることにした。本当は不安……刑事になってわずか数日で、厄介な相手と面と向かっての事情聴取だ。彼女は自信なげにしていたが、任せると言った以上は口は出せない。どこかで手助けすべきタイミングがくるかもしれないが、ぎりぎりまで待とう。

「お葬式はどうなっているんですか？」

事前に指示していた通り、彩香は事務的な話から切り出した。

「今夜が通夜、明日が告別式です」

「じゃあ、近藤さんは通夜には行けないですね」

「仕事ですから」妙に苛ついた口調で近藤が答える。「それに松宮のご家族から、通夜、葬儀は家族だけでやりたいと連絡があったので……」

「家族葬、ということですか？」

「最近は、大袈裟な葬儀は流行りませんからね」

自殺だから、家族はおおっぴらに葬儀をやりたくないのか？　皮肉な台詞が浮かんだが、岩倉は何とか呑みこんだ。余計なことを言って、彩香の足を引っ張ってはいけない。

「会社からは、どなたか参列されるんですか？」彩香が調子を変えずに続ける。

「社会部長、それに人事の担当者ぐらいですね」

「普通、親しい――同期の人ぐらいは顔を出しませんか？」

「そこは家族の希望なので」近藤は非常に素っ気なかった。まるで、松宮の死について聴かれるのが迷惑だとでもいうように。

「松宮さんは、無断欠勤が何度かあったそうですね」

「……綾瀬が喋ったんだな」近藤が舌打ちした。

「どこから出た情報かは申し上げられませんが」

「さっき、綾瀬から連絡がありました。警察から事情聴取されたら、上司に報告するのは当然でしょう。『ホウレンソウ』は会社員の基本だから」

報告、連絡、相談か……それでどれだけの時間が無駄になっているか、岩倉は三十年近い警察官としての生活でよく知っている。全て分かった時点でまとめて情報を上げる方が、よほど効率的だ。情報を共有する人が多くなればなるほど、それをどう利用するか決めるのにかかる時間は長くなる。警察の仕事は、緊急を要することが多いのに……

理想は情報を上げる前にさっさと犯人を差し出すことである。

「とにかく、無断欠勤の件についてはどうなんですか？」彩香が平然と質問を繰り返した。今のところは悪くない……強権的ではないが毅然とした態度で、雑談に陥るのを巧みに避けている。

「私が今のポジションにつく前の話だから、引き継ぎを受けただけですけど……あれは無断欠勤じゃないですよ」近藤が言い訳するように言った。

「正確には、連絡が取れない時があった、ですね」彩香が言い直した。

「そういうことです」

「問題にならなかったんですか？」

「問題というほどでは……注意はしたそうですけどね」

「正確には、そういうことが何回あったんですか？」

「三回……四回かな」

「どういう理由だったんですか？」

「呼び出しに気づかなかった、と聞いてます」

「そんなものですか？」彩香が首を傾げる。少し大袈裟で、演技臭い。「記者さんは、連絡を大事にするはずですよね」

「まあ、気づかなかったと言われれば、それ以上は追及できないでしょう。こっちだって忙しいんだし」

「それで査定がマイナスになることはないんですか？」

「まさか」近藤が鼻で笑った。「こんな小さなことは、一々査定に影響しませんよ。実害もなかったんだから」

「たまたま緊急の用件ではなかった、ということですか」

「そういう感じだそうです」

　質問が途切れる。彩香が、隣に座る岩倉にちらりと視線を投げた。このペースでいいんですか？　岩倉は素早くうなずいた。構わない。とにかく質問をぶつけ続けることが大事なんだ——彩香もすばやくうなずき、事前に打ち合わせしておいた質問を発した。

「松宮さんは、どんなタイプの記者だったんですか？」

「まあ、真面目ですよ」近藤がつまらなそうに言った。まるで「真面目」ということが、記者の評価としては特に意味がないとでも言いたいようだった。

「真面目なのはいいことですよね」

「言われたことはきちんとやる——言われたことはね」近藤が皮肉を吐いた。

「言われたことさえできない人だって多いじゃないですか」

「でも、社会部へ上がって来るまで、静岡総局で五年半も記者をやってたんですからね。新人ってわけじゃないし、そこは自分で判断して動かないと駄目なんです」

「指示待ちの人だったんですか」今度は彩香の口調にも皮肉が混じった。

「言葉はともかく、そういう感じはあったようですね」

「今回の、南大田署の殺人事件でも、取材には入っていたんですよね」

「もちろん」

「仕事ぶりはどうだったんですか？」

「まあ、普通です」

普通、普通……近藤は、松宮を何の特徴も面白みもない人間として、彩香の頭にインプットしようとしているようだった。

「だいたいね、特捜本部事件の取材となると、主体は警視庁クラブです。警察回りはその指示を受けて、地取りや関係者への取材をするぐらいで……要するに雑用係ですね」

「今回も？」

「詳しい取材については警視庁クラブじゃないと分からないけど、たぶんそうでしょうね」

「今回の事件での取材ぶりはどうだったんですか？　何か問題を抱えていたという話は？」

「聞いてませんね」

そこから彩香は、一気に核心に入った。

「自殺の動機なんですが……何か思い当たる節はないですか？　最近悩んでいたとか」

「どうかなあ」腕組みを解き、近藤が右手で顎を掻いた。

「仕事のこととか、健康問題とか、女性問題とか」

「仕事は言われた通りにこなしていたし、去年の社内の健康診断でも問題はなし」近藤が指を順番に折った。「プライベートな女性問題までは分かりませんけどね」

「特捜本部事件以外で、最近はどんな仕事をしていたんですか？」

「警察回りは、何でもかんでも報告を上げてくるわけじゃないですよ。都内版に書くような暇ネタはいつも追いかけていたはずだけど、そういう取材はトラブルになりにくいし」

「実際にトラブルになっていたかどうかは、取材相手に聞いてみないと分かりませんよ」

「最近は……そうですね、来週の予定だと、大田区の町工場と大学の連携の話——いわゆる産学連携の記事が出る予定になってました」

「それはどういう話ですか？」

「詳しい内容はまだ聞いていません。ただ、その大学はあいつの母校だったから、そこで引っかけてきたネタじゃないかな」

「どこですか？」

「明誠大《めいせい》」

明誠大は都内各地にキャンパスを持っているが、本部は品川区にある。つまり松宮は、大学時代に縁のできた街で警察回りをしていたわけだ。ある意味、仕事はやりやすかったのではないだろうか。街の様子を知っているだけで、いろいろなことが楽になる。

「明誠大が、大田区の町工場と技術提携する、という話ですか」

「そのようです。まあ、初報はだいぶ前に出てるんですけど、さらに詳しく、という感じかな。別に、トラブルになりそうな話じゃないでしょう？」

「そうですねえ……」

彩香が緩く同意した。岩倉は内心反発していた。必ずしもそうではないのだが……どんなに些細な取材、簡単な取材でも、相手とトラブルになることはあるだろう。今回の取材でも、国家の利益にかかわるようなレベルの高度な技術がテーマになっていたかもしれない。それが海外へ漏れたりしたら――産業スパイに発展する可能性もある。大きなトラブルであり、取材していた記者が巻きこまれて自殺に追いこまれる可能性もないではない。

……ちょっと想像が飛び過ぎた。岩倉は頭を振って、今の想像を追い出した。

「明誠大といえば、マスコミに行く人が多いイメージがありますよね」岩倉はつい、口を挟んでしまった。

「昔からそうですよ。石を投げれば当たるレベルで」近藤が皮肉っぽく認める。

「御社にも何人か？」

「最大派閥ですね」

「例えば、大学同期で会社でも同期の人はいませんか？」

「どうかな」近藤が首を捻る。「そこまで詳しいことは分かりません。私は人事担当者じゃないので」

「社会部にはいないんですか？」

「いないと思いますが」

なるほど……しかしこの辺については、近藤経由でなくても調べられる。彼をあまり追い詰めるのもよくないと思い、岩倉は唇を引き結んだ。彩香がちらりと岩倉を見て、質問を再開する。

「松宮さんは、社会部へ来て半年ぐらいですよね」

「去年の秋からですから……そう、半年ですね」

「最近の様子はどうだったんですか？　月に一回は必ず顔を合わせるんですよね？　その時に、様子がおかしかったことはありませんか？」

「前にも申し上げましたけど、私はまだ彼とは顔を合わせていませんよ」

「電話で話はしていたんですか？」

「仕事についてはね」

「他のこと――精神的な問題についてのフォローなんかはしなかったんですか？」

「問題がなければフォローしませんよ。だいたい昔は、そんなことで一々煩《うるさ》く言われなかった」助けを求めるように、近藤が岩倉の顔をちらりと見る。「ねえ？」

「昔はね」岩倉も認めた。「若い連中に、こんなに気を遣うようになったのは、いつ頃からですかねえ」

「警察も同じでしょう？」

「まあ、煩くは言われますよ。仕事を教えるのと同じぐらい、メンタルケアが大切なことになっている」

「そういうのが大変なのは、ある程度上にいけば分かりますよね」

「もちろん」警部補という自分の立場では、それほど部下の「管理」に力を割くことはないのだが。せいぜいが、相棒になった年下の刑事にノウハウを教えるぐらいだ。

「都内版主任っていうのは、私が若い頃には警察回りの取材と、出てくる原稿のことだけを心配していればよかったんですけど、最近はメンタルケアを散々言われますからね。必要があれば面談して、悩みの相談にも乗る。それで解決しなければ、社内のケアセンターに報告する……仕事以外でやることが増えて困ってますよ」

「松宮さんとは、そういう面談をしていなかったんですか？」

「だから私は、ここへ来たばかりなので……必要に応じてやる、というだけの話です。半年に一回は個人面談のような形で話を聞く決まりですけど、松宮はそういうことをする前に亡くなってしまった」

「面談の予定が入っていたんですか？」

「今月末ぐらいかな、とは思ってましたけど、まだ本人とスケジュール調整はしていませんでした」

「つまり、彼と深く交わっていたわけではないんですね」

これは最初から出ていた結論だ。結局話は堂々巡りして、最初の段階から一歩も進んでいない。彩香はなおも粘って質問を続けたが、近藤の方でも投げるべき材料を持っていないようだった。

一時間ほどが過ぎ、近藤の持ち時間はそろそろ終わりに近づいた。彩香の質問も尽きた。最後に——と思い、岩倉は社内の空気を訊ねた。社員が自殺したら、どんな感じになるのか……。

「いや……松宮が自殺したことを知らない人も多いですからね」

「そんなものですか？　警察と同じで、新聞社の人たちは噂が大好きかと思いましたけど」

「こういう話だと、そうもいきませんよ。軽く噂で話せることじゃないでしょう」

「なるほど」

「まだ社内の人間に話を聴くんですか？」近藤が疲れた口調で訊ねる。

「何も分かってないですからね」岩倉は耳を掻いた。「空手では帰れない、ってやつですよ」

彩香はさすがにげっそりと疲れていた。何も言わず、ペットボトルの水をちびちび飲んでいる。ようやく声を上げたが、出てきたのは「今日はまだ何かやるんですか」という弱気な質問だった。

「もちろん」岩倉はスマートフォンをいじった。もしかしたらと思って調べていたのだが、当たり――どうやら今日は勘が冴えているし運にも恵まれているようだ。「会う人を見つけたよ」

「誰ですか？」

「新報文化部の、片田《かただ》記者」

「何者なんですか？」

岩倉は自分のスマートフォンを示した。取り上げた彩香が目を細め、確認する。

「明誠大ＯＢ。大学のホームページの、ＯＢを紹介する特集に出ていた。卒業は、松宮記者の一年前だね」

「ということは――」

「顔見知りの可能性が高い」

ＯＢではなく、正確には「ＯＧ」だった。しかし最近は、この手の用語をどう使えば正しいのか、よく分からない。

片田真菜《まな》記者。女性である。

連絡はすぐに取れたのだが、実際に会えたのは午後七時だった。面会場所として彼女は千代田署を拒絶し、新報の本社近くにある喫茶店を指定してきた。半個室があるので、というのが彼女の言い分だった。内密の話をするにはちょうどいいだろうと判断し、譲歩する。

先に店に着いた岩倉は、いきなり落ち着いてしまった。薄暗い照明。地味なインテリア。こういう古臭い喫茶店にいると、空間に体が馴染んで、いつのまにか時間が過ぎてしまう。喫煙できる席があり、そこから煙草の香りが漂い出している。煙草を吸わなくなった岩倉にさえ心地好い環境だった。

約束の時間から五分遅れて、真菜が到着した。軽く百七十センチぐらいありそうな長身で、黒いブラウスに黒いパンツという地味な格好をしている。背の高い彼女がそういう服装をしていると、何だか魔女じみて見えた。

「どうも、遅くなりまして」さほど申し訳なくは思っていない様子だった。

「こちらこそ、すみません」

一瞬腰を浮かして一礼してから、岩倉は右手を差し伸べた。真菜も素早く頭を下げてから、椅子に腰を下ろす。大荷物——二泊の出張ぐらいできそうな大きなバッグを隣の椅子に置くと、ほっと息を漏らした。そう言えば、松宮の部屋にあったバッグもかなり大きなものだった。新聞記者はやはり、荷物が多いのだろう。

「仕事は大丈夫ですか？」

「終わりました。今日はもうフリーです」

「飲み物は？」

「ああ……それじゃ」真菜がちらりとメニューに視線を落とした。「エスプレッソをもらいます」

これは、「長居しない」意思表示だろうかと岩倉は訝った。エスプレッソなど、その気になれば一口で飲み干せる。

「エスプレッソ、きつくないですか？」

「眠気覚ましにはちょうどいいです」

「お疲れですか」

「まあ……そうですね」真菜が笑みを浮かべたが、やはり疲れて見えた。ほとんど化粧をしていないせいか、顔色も悪い。

岩倉たちはブレンド、真菜は宣言通りエスプレッソを注文した。真菜が砂糖をたっぷり加え、一口飲む。苦さと甘さに満足したのか、表情が少しだけ穏やかになった。

「松宮君のことでしたね」真菜の方で切り出した。

「ええ」

「ちょっといいですか」

岩倉は無言で彼女の動きを待った。見ると、バッグから煙草を取り出し、すっと鼻先に持っていく。火を点ける……つもりはないようだった。しばらく目を閉じて表情を緩め、香りを楽しんでいたが、やがてパッケージをバッグに戻す。

「すみません。こんなことを言うと新聞記者失格かもしれませんけど、今回はやっぱりショックが大きくて」

「それが普通の反応だと思います。正直、会社の皆さんはあっさりしているというか……あまりショックを受けているようには見えません」

「淡々とすることでショックを受け流しているのかもしれませんけど——私は昔からの知り合いですから、やっぱりショックですよ。しかもこんな形で……」

「松宮さんは、あなたの大学の後輩でもあるんですよね？」岩倉は確認した。

「一年後輩です。学部は違いますけど、メディア研究会では一緒で」

「それはどういう研究会ですか？」

「文字通りです」真菜がまた煙草を取り出し、テーブルに置いた。「マスコミへの就職を目指す人が集まって、勉強会をやるんです」

「明誠大はマスコミへの就職も多いですよね。そういう研究会の活動も盛んなんですか？」

「そうですね。メディア研究会は、大学認可の正式なサークルで、五十年近い歴史があります。毎年、そこから何人かはマスコミ業界に就職しています」

「なるほど、さすがですね」岩倉はうなずいた。マスコミ業界は、今はあれこれ批判を受ける業界だが、就職に関しては未だに狭き門だろう。「松宮さんは、ずっとマスコミ志望だったんですか？」

「そうですね。一年生の時から研究会に参加していましたから」

「どんな感じの学生さんだったんですか？」

「真面目」すぐに言って、真菜が言い直した。「クソ真面目」

「ああ……そういう評価をよく聞きます。本当に真面目な人だったんですね」

「この業界で仕事をするには、もうちょっと柔らかくてもいいと思うんですけど……とにかく真面目一辺倒で、冗談もほとんど言わない人でした」

「あなたは、特に仲がよかったんですか？」

「そうですね。三年間、一緒だったので。でも、よく話すようになったのは、私が新報へ就職することが決まってからでした」

「先輩に話を聞きたかったんでしょうね」岩倉はうなずいた。

「OB訪問みたいなものでしょうか……OBではないですけど。でも、私が就職してからも、様子を聞きにきました」

「わざわざ？」岩倉は目を見開いた。「あなたも支局にいたんでしょう？　地方まで訪ねて行くのは大変ですよね」

「私、浦和支局でしたから」真菜が苦笑する。「すぐ近くですよ。それで、支局での取材や生活について話した記憶があります」

「で、彼も無事に新報に入社して……その後も接触はありましたか？」

「ごくたまに――いえ、実際にはほとんどなかったですね。彼が社会部へ上がって来て、本社に顔を出していた時に偶然会ったぐらいでした。お互い忙しいですからね」

文化部の記者がどれだけ忙しいかは分からないが……岩倉はうなずいて、彼女の言い分を受け入れた。

「元気そうでしたか？」

「元気かどうか？　元気じゃなかったですよ」

やはり健康問題だろうか、と岩倉は目を見開いた。内心の思いを察したように、真菜が苦笑しながら首を横に振る。

「別に病気とかではないです。基本的に真面目で物静かな人ですから、たまに昔の知り合いに会っても、『おー！』なんていう感じで盛り上がらないんですよ」

「そういうタイプだったんですね」

真面目、物静か、普通――松宮の人間評価は誰に聞いても同じようなものだが、何とも不思議な感じだった。引っ込み思案な印象もある……そういう人が新聞記者になろうと思うだろうか。

「仕事は順調だったんですかね」

「堅実に」真菜がうなずく。

「どんどん特ダネを書いて、という感じじゃないんですか？」

「それは……ないですかね」真菜が首を傾げる。「記者にもいろいろなタイプがいますけど、彼はそういうタイプじゃないです」

「だったらどんなタイプだったんですか？」

「まだ彼の年齢だと断定はできないんですけど、どちらかというと将来は論説委員になるようなタイプ、ですかね」

「どういうことですか？」

「特ダネを書くんじゃなくて、自分の専門で解説や主張を——会社を代表して書く感じです」

「偉い人、ですか？」

「偉いかどうかはともかく……そういう仕事だ、ということです」真菜が苦笑する。

自分は新聞業界の事情に疎《うと》過ぎる、と岩倉は反省した。できるだけ記者と接触しないように気をつけながら警察官人生を送ってきたせいだろうか。そもそも警察官は記者に取材される立場であり、逆に警察官が記者を調べたりすることはまずない。今回が異例なのだ。

「目指してなれるものなんですか？」

「そもそも、彼が論説委員になるとしても、二十年ぐらい先ですよ。そんな先のことなんか、誰にも分からないでしょう。だいたい、二十年後に新報が存在しているかどうか……」真菜の声が暗くなった。

新報の経営危機は、数年前に盛んに報道されていた。あれが全て本当だとすれば、新報は取り敢えずの延命策を取っただけで、十年後、二十年後に会社として存続しているかどうかは分からない。彼女や松宮が入社して来た頃には、ここまでひどい状況はまだ表沙汰になっていなかったわけで、真菜たちにすれば「騙された」感覚があるかもしれない。

「今回の自殺――動機は何だと思います？」

「全然見当がつかないんですよ」真菜が真剣な表情で打ち明ける。

「若い男性が自殺する動機は、それほど多くないですよ。金か仕事か健康か――あとは女性問題ぐらいです」

「どれも当てはまらないと思います。新報は、同業他社に比べれば給料はよくないですけど、サラリーマンの平均以上は貰ってますからね。それに松宮君は遊び回るタイプじゃないですから、そういう借金で首が回らなくなるとは思えないし、女性も……今は、恋人はいなかったと思いますよ」

「仕事の面ではどうですか？」

「私は部が違うから、彼が普段どんな仕事をしていたかは知りません」真菜がすぐに答えた。「でも、何となく元気がなかった、という噂は聞きましたよ」

「誰からですか？」

「私の同期の記者から。こういう話になると、やっぱり皆、陰でいろいろ言いますから」

「社会部で、誰か親しい人がいたんですか？」綾瀬の顔を思い浮かべる。同期なのに、それほど仲がいい感じではなかった。

「社会部ではないですけど……私が話を聞いたのは、彼の支局の先輩です。本社に上がると、なかなか馴染めない人もいるんですけど、そういう時に支局の先輩がいたりすると助けられるんですよね」

「名前、教えてもらえますか？」

「まだ話を聴くんですか？」真菜の顔が暗くなる。「自殺……なんでしょう？　そんなに詳しく調べなくてもいいじゃないですか。何だか松宮君が可哀想ですよ」

「そういう気持ちは分かります。しかし警察としては、疑問に思ったら、どうしても調べたくなるんです」

「個人的な興味にも聞こえますよ」

「あくまで業務です」

真菜が一瞬、岩倉を睨んだ。しかしすぐに目を逸らし、ふっと息を吐く。

「放っておいてあげた方がいいと思うんですけど」

「動機がはっきりして、事件性がまったくないと分かれば、それで終わりです。私は何も、失礼なことをしようとしているわけじゃありませんよ」

「そうですか――」

あくまで乗り気ではないものの、真菜は結局、松宮の先輩の名前を教えてくれた。これで手がかりがつながる――こうやって、途切れさせないように人の輪をつなげ、話を聴いていくことが大事なのだ。

捜査の基礎の基礎である。岩倉は特に何も言わなかったが、彩香は学んでくれただろうか。

午後九時半に特捜本部に戻ると、ちょうど夜の捜査会議が終わったところで、会議室はざわついていた。これまでの捜査状況を安原に伝えねばならないが、そもそも伝えることもろくにない。松宮の人間性は徐々に明らかになってきたが、それが何か重要な意味を持つわけではなさそうだ。やはり、「ホウレンソウ」を無視して、完全にパッケージ化してから話すことにしようか……安原は岩倉のそういうやり方を知っているから、文句を言うこともあるまい。

先送りにしよう。今夜は解散で——と考えたところで、声をかけられる。

「最近、顔を見ないじゃないですか」水谷だった。

こいつはどうも、俺と喧嘩がしたいようだ、と岩倉は直感した。彼が強烈に押していた線を潰したのを、まだ根に持っているのかもしれない。

「所轄には所轄の仕事があるからね」

「だったら、特捜に顔を出す意味はないでしょう」

「一応、特捜の動向を知っておきたいから。まだ犯人の目星はついていないんだよな？その後、別の容疑者は浮かんでないんだろう？」

「何しろ岩倉さんに潰されましたからね」岩倉の指摘に、水谷の耳が赤くなった。

「おいおい、俺が宮本を助けたっていうのか？　俺はお前たちを助けたんだぞ」

「何言ってるんですか」むきになって、水谷が一歩詰め寄る。

「あのまま突っ走って宮本を逮捕していたら、今頃大問題になっていたかもしれない。殺人容疑で逮捕して、起訴できずに釈放なんてことになったら、検察だってカンカンだろう。世間の批判も激しくなる。そういう目に遭わずに済んで、よかったじゃないか」

「仲間の足を引っ張って楽しいんですか？」

「引っ張る？　助けた、の間違いだろう」岩倉は肩をすくめて再度指摘した。

「いい気なもんですね……所轄はこれだから」

「こういう事件に所轄も本部もないだろう。一緒に捜査しているんだから」

「所轄の人にそんなこと、言われたくないですね」

「そうやって所轄を馬鹿にしてもいいけど、今度異動で所轄に出た時には、どうするつもりだ？　立場が変わると急に言い分も変わるのか？　そんな人間、誰も信用しないぞ」

「話にならないな」

「そもそも話もしてないだろうが」岩倉は鼻を鳴らした。「あんたが勝手に因縁をつけてきたんじゃないか……だいたい、人に因縁をつけてる暇があったら、もう少し取り調べの技術を磨いた方がいいんじゃないか？　宮本はそもそも犯人じゃないと思うけど、あんたの取り調べはひどかった。あれじゃ、うちのお嬢にやらせた方がましだね」

急に話をふられたせいか、彩香が戸惑いの表情を浮かべる。水谷は顔を真っ赤にして去って行った。岩倉は、毛筋ほども傷ついていなかった。三十年近く警察官をやっていると、ちょっとやそっとでは傷つかなくなる。

それがいいことか悪いことかは分からなかったが。

第六章　不幸

翌朝、刑事課には「客」がいた。岩倉は部屋に入る前に気づいたので、回れ右してそのままどこかへ隠れようかと思ったが、見つかってしまった。

「岩倉さん」

「何でここにいるんだよ。だいたい今日は土曜日だぜ？」岩倉は相手を睨みつけた。

「あなたに会いに来たに決まってるじゃないですか」相手——福沢一太《ふくざわいちた》がニヤリと笑った。

「勘弁してくれ。こっちは必死の思いで異動したんだぜ」

「甘いですねえ。本当に俺から逃げるつもりなら、島嶼部《とうしょ》の所轄にでも行かないと」

「実際、それも考えた」岩倉は覚悟を決めて刑事課に入った。自分のデスクにバッグを放り出し、乱暴に椅子に腰かける。福沢も移動し、隣の彩香の席についた。

こいつはまったく……今日も、初めて見る眼鏡をかけている。趣味は眼鏡集めだそうで、確かに会う度に違う眼鏡をかけている。一度聞いてみたのだが、二十本は持っているそうだ。スーツはいつも同じもののように見えるのだが……彼にとって、ファッションとはすなわち眼鏡のことなのだろう。

「いい加減にしてくれよ。協力はできないって何度も言っただろう」

「サイバー犯罪対策課として正式にお願いしてるんですよ？　同じ警視庁の人間として、捜査技術の向上について協力してくれてもいいじゃないですか。そんなに時間はかかりませんし」

「どうして時間がかからないって分かるんだ？　やったことがない——初めてなのに、どれぐらいかかるか、分かるはずがないだろう」

「いやあ、必死で頑張りますよ。城東《じようとう》大生産工学部も全面的な協力を約束してくれていますし」

「だからこそ嫌なんじゃないか」岩倉は顔をしかめた。こいつら、人のことをモルモットか何かと勘違いしている……。

「捜査の効率化のためです。城東大としても、脳科学の研究に役立つケースとして期待しているんですよ」

「ふざけるな……俺はもう、正式に断ったんだぜ」

「そう簡単に諦められませんからね」

「お前、刑事になった方がいいよ。そのしつこさだけは、いかにも刑事向きだ」

「冗談じゃないです」福沢が困ったような表情を浮かべる。「切った張ったの世界には向いてませんから。サイバー犯罪対策課で、パソコンを見ている方が気が楽です」

「そういうことばかりしてるから、人の気持ちが分からないんじゃないのか？」

「人の気持ちだって、いずれは科学的に分析できますよ。そのためにも、岩倉さんに協力してもらって——」

「駄目だ」岩倉は顔の前で両手を交差させてバツ印を作った。「俺には、目の前に仕事がある。それを放り出す訳にはいかない」

「ご理解いただけないですかねえ」

「もう一度言うけど、正式に断ったんだぞ。しつこくしてるのはお前だけだろう」

「奥さんも、じゃないですか」

だからこそ嫌なのに……どうして、別居している女房がこの件に絡んでくるのか。普通の感覚なら、いくら自分の仕事——研究のためとはいえ、別居している夫に協力を仰ごうとしたりしないと思うが。

「とにかく今は、特捜を抱えて忙しい。さっさと帰ってくれ」

「そう言わないで、ちょっと話をしましょうよ」福沢が唇を尖らせる。確か、今年三十五歳のはずだが、仕草は子どもっぽい。

「駄目駄目」岩倉は立ち上がり、福沢の腕を摑んだ。「ここは神聖な刑事課なんだ。サイバー犯罪対策課の人間ごときが出入りしていい場所じゃない」

「三ヶ月ですよ、三ヶ月。延びても最大半年です」体を引っ張られながら、福沢が必死で指を三本立てて見せた。「ちょっとした休暇だと思えばいいじゃないですか。その間も給料はちゃんと支払われるし、何より捜査技術の進展と科学の発展のために──」

「そういうお為ごかしには、いい加減うんざりしてるんだ。お前も、人の扱いは下手だな。コンピューターにやり方を聞いてみたらどうなんだ？」

「そういうことも、そのうちできるようになると思いますけど、そのためにも岩倉さんに協力してもらわなくちゃ」

「答えはノーだ。変わらない」

「あの……」

遠慮がちな声が聞こえてきて、岩倉はドアの方を見た。彩香が困ったような表情を浮かべて立っている。

「ああ、悪い。招かれざる客を排除しようとしてただけだ」

「はい？」彩香の顔に困惑の色が広がる。

「君もちょっと手伝ってくれないか？　今日は粗大ゴミの日じゃないけど、その辺に放り出しておいても文句は言われないだろう」

「ゴミ扱いはひどいな」

福沢が口を尖らせて文句を言ったが、岩倉は無視して、さらに強引に腕を引っ張った。福沢には踏ん張る力さえないのか、よろよろと立ち上がる。

「お前は人の席を占領してるんだよ。俺たちには重要な仕事があるんだから、邪魔するな」

「はいはい」福沢が岩倉の手を振り解いた。「分かりましたけど、別にこれで諦めたわけじゃないですからね。また来ますよ」

「今度は、署の入り口に、お前専用の監視カメラを取りつけておくよ。お前が来たらすぐに分かるようにな——そうしたら俺は逃げる」

「だったら顔認証システムが使えますね」福沢が嬉しそうに言った。「その手の技術は、防犯カメラ業界が開発を進めています。これがなかなかの優れもので、見当たり捜査の無駄を省けるように——」

「そこまでだ」岩倉は両手を叩き合わせた。「お前の話を聞いてると、脳細胞が一気に死ぬ」

「城東大の研究には、その辺の話も入っているようですが」

「いい加減にしろ！」

自分でも驚くような大声が出てしまった。福沢がびくりと身を震わせ、ついで肩をすくめる。ゆっくりと踵を返すと、ドアの方へ向かった。途中ですれ違った彩香に、愛想のいい声で「どうも失礼しました」と一言。岩倉は鼓動が少し速くなっているのに気づき、深呼吸した。

彩香が、怪訝そうな表情を浮かべたまま近づいて来る。

「何ですか、今の人？」

「本部のサイバー犯罪対策課のスタッフだ」

「そんな人がどうしてここへ？」

「喉が渇いたな」直接答えず、岩倉は掌で喉を触った。

「コーヒー、淹れますか？」

「頼む」

刑事課員は特捜本部に取られ、最近はこの部屋はほぼ無人である。何もなければ、朝は最年少の彩香が飲み物を用意するのが慣習なのだが、彼女はいきなり特捜本部に巻きこまれて、その役目を覚える暇すらなかった。

彩香がコーヒーを用意している時間を利用して、パソコンを立ち上げる。メールをチェック——何もなし。しかし、朝からむかついた。あの男がしつこいのは分かっているが、異動先にまで追いかけてくるとは……逃れるために所轄に異動したのに、これではまったく無駄だったことになる。

「ブラックでよかったですよね？」コーヒーサーバーのところから、彩香が声をかけてきた。

「ああ」

できあがったコーヒーを受け取る。機械で淹れたコーヒーは、どうしても香りが弱いような気がするのだが、今日は上々だった。もしかしたら彩香は、コーヒーの淹れ方が上手いのかもしれない。ゆっくり呑んでいるうちに、気持ちが落ち着いてくる。いい加減、自分の年を考えろよ、と岩倉は自分に言い聞かせた。あんな喧嘩腰は無意味だ。

「あの……今のがどういうことか、教えてもらってもいいですか？」彩香が遠慮がちに訊ねる。

「つまらない話だよ」

「でも、一応相棒なんですから。隠し事はなしでしょう？」

正論なのだが、思わず苦笑してしまった。彼女には、プライベートな事情はほぼ話していない。壊れた家庭生活、二十歳も年下の恋人の存在——明かせば、引かれてしまう可能性が高い。

「一年前ぐらいだったかな」サイバー犯罪対策課との因縁ぐらいは、話しても構わないだろう。むしろ彼女を味方に引き入れることができればメリットもあるはず、と岩倉は期待した。「今の男——サイバー犯罪対策課の福沢っていうんだけど、いきなり捜査一課を訪ねて来たんだ。それで唐突に、『あなたの脳を分析させて欲しい』と言ってきた」

「何ですか、それ」彩香が呆れたように言って目を見開いた。

「俺の記憶力が人よりちょっといいことは、君も知ってるだろう？」

「ちょっと、じゃないですよ。事件に関しては驚異的です」

「連中はそれに目をつけたんだ。捜査のノウハウの一つとして、過去の事件の手口や動機をデータベース化することは大事だろう？　連中は、その一つ上を行こうとしている。要するに、俺の頭の中を引っ搔き回して、そもそも記憶するとはどういうことか、分析したがってるんだ」

「それ、警察の仕事じゃないですよね?　本格的な研究じゃないですか」再び呆れたように彩香が言った。

「ああ。そして面倒なのは、そこに大学が絡んでいることなんだ。城東大の生産工学部――ここに、IT系と脳科学の研究をブリッジしている研究室があって、そこがこのプロジェクトに一枚噛んでいる」

「記憶の分析って、どういうことをするんですか?」

「知らないよ」岩倉は吐き捨てた。「MRIとかCTスキャンとか心理テストとか、いろいろあるんだろうけど、そんなことをしても記憶の物理的なシステムが分かるとは思えない。脳科学なんて、結構いい加減なものなんだぜ? 例えば何かを覚える時、あるいは思い出す時に、脳のどの部分が活性化しているかは、かなり詳しく説明できるそうなんだけど、物理的に『どうやって』ということになると未だにさっぱりらしい。コンピューターだったら、ハードディスクのこのセクションに電気的に書きこんで、後で読み出して――そういうことが、人間の脳の中で、どういう物理的な動きで行われているかは、まだ詳しくは分かっていないんだ」

「そうなんですか?」

「そうらしい」この辺は妻からの受け売りでもある。興味もないのに覚えてしまう自分の記憶力が嫌になる。「とにかく、その辺まで含めて研究する――こうなると、警察の業務とはまったく関係ないだろう? 俺を実験用のモルモットにしようとしてるんだ。

三ヶ月、あるいは半年、業務から離れて、協力して欲しいと」

「それは辛い――面倒臭いですよね」

「だろう？」岩倉は勢いこんで言った。「だからずっと拒否してきたのに、連中はしつこい。それで俺は、本部からここへ異動してきたんだ。所轄に出れば、さすがに連中も追いかけてこないだろうと思ったから」

「そこまでします？」彩香が目を見開いた。「職場を変えないと逃げられないんですか？　だいたいこういうことって、課と課の話し合いで決まると思いますけど……」

「捜査一課も正式に拒絶したんだよ。ところがサイバー犯罪対策課の連中はまったく気にしてなくてね。あいつら、とにかく悪質なんだ――だから俺は逃げた。ところが、俺が想像していたよりもしつこかったのさ」

「上から――課長や署長からも言ってもらったらどうですか？　仕事の邪魔になるって」

「これ以上、人に頼りたくないんだよ」岩倉は顔をしかめた。「とにかく、今後もあの連中のことは徹底して無視するから。もしもまたここへ来るようなことがあったら、君も追い返すのに協力してくれよ」

「いいですけど……」彩香は乗り気にならなかった。「でも、私自身も、将来サイバー犯罪対策課に行くかもしれないじゃないですか」

「希望してるのか？」今度は岩倉が目を見開く番だった。

「そういうわけじゃないですけど」慌てた様子で彩香が首を横に振る。「これからどこへ行くかなんて、分かりませんよ。どこへ行っていいか、まだ希望もないですし……でも、あの、正直に言っていいですか？」

「どうぞ」

「三ヶ月仕事を離れても、特にマイナスになるとは思えません。それに、岩倉さんのノウハウが分析できて、多くの人が活用できるようになったら、警察としては大きな進歩じゃないんですか？」

「勘弁してくれよ」

　このプロジェクトを嫌う本当の理由を話してしまおうかとも思った。城東大の生産工学部教授である妻がこのプロジェクトに食指を動かしているが、彼女とは数年後の離婚含みで別居中なのだ。しかも自分にはもう新しい恋人がいて――駄目だ。そんなプライベートな事情は話せない。今のところはまだ、頼りになるベテランの先輩として君臨していたかった。

「とにかくこの件は、誰かに話す必要はないから。課長にも黙っていてくれ」岩倉は釘を刺した。「話すと、課長は余計な心配をするだろうから」

「……分かりました」

　必ずしも納得した様子ではなかったが、彩香はうなずいた。それでほっとして、岩倉は残ったコーヒーを飲み干した。

「さて、今日の聞き込みだ」

「はい」彩香の背筋がピンと伸びた。「日本新報整理部の高山《たかやま》さんですね」

「そう」昨日、片田真菜が教えてくれた人だ。松宮にとっては支局の先輩に当たる。

「すぐに連絡してアポを取ってくれ」

「分かりました」彩香が手帳を開き、受話器を取り上げた。これでよし――ようやくまともな日常が始まる。


最初から最悪だった。電話を切った瞬間――通話は妙に長引いていた――彩香が泣きそうな顔になる。

「どうした？」さすがにこれはおかしい。彩香は感情の起伏が激しい方だが、泣きだしそうになることはこれまではなかった。

「怒鳴られました。帰って来たのが、午前三時だったそうです」

「ああ……そういうことか。間が悪かったな」岩倉は壁の時計を見上げた。午前八時四十五分。帰宅して寝たのは、どんなに早くても午前四時ぐらいだろう。それから五時間も経たないうちに電話がかかってきたら、誰だってブチ切れる。「会えそうか？」

「一応、アポはとりました。ただし、午後一時です」

「何なんだ？　新聞記者っていうのは、そんなに昼夜がひっくり返ったような生活をしてるのか？」

「よく分かりませんけど……新報は夕刊がありませんから、日中は仕事がないんじゃないですか？」

「新報は印刷しなくても、世の中は動いてるんだぜ」岩倉は首を傾げた。「……まあ、いいか。会えるのは間違いないんだから」

問題は、それまでどうやって時間を潰すかだ。午後一時となると、食事を一緒にすることになるかもしれないから、それまで昼食を我慢して、現場付近での聞き込みを進めるか。

「面会の場所は？」

「会社の近くの喫茶店を指定してきました」

「分かった。じゃあ、それまで聞き込み……それで飯を済ませてから面会に行こうか」

「分かりました」無愛想な口調で彩香が言った。どうやら、よほどひどい調子で怒鳴りつけられたらしい。

「そう怒るなよ。飯を奢るから」

「ホントですか？」

急に彩香の声が明るくなった。何とも分かりやすいというか扱いやすい……ただ、岩倉は財布の中身が心配になってきた。

高山という記者は顔色が悪かった。病気でもしているのではないかと思えるほどで、声もぼそぼそとかすれて低い。ワイシャツに分厚い冬物のジャケットという格好で、ジャケットのボタンは取れかかっていた。髪にも寝癖がついて、後頭部で派手に跳ねている。身なりにはまったく気を使わないタイプのようだ。

「体調、悪いんですか？」

「いや、別に」

岩倉が思い切って聞いてみると、素っ気ない返事……言葉と一緒に溜息を吐き出した。

「しかし、顔色がよろしくない」

「慢性の寝不足というか、時差ボケみたいなものですよ」

「時差ボケ？」

「うちの整理部は、基本夜が仕事ですから。だいたい、午後四時ぐらいに出社して、一時か二時まで……たまに日勤の仕事が回ってくるんですけど、そうするとまた睡眠時間がおかしくなる。そんなことの繰り返しなので」

「体にはよくないですね」

「昼夜逆転の生活をしてると、長生きできないそうですね」高山の顔色がまた悪くなった。「今から心配ですよ」

「じゃあ、今朝の電話は……起こしてしまったんですね」彩香が申し訳なさそうに言った。

「一番深く寝てる時にね」

「すみません」彩香が頭を下げた。

「いや、いいんですけどね。そっちも仕事でしょう?」

「では、お疲れにならないように、早々に」コーヒーを一口飲んで、岩倉は切り出した。

「あなたは、亡くなった松宮記者の支局の先輩ですよね?」

「ええ」

「何年先輩ですか?」

「一年です」

「仲はよかったんですか?」

「まあまあ……歳も近いですしね」

「同じ釜の飯を食って、苦楽を共にしたんじゃないんですか?」

「今時、そんなのは流行りませんよ」高山が苦笑する。「一緒に仕事をする機会はあまりなかったんです」

「松宮さんは本社に上がってきてから、あなたを頼りにしていたんじゃないですか?」

「そうですねえ……」自信なげに高山が首を傾げる。「あいつが本社に上がってきてから半年かな? 三回か四回、一緒に飯を食いましたよ。なかなかスケジュールが合わなかったんですけどね」

「毎日夜勤のような生活だと、人と会うのも大変ですよね」岩倉は話を合わせた。

「友だちが少なくなる一方ですよ」高山が皮肉っぽく認めた。「あいつ、いろいろ悩んでいたみたいだから……」

「そうですか？」もしもそうなら、その辺りに自殺の動機があるかもしれない。「元気がなかった、という話は聴きましたけど」

「悩んで元気がなかった、ということでしょう」

「何をそんなに悩んでいたんですか」

答えず、高山がアイスコーヒーをストローでかき回した。しばらくそのままうつむいていたが、ほどなく顔を上げ、ぼそりとつぶやく。

「昔の話はどこまで取材できるのかって」

「どういう意味ですか？」岩倉は眉をひそめた。

「具体的な話じゃなかったんです。でも時々、『発掘物』みたいな記事が出るでしょう？」

「ありますね」岩倉はうなずいた。「それこそ歴史的な事実の新発見とか……古文書が新しく見つかったりとか、新たな解釈が出たりとか」

「いやいや、そこまで古い話じゃないです」高山が苦笑する。「松宮は別に歴史に興味は持ってなかったし、そういう話は文化部の担当ですからね」

「じゃあ、何なんですか」

「具体的には分からないんですが、何か事件の関係じゃないかな。あいつは警察回りですからね」

「何か、心当たりはあるんですか」

「ですから、具体的な話は分かりません」高山の口調が尖る。「あいつも何も言わなかったし。ただ、結構ヤバい事件というか、でかい事件じゃないかっていう感じはしましたね」

「分かるものですか？」

「顔を見れば」高山がうなずいた。「あいつ、結構顔に出やすいタイプだから」

「それで、何とアドバイスしたんですか？」

「時代にもよる、と。例えば二十年前の事件なら、関係者はだいたい健在です。だからそういう人を探して話を聞けばいい。五十年前だと結構ぎりぎりかな……それより前、例えば戦時中のことなんかになると、話を聞く相手はほとんどいないと思いますよ。話を聞ける年齢の人は、戦時中にはまだ子どもだったわけだし」

「それで、松宮さんが狙っていたのはいつ頃の事件だったんですか？」

「そんなに昔じゃない感じです。関係者に当たるしかないっていう話をしたら、『それを見つけるのが大変なんです』って愚痴を零してましたから。でも、あいつも贅沢だったんじゃないかな」

「贅沢？」岩倉は首を傾げた。

「いや、贅沢っていうのとはちょっと違うかもしれないけど、手柄を独り占めしたかったんじゃないかな。ただ、あいつ一人でやれたかどうか……これは勘なんですけど、一人で取材できるような規模の事件じゃなかった気がする」

「そういうの、分かるものですか？」

「変な話、殺人事件ぐらいだったら、二十年経って真相をほじくり返しても、大した記事にはなりません。記者が犯人を見つけだしたとしても、それはそれだけの話で……例えば、死刑判決を受けて、既に死刑が執行されてしまったのに真犯人は別にいた、みたいな話だったら大変ですけど、捜査一課的には、そんな事件はあり得ないでしょう？」

「私は今、捜査一課の人間じゃないですけど……」岩倉はやんわりと言った。「確かにそんなことがあったら大ごとですね」

「忠告したんですよ、でか過ぎるネタで、自分一人の手に負えないと思ったら、すぐに誰かに相談しろって。事件関係だったら、警視庁クラブか司法クラブに連絡すれば、その道のプロがいるわけですから」

「そっちに相談した形跡はなかったですか？」

「ないです……ないと思いますよ」

高山がジャケットのポケットからスマートフォンを取り出した。しばらく操作していたが、すぐに顔を上げて「なかったですね」と断言した。

「どうして分かります？」

「最後に会ったのが三月十日です。その時も同じような話が出て、俺が『誰かに相談しろよ』って言ったら、あいつは『まだ相談できる段階じゃない』って答えたんです。確かに、あまりぼんやりした話だと相談もできないですよね。そういう段階だったか、あるいは一人で抱えこんで手柄を独り占めしようとしていたか、どちらかだと思います」

「そんなこと、あるんですか？」

「二人か三人——チームで取材するよりも、一人で取材を完成させた方が、評価は高いですよ。本当にでかい事件になったら、デスクが一人では取材させないでしょうけど。複数の人間が裏を取る必要もありますから」

「なるほど……」岩倉は腕を組んだ。「いったい何のネタだったんですかね」

「さあ」高山がゆっくりと首を横に振った。「見当もつきませんね。もう少し具体的なことを言ってくれてたら、分かったと思いますけど」

しばらく押し引きを続けたが、それ以上の情報は出てこなかった。松宮は、高山をどれぐらい頼りにしていたのだろう……別れ際、高山がぽつりと言った。

「一世一代のネタだったのかもしれませんね」

「そうですか？」

「ほとんどの記者は、そういう取材をしないで終わるんですけど、運良くぶち当たることだってありますからね。最近はちょっと大きなネタになると、必ずチームで取材するけど、松宮みたいに一人で抱えこみたがる記者もいる。そうすると、事件の大きさに押し潰されそうになるんです。松宮は、それで悩んでいたんじゃないかなあ……それと、プライベートでも何かあったみたいですけど」

「恋愛問題とか、体調不良とか？」

「いや、家族の問題じゃないかな……はっきりとは聞いてませんけど」

「そんなに大きな事件なんてあるんですかね」高山と別れた後、彩香が首を捻った。

「どうかな」

「岩倉さんの記憶では……」

「もちろん、未解決事件はいくらでもあるよ。でも、今聞いた話だと、そういう感じでもない……真犯人が見つかったとか、そういう話じゃないと思う」

「でも、二十年前の事件の真犯人が分かって、どう取材していいか悩んで強いストレスを感じた——そういうの、いかにもありそうじゃないですか？」

「そこまで犯人に迫っていたら、どうするだろう。たった一人でインタビューするかな？　俺はないと思う。二十年前の事件だったら——重大な犯罪の時効はなくなっているんだから、警察に引き渡す必要だって出てくる」

「記事を書いたら終わりじゃないんですか？」

「そんなことをしたら——警察を無視したら、犯人隠避で逮捕だよ。警察回りだったら、それぐらいは分かるだろう」

「……ですね」彩香がまた首を捻った。

「いつまでも心配していてもしょうがない。とにかく、次だな」

「会社の線は切れましたけど……」

「君、前に正面突破のやり方を言ってたよな」

「ご両親に当たる、ですか」彩香の顔が暗くなった。

「家族の問題、という話が出たじゃないか。聞いてみよう。確か今日、葬儀なんだよな」岩倉はスマートフォンを取り出して確認した。「この時間だと、もう葬儀は終わってるな。遺骨はどうしたか……」

「そんなところに乗りこむんですか……」彩香の声が萎《しぼ》む。

「お線香を上げにいくのさ。それなら拒絶されないだろう」

「マジですか」両親に当たるべき、と言ったのは彼女の方なのに、明らかに腰が引けている。

「刑事をやってると、こういう場面には何十回も出くわすよ。俺たちが相手にするのは、犠牲者とその家族なんだから」

松宮の実家は、非常に行き辛い場所にある。武蔵村山には確かに鉄道が通っておらず、変な話だが、東西南を路線に囲まれている格好になっていた。最寄駅は西武拝島線の西武立川駅。そこから北へ二キロ……時間を節約するために、岩倉はタクシーを奢った。

「葬儀、何時からだったかな」

「十時です」彩香が即座に答える。

「ということは」岩倉は腕時計を見た。「もう火葬も終わってるはずだ。納骨式も済ませたのか、お骨を持って一度家に帰ったのか……どちらにしても、自宅で会えるだろう」

「ちょっと苦手なんですよね」彩香が弱音を漏らした。

「そうか？」

「苦手というか……被害者家族に会うのも初めてなんです」

「慣れろよ」岩倉はぴしりと言った。「こういうのは、刑事の初歩の初歩だから」

タクシーは北へ向かう都道を走った。夕方前、まだ渋滞は始まっていない。団地の中を抜け、延々と同じような光景が続く……高い建物はなく、ところどころに畑。ちょっと東京らしくない景色だった。タクシーは武蔵村山市内に入り、左に牛丼屋がある交差点を左へ曲がる。道路は、車がようやくすれ違いできるほどの幅になり、似たような一戸建てが両脇に並んでいる。しばらく行くと、左側に広い畑地が見えてきた――というより空き地か。作物を作っている様子はない。

「そこで停めて下さい」スマートフォンの地図で確認して、岩倉は運転手に命じた。

「いいんですか？　まだ、結構距離がありますよ」彩香が訊ねる。

「いいんだ。タクシーで乗りつけるより、歩いて行った方が印象がよくなったりするんだ」

「そこまで考えます？」

「第一印象は大事だからな――行くぞ」料金を払った岩倉は、タクシーを降りた。

似たような一戸建てが並ぶ住宅街。その中の一軒が松宮の実家だった。表札で確認しないと分からないぐらい、隣とよく似た家……人の気配はしない。まだ葬儀場、あるいは火葬場から戻って来ていないのではないかと思ったが、岩倉は一つ深呼吸して、インタフォンを鳴らした。一瞬間を置いて、低い女性の声で「はい」と返事があった。

「南大田署の岩倉です。先日お会いしました」

「ああ、はい、あの……」声に困惑が感じられる。

「お忙しいところ、お邪魔して申し訳ありません。お線香を上げさせてもらおうと思いまして」

「あ、はい、今開けます」

だいぶ混乱しているようだ。これはまずいタイミングで訪問してしまったか、と悔いる。もう少し間を空けるべきだったか……しかし岩倉の中には、この一件はできるだけ早く解決すべきだという思いがある。何しろ南大田署は特捜本部を抱えているのだから、本来はそちらの仕事に注力すべきである。

ドアが開き、髪が半分ほど白くなった男性が顔を出した。松宮の父親、和生《かずお》。葬儀から帰ったばかりの様子——黒いネクタイと上着を取っただけのような格好だった。露骨に怒ったような表情を浮かべていたので、岩倉はすかさず頭を下げた。やはり、まずいタイミングだったようだ。

「その節は……今日、告別式でしたよね」

「さっき帰って来たところです」和生が低い声で答える。

「お忙しいところ申し訳ありません。今日はお線香を上げにきました」

「わざわざ蒲田から？」

「当然です」岩倉は硬い口調で言った。「私たちが現場を担当したんですから」

「警察はいつもそんなに丁寧なんですか？」

「少なくとも私は、そうしようと思っています。上がらせていただいてよろしいでしょうか？」

「ああ、すみません……ご無礼しました」相変わらず機嫌は悪そうだったが、和生はさっと頭を下げた。こんな状況でも最低限の礼儀は失わない——それも理解できなくはなかった。大手金属メーカーを役職定年になったばかりだが、現在でも「技術アドバイザー」という肩書きで普通に仕事をしているらしい。当然、会社員としての礼儀もまだ保っているわけだ。

　家の中には冷たい空気が流れていた。雰囲気の話ではなく、実際に冷えている……都心部からだいぶ西へ来たこの辺りは、気温も少し低いようだ。エアコンの暖房が欲しい陽気だが、そんな気にはならないのかもしれない。

　まず、リビングルームに通される。それから、隣の六畳間へ……そこに小さな祭壇が設えられ、骨壺が置いてあるのが見えた。仏壇はなく、納骨式もまだだと分かった。都会の家では、この辺は難しい問題だろう。墓地不足も深刻なのだ。

ろうそくに火を灯し、線香を上げて手を合わせる。正面には松宮の写真——少し斜めの角度から撮影されたもので、屈託のない笑みを浮かべている。ワイシャツにネクタイ姿なので、就職してから同僚が写したのだろうか。こんなに明るい表情を浮かべる人間が自殺するものか……いや、人はごく些細な理由で自ら命を絶つ。

彩香も焼香を終えた。表情は暗い。こういうシチュエーションに慣れていないのだから当然だろう。

「ご愁傷様でした」

二人並び、正座したまま和生に頭を下げる。

「ご丁寧に恐縮です。お茶でも……」

「ありがとうございます」

これで最初の壁は突破できた。お茶を飲んでいる間は普通に話ができるし、一度会話が成立すれば、そこから先は何とでもなる。

リビングに戻り、ソファを勧められる。本当はダイニングテーブルの方がいいのだが、この際こちらに選択権はない。妻の聡子《さとこ》が、すぐに緑茶を出してくれた。一口飲むとほっとする。美味い茶だった。そう言えば狭山市が近いはずだが、これも狭山茶だろうか。

「お墓は、どちらになるんですか？」

「いや、まだなんです」和生が静かに言った。「うちは二人とも実家を出ていますから……自分たちの墓は自分たちで用意しないといけないんですが、その前に、ねえ」

「残念なことです」

「若くして死ぬものじゃないですね」和生が溜息をつく。「葬式の雰囲気が異常でした」

「ご家族だけで葬儀を出したんじゃないんですか?」岩倉はそのように聞いていた。

「そのつもりだったんですが、やっぱりこういう話は広まるもので……中学、高校の頃の友だちが、結構来てくれたんです。皆、呆然としていましたよ。二十代で死ぬというのは、今の日本では稀なことなんですよね」

「昔だったら――成人するまで育てるのも大変だったそうですけどね」

「この時代に、ねえ」

実際には、若年層の自殺者は少なくない。二十代の自殺者は、自殺者全体の十パーセント程度を占めており、毎年二千人以上が自ら命を絶つ。実際、この年代の死因の一位は自殺のはずだ。医学の発達で、病気や事故で亡くなる人は少なくなっているのに対し、自殺者が多いというのはひどく虚しい話である。

「一応、この件についてはフォローしています」岩倉は打ち明けた。

「フォロー、と言いますと?」和生が不審げに目を細める。「何か問題があるとでも言うんですか」

「そういうわけではありません。ただ、どうして松宮さんが自ら死を選んだのか、その動機が分からないので釈然としないんです」

「それは、警察として調べなければいけないことなんですか？」

　岩倉は多少の違和感を覚えていた。いきなり警察の方針に異議を唱えるような強い物言いではないか。まるで調べられるとまずいことでもあるようだった。考え過ぎかもしれないが……家族を亡くした直後の人は、実に様々な反応を見せる。あらゆる感情が極限まで突出したような状況で、怒りも悲しみも、簡単には収められないほどの爆発を見せるのだ。

「はっきり申し上げると、事件性がない場合、自殺について詳しくは調べません。ただ今回は、何かが引っかかっているんです」岩倉は打ち明けた。

「何か問題でもあったと？」

「あったかなかったか……それが分からないことが引っかかっています。それに息子さんは新報の事件記者で、精神的にも強いはずです。そんな人が自殺するということは、よほどの事情があったはずです」

「そんなに強い人間なんかいないでしょう。むしろ、人間は弱い……私の同僚にも、自殺した人間が何人かいますよ」

　岩倉はうなずいた。幸いというべきか、岩倉には自殺した知人はいない。日本では平均して、毎年二万人以上の人が自殺するわけで、知人が自殺しても不思議ではないのだが。

「息子さんの同僚にも話を聴いてみたんです。やはり自殺の動機は分からない……しかし最近、少し悩んでいたような様子もあったそうです」

「そう言われても……」

和生の顔に苦悩の影が過《よぎ》った。何か悩みを打ち明けられていたのでは、と岩倉は想像した。

「大きな事件を追いかけていたという情報もあります。その取材に行き詰まった可能性もありますが……何か話は聞いていませんか？」

「残念ながら」和生が首を横に振った。「正直、この十年間はろくに話もしていなかったと言いますか……元々独立心の旺盛な子だったんですよ」

「十年というと、高校を卒業してからですか？」

「ええ。大学入学と同時に家を出て一人暮らしを始めて、就職したらすぐに静岡……東京に戻ってからも一人暮らしでしたから」

「家の方には……」

「最近は、盆暮れに顔を見せるぐらいでしたね」

親子関係は上手くいっていなかったのだろうか、と岩倉は訝《いぶか》った。もちろん、和生が言うように、本当に独立心旺盛な男だった可能性もある。周囲の反応を総合すると、松宮の性格は「真面目」。それ以外の人物像がなかなか浮かび上がってこない。

「非常に真面目に仕事をしていた、と聞いています」

「そうでしょうね。真面目な子でした」

「思い詰めるタイプですか？　生真面目な人は、何かあっても他人に相談もしないで、自分の中に抱えこんでしまうこともあると思います。特に最近は、難しい取材に取り組んでいたようですし。行き詰まっても、誰にも相談できなかった可能性もあります。何か、そういう話は聞いていませんか？」

「いや、まったく……」不機嫌な調子で和生が言った。「実際、仕事のことなんか、まったく話しませんでしたから」

「そんなものですか？」親子は断絶していたのだろうか。

「そうだよな。なあ？」

和生が、それまでずっと黙っていた聡子に声をかけた。

「そうですね……聞いても、はっきり答えてくれませんでしたし」

「説明しにくかったのかもしれませんね。言えないことも多かったでしょうし」

「そうかもしれません。でも最近は……東京へ戻って来てからは、ちょっと様子が変わったみたいでした」

「そうなのか？」和生の顔から血の気が引いた。自分が知らないことを妻だけが知っているのが気にくわないのだろう。

「話していても、少し暗くなった感じがしたんです。気になって、聞いてみたことはあるんですよ。何か悩みがあるのか、体調でも悪いのかって。でも、『何でもない』って言うばかりで」

「気になるぐらい、暗い感じだったんですか？」

「私の感覚では」

岩倉は腕組みをした。少しずつ、松宮の闇が明るみに出てきたような感じがするが、具体的な話が一切ないのが痛い。ここは一つ、ペースを変えるタイミングだ。

「息子さんの部屋は、まだそのままですか？」

「ええ」聡子が頰に手を当てる。

「ちょっと見せてもらっていいですか？」

「いや、そこまでしなくても……」和生が抵抗する。

「見るだけですから」岩倉は押し通した。「いじるつもりはありませんし、もちろん何かを持ち出す気もありません。見ると、何となく雰囲気が分かるんです」

結局夫妻は折れ、二階にある松宮の部屋に案内してくれた。入った瞬間、「元部屋だ」と岩倉は頭の中で修正した。十年前、松宮が高校卒業後にこの家を出て、その後はほとんど帰って来ていないというのは本当なのだろう。生活の匂いがまったくしない。ベッドは整えられているが、デスクには何も載っていない。本棚は、半分ほどは空である。近寄って確認してみると、その大多数が大学受験のための参考書の類だった。必要なくなった本だけ、ここに置きっ放しにしておいたのだろう。参考書であっても、本というのは捨てにくいものだし……現在借りている部屋との共通点を見出そうとしたが、無駄な努力に終わった。それに、彼がどんな高校生活を送っていたかを示すようなものもない。

許可を得て、クローゼットも覗いてみる。こちらにも特に見るべきものはなかった。ブレザーが一着かかっていたが、これは高校時代の制服だろう。あとは古びたコートが二着、革ジャケットが一着。何だか松宮は、高校時代までの自分を実家に脱ぎ捨てて出て行ったように思えた。別に珍しいことではないが……岩倉自身、同じようなものだ。山口の実家には、今では数年に一度しか帰らない。特に妻と娘と別居してからは、一度も帰っていなかった。故郷は既に「過去のもの」――それは進学のために東京に出てきてからずっと抱き続けてきた感覚だった。

「失礼しました。ありがとうございます」

岩倉が丁寧に礼を言うと、ドアのところで待っていた聡子が目元を指先で拭った。岩倉は、硬く尖ったものを呑みこんだような気分になった。やはり息子を亡くしたばかりの母親に会うのは辛い。この二人は、冷静な方だろう。岩倉は、ほとんど半狂乱と言っていいほどの遺族に対応したことも何度もある。最近は、そういう状況になりそうだと、こういうことのプロである犯罪被害者支援課が助け舟を出してくれる。

「本当に、ここへはほとんど帰って来ていなかったんですね」岩倉は聡子に声をかけた。

「ええ。別に嫌っていたわけじゃないですけど……大学時代はバイトばかりだったし、就職してからは仕事が忙しくて……」

「熱心にバイトをしていたのはどうしてですか？　自力で大学へ行こうとしていたと

か？」和生の勤務先を考えると、子どもを私立の大学へやるぐらいは何でもなかったはずだ。東証一部上場の優良企業である。

「生活費ぐらいは自分で稼ごうとしていたようです。高校を卒業する時に、はっきりそう言っていました」聡子が打ち明ける。

「本当に、独立心旺盛な人だったんですね。最近はいつまでも親に甘えて、脛《すね》を齧っている人も多いのに」

「ええ、あの……そうですね」

聡子が言い淀む。岩倉はそこに違和感を抱いた。

「何か問題でもあったんですか？」

「あの子が家を出たがったのは、私たちにも責任があるかもしれません」

「聡子」和生がすかさず介入した。顔は蒼褪《あおざ》め、口調は強張っている。「何も、そういうことは言わなくても……」

「何があったんですか？」岩倉は二人に迫った。

「あの子は養子なんです」

聡子がぽつりと零す。その瞬間、和生の顔がさらに蒼くなり、岩倉は事態が新しい局面を迎えたと悟った。

新しい情報。これで状況が一変するとは思わないが、新しい一歩にはなるだろう。

一階に戻った岩倉は、二人を苛立たせないように慎重に質問を再開した。こうなると、彩香が口を出す隙はない。彼女は岩倉の横で、ひたすらメモを取っていた。本当はメモは取らない方がいい……メモを取る姿は、相手を緊張させてしまうのだ。あなたの言ったことは一言も逃しません、完全に記録しています——同じ意味で、ICレコーダーもよくない。事情聴取では、気楽な調子で話をして、肝心なことは暗記してしまうのが一番だ。この辺は慣れの問題なのだが、彩香には是非身につけて欲しいノウハウである。後でしっかり話してやろうと思ったが、もしかしたらサイバー犯罪対策課——というか城東大生産工学部が目指しているのもその辺りなのかもしれない。記憶ノウハウの定義。定義すれば再現できる、すなわち誰でも使えるようになる。

「松宮さんが養子だったというのは、初耳です」岩倉は打ち明けた。

「話す必要があるとも思えなかったので」和生が強張った口調で答える。

「どういう状況で養子になったんですか？　失礼な言い方かもしれませんが」

「私の兄の子どもです」

「お兄さんは……」

「亡くなりました」

「母親——お兄さんの奥さんはどうされたんですか？」

「亡くなった——まあ、それはいいじゃないですか。細かい話はしたくありません」

そんなに嫌な話なのだろうか。岩倉はまた、かすかな違和感を覚えていた。

「養子にしたのはいつですか？」

「五歳の時です」

「もう二十年以上前ですよね？　だったら、本当の親子も同然でしょう」

「まあ……いろいろと」

結局、本物の親子にはなれなかったのだろうか。兄の子で血は繋がっているとはいえ、それほど簡単なことではないのかもしれない。

「事故か何かですか？　交通事故で、ご夫婦が同時に亡くなったとか？」

「そういうわけではないです」和生の口調は歯切れが悪かった。

「お兄さんが先に亡くなられた？」

「そうです」

「その後に奥さん……養子にされたのは、その後ですか？」

「まあ、いいじゃないですか」和生が嫌そうな表情を浮かべる。「こんなこと話しても、何にもならないでしょう。それにうちの事情は関係ないですよ。あいつがどうして自殺したかは分からないんだし」

「分からないということは、関係ないと断言もできないんじゃないですか？」

「それは屁理屈でしょう」

「亡くなる前、松宮さんは家族に問題があったというようなことを、知り合いに打ち明けていました。こちらの家の話ではないですよね？」

「特に何もありませんよ」

和生が目を逸らす。聡子はと言えば、ずっとうつむいたまま。握り締めた両手を膝に置いている。まるで、自分の失言がこのややこしい状況を生み出してしまったと後悔しているようだった。

「しかし……」

「すみませんが、これ以上話すことはありません。いろいろ調べてくれるのはありがたいことでもありますが、息子の死についてあれこれ探りを入れられるのは辛いです。正直言って、ありがた迷惑でもあります」

「それは分かりますが……」

「どうぞ、お帰り下さい」和生が立ち上がった。「申し訳ないですが、これ以上申し上げることもありません」

「何か困っていることがあったら、相談に乗りますが」

「何も困っていません！」

和生の口調は、ほとんどやけっぱちだった。引き際を間違うと傷が深くなる……岩倉は直ちに退散することに決めた。

家を出てしばらく、二人は無言で歩いた。来る時にタクシーで通ってきた都道に出ると、彩香が大きく肩を上下させる。

「結局、何だったんでしょう」

「分からないな」岩倉は両手で顔を擦った。「親子関係で何かあったのか……引っかかるな」

「どうするんですか」

「調査続行だよ。単純な自殺——変な言い方だけど、そういう自殺だったら気にしないんだけど、何か引っかかるんだ」

両親の死、それが松宮に何らかの影響を及ぼしていたかどうかは分からない。両親が立て続けに亡くなったら、五歳の子どもは大変なショックを受けるだろうが、それをいつまで引きずるものだろう。

「どうやって帰ります？」

「そうだな……」言われて初めて、足がないことに気づいた。タクシーを呼ぶにしても、結構時間がかかるだろう。近くにバス停があったので時刻表を確認すると、十分後に昭島駅行きがくる。これで、取り敢えず近くの駅に出よう。

吹きさらしのバス停に立っていると、心底冷えてくる。四月ではなく、二月末、あるいは三月頭のような陽気だった。夕方、既に陽が翳《かげ》っているせいもあるだろうが、コートを持ってこなかったことを岩倉は後悔した。刑事課のロッカーには、防寒・防水のパーカーも入れているのに。

目の前は郵便局。その横に畑。あとはそれなりに大きな家……岩倉の田舎である山口では、馴染みだった光景である。上京して三十年以上、こういう光景は記憶の中だけに残っていると思っていたのだが、時々捜査で多摩地区へ来ると、原風景とも言える景色が唐突に蘇る。蒲田で暮らすのは便利だろうが、こういうところに家を持つのが、本当に人間らしい暮らしかもしれないな。

何で弱気になってるんだ？　岩倉は首を横に振った。捜査が動かない時、こういう風にあれこれ考えてしまうことがよくある。そうでなくても岩倉は迷いがち——考え過ぎて動けなくなってしまう時は多い。悪い癖だと自分でも分かっているのだが、五十になると性癖は簡単には治らない。

「あの……まだ調べます？」彩香が遠慮がちに切り出した。

「調べたいな。ここまで首を突っこんだんだから」ちょっとした功名心もある。もしも松宮が追いかけていた「古い事件」のことが分かれば……それこそ、未解決事件の犯人に関する手がかりでもあったら、警察としても使える。今は所轄の刑事である自分が捜査に手を出せるかどうかは分からないが、追跡捜査係にネタを流して恩を売っておく手もあるだろう。あの連中は、未解決事件の再捜査が専門なのだから。

「しょうがないですね……人のつながりが切れてるけど、どうしますか？」

「松宮さんの古い友だちに会うのはどうだろう。会社の同僚には個人的な事情を明かさないかもしれないけど、大学や高校の友人には何か話しているかもしれない」

「じゃあ、当たるとしたらメディア研究会ですね」

彩香の発言にうなずく。彼女は、岩倉の意図をきちんと汲み取っているようだ。明誠大のメディア研究会――松宮が在学中、四年間ずっと籍を置いていたサークルだ。ここでマスコミへの就職を目指して頑張っていたとすれば、仲間とも濃い関係を続けていただろう。そういう連中が見つかれば、何か手がかりにつながる可能性がある。

問題は、当たる相手がまたマスコミ関係者になる可能性が出てくる、ということだ。

「片田記者に連絡を取ります。今のところ、一番まともに話してくれそうな人ですよね」

「そうだな」

「これからどうします？」

「夜は、捜査会議に顔を出そうか。いくら何でも、あまりご無沙汰していると忘れられてしまう」岩倉は腕時計を見た。

「じゃあ、今日の夕飯は……」

「特捜の弁当で我慢してくれ」

「弁当ですかあ……」

途端に彩香がうんざりした表情を浮かべる。食べさせておけばこの子は大丈夫、という認識は甘かった。

ただ腹が膨れるだけではなく、美味い物でないとエネルギー源にならないようだ。

久しぶりの捜査会議で、何か新しい事実が出てくるのではないかと岩倉は密かに期待していた。自分たちが捜査を離れている間に、大きな動きがあったとか――期待はあっさり裏切られた。新情報は一つもなく、幹部も犯行が物取りなのか恨みによるものなのか、未だに決めかねている様子である。一度は容疑者らしき男を絞りこんだものの、自分の介入でその男に対する追及はストップしてしまった。あれで完全に勢いがなくなってしまったわけだが……あれはしょうがない。間違った人間を逮捕するわけにはいかないのだ。

また誰かに因縁をつけられるとまずいので、捜査会議が終わるとそそくさと刑事課に戻る。彩香と明日の打ち合わせをして、今日は散会することにした。

さて、今日はちょっと気晴らししたい――岩倉は直帰せず、「フィリー」に寄ることにした。

店はそろそろ賑わい始める時間帯で、カウンターのいつもの席が辛うじて空いていた。隣は若い男同士で、実里が相手をしている。背が高い方が彼女にちょっかいを出そうとしていたが、実里は軽く受け流していた。若者よ、彼女はお前さんたちには荷が重いぜ――実際あまり話は盛り上がらなかったようで、二人は早々に退散した。

実里が、岩倉のブッシュミルズのオンザロックを新しく作り直す。チェイサーの炭酸水も替えてくれた。最初に水を一口飲んで、口の中を洗い流してからブッシュミルズを含む。濃厚な香りが口腔から鼻に広がり、アイリッシュウィスキーの美味さを改めて感じた。酒を呑み始めてから三十年、実にいろいろな種類を試してきて、ようやくたどり着いたのがこの味である。難点は高いことだが、そもそもストレートなのでそんなに量が呑めるわけでもなく、懐はさほど痛むことはなかった。

「難しい顔してるけど、どうしたの？」実里がさらりと言った。

「君が若い男にナンパされてるからさ。心中穏やかじゃなかった」

「追い返したじゃない」

「追い返したら商売にならないじゃないか。もっと呑ませて、酔い潰してからタクシーを呼べばよかったんだ」

「それは、オーナーに言って。うちは、酔い潰れるまで呑ませるような店じゃないから」

「そうだな。君がいる分、上品になっている」

実里が鼻を鳴らして去って行った。すぐに、ＤＶＤを持って戻って来る。市販品ではなく、ダビングしたもの……自分の劇団の芝居だと分かった。岩倉は彼女の舞台は必ず観るようにしているのだが、実里はいつも、撮影したものを後でくれる。

「この前の舞台？」

「そう」

「今夜、一緒に観ないか？　たまには早上がりしてもいいだろう」

「私、自分の舞台は観ないわよ」実里が苦笑した。「観ていられないもの」

「復習の意味でも観ない？」

「何がまずかったか、どこが上手くいったかは、板に立っていれば分かるわ。後からわざわざ見直す必要はないの」

「そうか……じゃあ、DVD抜きだったら？」

「今日は一時までだけど、それでもよければ」

一時か……明日は休みだが、彼女と一緒だとだらだら寝ている時間はない。そうしてまで彼女と過ごす意味は——ある。あるが、体力的には問題だ。最近は睡眠時間が削られると、翌日、確実に悪影響が出る。

「大丈夫？　ガンさん、すごく忙しそうだけど」

「君のためなら何とかするさ」

「あまり無理しない方が……」実里は本気で心配している様子だった。

「別に無理してない」岩倉はブッシュミルズを口に含み、ゆっくりと転がした。「仕事の都合ぐらい、いくらでもつけられる」

「じゃあ、今夜終わってからね」

「分かった」

「それと、来週からちょっとお店に出ないから」

「本業で？」彼女にとって、仕事はあくまで「舞台」である。「フィリー」で働くのはあくまでアルバイト。生活は楽ではないはずなのに、絶対に岩倉の援助を受けようとしない。

「本業っていうか、テレビの方で。収録に一週間ぐらいかかるみたい。NHKだけど」

「それはそれは」

岩倉にすれば、拍手して褒めたいところだ。何しろNHKと言えば全国区。しかし実里は渋い表情だった。

「気にくわない仕事なのか？」

「時代劇なのよね。あのカツラは本当に好きになれなくて……それにNHKはギャラが安いから」

岩倉は声を上げて笑ってしまった。何というか……実里の欲の薄さをどう考えたらいいのだろう。もちろん、舞台女優としてのプライドはあるはずだ。女優を続けるためには、夜の仕事をするのも厭わない。一方で、テレビや映画の仕事は、事務所が回してくる「義務」のようなものと考えている節がある。岩倉の感覚では、テレビに出て名前と顔を売った方がいいのだが、彼女にすれば女優としての最高の表現方法は舞台なのだろう。

もっとも、彼女のスタンスは岩倉にとっては好都合である。もしもテレビや映画で売れっ子になってしまったら、今のような関係は続けられないだろう。岩倉にしたら、それは大きな損失だ。彼女が今の関係をどう考えているかは分からないが、舞台に固執してくれるのは、岩倉にとっては今のところベストな環境である。

仕事とは、実に様々だ。彼女に会わなければ、こういう世界を知ることもなかっただろう。実里は、岩倉に新しい世界を見せてくれたのだ。人は、五十歳になっても学ぶことがある。

第七章　過去

「何だか眠そうですね」週明け、会うなり彩香が言った。

「そうかな」岩倉は左手で軽く頰を張った。彼女の言葉は大当たり──結局一昨日は、実里が勤務を終える午前一時まで粘り続け、彼女を家まで送って行った。そのまま日曜は一緒に過ごして、今朝急いで家に帰り、新しいシャツに着替えて出勤してきたのだった。普段より数時間の睡眠不足。目の下に隈ができているかもしれない。

「あれこれ悩んで、よく眠れなかったんだ」岩倉は適当に嘘をついた。

「ですよね」彩香が深刻な表情でうなずく。「何だか訳が分からないことばかりです」

「しょうがない。一つずつ解決していくしかないな……さて、行くか」

岩倉は目の前のビルを見上げた。JR品川駅東口。都道三一六号線、通称旧海岸通りに面したオフィスビルが、今日最初の目的地だった。それにしてもこの辺りは賑やかな場所だ。旧海岸通り沿いにオフィスビルが建ち並び、川──というより運河だろうか──向こうには新しいマンションも目立つ。

「結局、マスコミ業界の人じゃなかったですね」

「メディア研究会に在籍していても、必ずマスコミ業界に就職するわけじゃないんだろう」

「確率、どれぐらいなんでしょうか」

「結構低いんじゃないかな。あの業界は、今でも狭き門だから」

雑談を交わしながら、ビルのロビーに入る。よくあるオフィスビル……名前も聞いたこともないような小さい会社が何社も入っていて、受付は共用になっていた。受付に行く前に、壁に貼られた「入居企業一覧」を見て、目指す相手の会社を確認する。「BRプランニング」。名前だけでは何の業種かも分からないが、彩香は既に、イベント企画の会社だと割り出していた。

共用の受付から「BRプランニング」に電話を入れ、約束を取りつけていた長沢俊《ながさわとし》という男を呼び出してもらう。会社の中で話をすることになるだろうと思っていたが、長沢は自分が下に降りていくと言った。

五分後、ロビーに姿を現した長沢は、見るからに軽快な男だった。足取りは軽く、ほっそりしてはいるが筋肉質の体型なのが分かった——まだ上着が必要な陽気なのに、Tシャツ一枚の軽装だったからだ。しかしさすがに、そのまま人に会うのはまずいと思ったのか、腕にかけていた柔らかそうな素材のジャケットを急いで着こむ。明らかに警戒してはいたが、無礼な態度は一切見せなかった。如才ないというか、世渡りが上手いというか……こういうタイプは要警戒だ、と岩倉は自分に言い聞かせた。場の空気を敏感に読み取って、自分に不利になりそうな情報は一切漏らさない。

「すぐ近くに喫茶店があるんですけど、そこでいいですか？」ビルの外へ向かって歩き出しながら長沢が訊ねた。

「もちろんです……会社の中ではまずいですか？」

「警察に協力しないではないですけど、同僚には知られたくないんです。あまり格好いいものじゃないですからね」

「そうですか」時間のロスになるのだが……まあ、いいだろう。あまり気にしても仕方がない。

店まで歩く五分ほどの間に、岩倉は長沢の仕事について聞き出した。それこそイベント関係のあらゆる仕事を引き受けているそうで、一言で内容をまとめるのは難しいという。彼自身の肩書きは「アシスタントプロデューサー」で、何だかテレビ局のスタッフのような感じがしたが、結局実態はよく分からなかった。ただ、疲れているのは明らかだった。わずか五分歩く間に何度も欠伸《あくび》を嚙み殺し、目は寝不足で赤くなっている。

「働き方」がキーワードになり、いかに肉体と精神を病まずに働くかが問題になっているご時世とはいえ、そんなことを言っていられない仕事が多いのも事実である。イベントの企画だったら、主催者から無理を言われて徹夜することも珍しくないだろう。警察もそうだ。最近こそ、超過勤務についてうるさく言われるようになったので、岩倉も何もない時には定時にさっさと引き上げるようにしているが、だいたい「何かある」のが警察の仕事である。実際今も、ずっと超過勤務の状態が続いている。

店に落ち着くと、長沢はアメリカンコーヒーを頼んだ。岩倉と彩香も合わせて同じものにする。確か、このチェーンのアメリカンコーヒーは量たっぷりで、眠気覚ましにはちょうどいい。ただしソファの座り心地が良過ぎて、集中して話をするのが難しい……そう言えば午後になると、このチェーンではサボって居眠りしている営業マンをよく見かける。

「松宮のことでしたね」

「そうです。お葬式は行かれましたか？」

「ちょっと連絡が来るのが遅れて……行けなかったんです。家族葬みたいな感じだったんですよね？」

「そう聞いています」

「手が空いたらお線香を上げにいこうと思っているんですけど、なかなか……」

「お忙しいんですよね」

「貧乏暇なしです」長沢が皮肉っぽく言った。もしかしたら、実際に給料は低いのかもしれない。

「明誠大のメディア研究会で、松宮さんと一緒でしたね？」岩倉は本題に入った。

「ええ」

「彼が養子だということはご存じでしたか？」

「それが何か?」長沢が、持ち上げたカップ越しに岩倉を見た。「別に問題はないでしょう。世の中、養子縁組している人なんか、いくらでもいるでしょう」

「問題にしているわけじゃありません。事実関係を知りたいだけなんです」

「五歳の時に、親父さんが亡くなったと聞いてます」長沢が打ち明けた。

「病気ですか? 事故ですか?」

長沢が言い淀む。ジャケットのポケットから煙草を取り出し、顔の高さに掲げて無言で許可を求める。妙に慌てた様子で火を点けると、勢いよく煙を吐き出した。まるで、自分の周りに煙幕でも張ろうとしているようだった。

「話すと都合の悪いことでも?」

「言っていいことかどうか、分からないですね」長沢が首を傾げた。「俺自身、ちょっとショックで」

「それは、友人が亡くなったらショックでしょうが……」

「あいつも自殺なのかと思って」

「あいつも?」

そういうことか、と岩倉はピンときた。隣に座る彩香に視線を送る。今の言葉の意味が分かったか? 分かったなら、ちょっと自分で確認してみてくれ。彩香がうなずき、質問を継いだ。やはり、なかなか勘はいい。

「松宮さんのお父さんも自殺したんですか?」

「こういうのって、遺伝したりするんですかね？　自殺体質みたいな？」

「統計的なデータはともかく、科学的にはどうなんでしょうか……はっきりしたことは分からないと思います」

「いや、そんなマジレスしてもらわなくてもいいんですけど……とにかく、親父さんが自殺したという話を聞いていたから、松宮の自殺はショックだったんですよ」

「松宮さんは、自分を追いこむタイプだったんですか？」

「そういうわけじゃない……追いこむわけじゃないけど、一人で考えこむことは多かったですね」

「それで袋小路に入ってしまうような？」

彩香は遠回しに、「松宮は自殺しそうなタイプだったのか」と聴いているのだ。この質問は無駄……社会に出たばかりの二十代で、人は大きく変わる。二十歳の頃に元気一杯だった人が、三十代を前にして些細なことに思い悩み、自殺することもあるだろうし、暗い人が天真爛漫《らんまん》に変わってしまったりする。時の流れは、人を簡単に変化させるものだ。昔の話は参考にならない。

岩倉は話を引き取ることにした。長沢は明らかに不機嫌になってしまっている。

「お父さんがどうして自殺したかはご存じですか？」

「いや、そこまでは……詳しい話は聞いていません」

「それと、お母さんはどうしたんでしょうか」

「さあ？」長沢が首を捻る。「聞いたけど、答えなかったような記憶があるな。考えてみれば変ですよね。お父さんが亡くなっても、お母さんが元気ならば、養子になったりはしないでしょう」

「経済的な問題があったかもしれませんね」

松宮の家庭に不幸があったのは、今から二十数年前だ。いわゆる「失われた二十年」の最中であり、多くの人が苦労していた時期である。新卒の就職も大変だったぐらいだから、幼い子どもを抱えた母親が仕事を探す苦労は簡単に想像できる。

「お母さんも亡くなったと聞いています」

「そうなんですか？」長沢が身を乗り出す。「初耳です。それ、もしかしたら最近のことじゃないですか？」

「学生時代だったら、あなたに打ち明けていた？」

「たぶん……」自信なげに長沢が言った。「卒業してからは、ちょっと距離が開いてしまったので」

「そんなものですよね」岩倉は笑みを浮かべてうなずいた。誰だってそうなんだ……特に松宮の場合、就職してすぐに静岡に赴任したから、東京に残った友人たちとそれまで通りのつき合いを続けていくことは難しかっただろう。

その時ふと、岩倉は自分の過去を思い出した。大学時代の友人たちの進路は、卒業後バラバラになった。東京に残った人の割合はどれぐらいだっただろう。あの頃は、遠く離れてしまうとなかなか連絡が取れなかった。それこそ電話か手紙……電話で「会おうぜ」と盛り上がっても、互いの休みの都合が合わずに計画が流れたことが何度もあった。しかし最近は、メールやSNSが友人の絆をキープし続けてくれるはずだ。リアルなつき合いとは言えないのだが、それでもそれに近い感じで関係を維持していられるだろう。当然、松宮もそういうツールは使いこなしていたはずだ。

「そう言えば、松宮さんはSNSはやっていなかったですかね？」

「やってないと思いますよ。日本新報では、記者が個人で情報を発信するのが禁止されているって言ってたことがあります。今時、時代錯誤も甚だしいですよね」

「ツイッターでもやっていれば、普段の行動が結構分かるんですけどね……それで、お母さんがいつ亡くなったか、本当にご存じないんですか？」

「俺は知りませんよ」長沢が嫌そうに表情を歪めた。「知っているとしたら、そうだな……」

「誰かいますか？」今度は岩倉が身を乗り出した。

「一人、心当たりがあるんですけど、そちらが話を聴きに行くのは勘弁して欲しいな。無理だと思いますよ」

「どういうことですか？」

「入院中なんです」

交通事故で瀕死の重傷を負い、一ヶ月前から入院中と聞かされては、無理はできない。「自分なら連絡が取れる」と長沢が言ったので、彼を信じて情報収集を任せることにしたのだが、岩倉は念のために当該の所轄に問い合わせ、本当にそういう事故があったかどうか確認した。結果、長沢の話は間違いないと裏づけられた。

大怪我を負ったのは、やはりメディア研究会のメンバーで、沢本遥《さわもとはるか》という女性だった。長沢によると小さな広告代理店勤務で、学生時代には一時松宮とつき合っていたという。松宮に関する、初めての色っぽい話だ。しかしそれも昔のことであり、現在も何かあるとは考えにくい。あれば自分の耳に入っているはずだ、と長沢は自信たっぷりに言った。

受話器を置き、岩倉はそっと息を吐いた。後は、長沢から連絡がくるのを待つしかない。自分で動かず、待つだけというのはなかなか辛いものがあるのだが、下手に動いて相手を刺激するのもまずい。それに、長沢が話を聞いた後で、自分たちも沢本遥に直接事情聴取できるかもしれない。

「岩倉さん、滅茶苦茶慎重ですよね」彩香が零した。

「そうか？」

「今の件、所轄にわざわざ確認する必要あったんですか？　こんなことで嘘をつく意味もないでしょう？　確認するだけ、時間の無駄だったと思いますけど」

ずいぶんはっきり言うようになったな、とつい表情が緩んでしまう。いつまでも遠慮していないで、思ったことはちゃんと口にする方がいい。もっとも、こういうのは諸刃の剣でもある。自分のように、価値のある意見は聞き、無駄な反論は聞き流せる人間なら大丈夫だが、後輩から意見されただけでカチンときて、食ってかかる人間も少なくない。

「そういう性格なんでね……それに、電話一本で情報が取れるんだから、大した手間でもない」

「そこまで入念にやらないといけないんですか？」

「ミスしたくなければ――そうだね。気をつけた方がいい。念には念を入れるってことだよ」

彩香がうんざりした表情を浮かべたが、こんなことは基本の基本だ。警察の力は大きい。大きいが故に、一歩間違っただけで、取り返しのつかない結果が待っている。しかも「意図的に」間違うことさえできるのだ。終戦後に頻発した冤罪事件の原因は、ほとんどがそれである。容疑者を勘違いしたのではなく、意図的に「でっち上げた」。冤罪を訴えないまま刑を終えた――あるいは死刑になった人もいるだろう。今は、そういうことは絶対に避けねばならない。

こういうことはもちろん、刑事の第一歩として教育されるものだが、過去の失敗の記憶は、組織の中で次第に薄れてしまうものだ。岩倉は、趣味として過去の事件を調べていく中で、冤罪事件の実態を知り、これだけは絶対にやってはいけないと決意を固めるようになったのだ。

そのために、自分はストッパーになる。これは誰かが必ずやらねばならない仕事なのだ。

翌日、長沢から早々に電話がかかってきた。約束は果たす男だったのか、とほっとしたのも束の間、話の内容に岩倉は衝撃を受けた。

「自殺？」

「らしいです。はっきりしたことは分からないですけど」

「いつですか？」

「二ヶ月ほど前ですね。いや、彼女がその話を聞いたのが二ヶ月ぐらい前だから、それよりも前でしょう」

「お母さんというのは、要するに生みの母親ということですよね？」

「そりゃそうですよ」長沢が呆れたように言った。「あいつは、叔父さんのところに養子に出されただけで、両親は——いや、実の母親は健在だったんです」

「母親がいるのにどうして養子に出されたかは、分かりましたか？」

「いや、そこまでは分かりません。彼女も聞いていなかったようです」

「そうですか……」岩倉は壁に向かってうなずいた。「我々は、沢本さんに話を聴けそうですか？」

「無理です」長沢が即座に断言した。「事故、結構ひどかったんですよ。一時は意識不明で、危ないって言われてたんです。全身で骨折七ヶ所、まだミイラみたいなものですよ」

「でも、あなたとは話ができたんでしょう？」

「俺は友だちですから……頼みますよ。精神的なショックは与えたくないんです」

「分かりました。取り敢えず、ありがとうございます」ここまで分かれば、何とか追跡できるだろう。自殺も、警察には記録として残っているのだから。

その日一日、岩倉と彩香は松宮の母親の件を調べて動き回った。名前を出発点にし、住所、そして自殺の状況について次々に割り出す。

松宮の母親、果穂《かほ》は、今年二月一日、都内にある一人暮らしのアパートで首を吊って死んでいた。スーパーのパートの仕事で生計を立てていたようだが、二日ほど無断欠勤が続いたので店のスタッフが家を訪ね、遺体を発見したらしい。何となく嫌な感じがした。自殺の方法、そして発見の経緯とも、松宮とよく似ている――関連性があるとは思えなかったが。果穂はここ一年ほど体調が悪く、仕事仲間にも「きつい」「休みたいけど休んだら生活できない」と悩みをうち明けていたという。

「あの……こんなこと、あるんですか？」午後早く、ほぼ事実関係を確認し終えると、彩香が暗い声で言った。

「こんなことって？」

「親子三人が全員自殺――しかも時期がバラバラです。ちょっと考えられないんですけど」

「そうだな」

「岩倉さんの頭のデータベースには入っていないんですか？」

人をデータベース扱いしやがってとむっとしながら、岩倉は「自殺についてはそんなに調べてないんだ」と言った。「歴史的にも有名な事案ぐらいだな。それこそ乃木希典とか、川端康成とか……三島由紀夫はちょっとジャンル違いかな？　そうそう、昔は大島の三原山が自殺の名所だったらしいよ。心中にまで手を広げると、坂田山心中とか天城山心中なんかもある」

「はあ」きょとんとした表情で彩香がうなずく。

「これは基本だからな」岩倉は人差し指を立てた。著名な自殺ぐらい知っておけよ……自殺は社会情勢を映す鏡のようなものなのだ。「とにかく、これで何となく動機が見えてきたんじゃないか？」

「母親の自殺にショックを受けて……」暗い目をして彩香がうなずく。

「父親も自殺している。それから何十年も経ってからだけど、母親も自殺している。そういうことがあると、自分の先行きが不安になってもおかしくはない」

「自分もいつか自殺するんじゃないか、と」

「自殺傾向が遺伝する証拠はないと思うけど、不安になるのは分かる。それで結局自殺してしまったら、本末転倒じゃないかな……ただ、松宮さんは真面目な人だったようだから、思いこんでいたのかもしれないな。そもそも、母親が亡くなるのが相当なショックだと思うし」

「ですよね……ご両親――育てのご両親の口が重いのは、そのせいでしょうか」

「たぶん」岩倉はうなずいた。「おそらく昔から――松宮さんの父親が自殺した時から、あまり表に出せない事情があったんだと思う。例えば母親が精神のバランスを崩して、子育てどころではなくなったから引き取ったとか」

「あり得ますね」彩香もうなずく。「そういう事情だったら、できるだけ話を大きくしないで納めたい――そう考えるのも人情かと思います」

「ちょっと突っこみ過ぎたかもしれないな。申し訳ないことをした」

「……どうするんですか？」

「この辺で引いておいた方がいいと思う。自殺の動機は、たぶん極めてプライベートなものだろう」

「いいんですか？」呆れたように彩香が言った。「ここまで調べてきたのに、放り出しちゃうんですか？」

「刑事の仕事の九割は無駄だよ」岩倉は肩をすくめた。そんな無駄を積み重ねて二十八年。残りはあと十年だ。

「そうですか。母親も自殺ね」刑事課長の安原がうなずいた。「動機はその辺りですか？」

「ええ。事件性もないし、この辺で調査を打ち切ってもいいと思います」

「無駄足でしたね。お疲れ様でした」

「慣れてますよ」岩倉は肩をすくめた。「特捜の方に復帰しますけど、何か新しい動きはあったんですか？」

「ええ。ようやく、被害者の過去が少しだけ分かってきました」

「そうなんですか？」

促され、岩倉は課長席の横に椅子を引いてきて座った。

「山郷《やまさと》物産、知ってますか？」

「もちろん」

「そこの社員だったようです。二十五年ほど前には勤めていたらしい」

「山郷物産ね……問題ありの総合商社じゃないですか」

「そうなんですか？」彩香が話に割って入った。

安原が渋い表情を浮かべる……いくら新人とはいえ、この件も知らないとなると、やはり問題だ。自分が持っている大量の参考資料を渡して、一週間以内に全部読みこんでこい、と命じようかと思ったが、そんなことをしている暇はない。事件の概略を説明した。

「山郷物産事件っていうのは、バブル期の直後に起きた大規模な不正融資事件だよ。山郷物産の役員とメインバンクの役員が組んで、山郷物産が杜撰《ずさん》な不正融資を受けていたことが発覚して、山郷物産側、メインバンク側のそれぞれの役員が逮捕された」

「そんな事件、あったんですか？」

「おいおい、頼むよ」岩倉は思わず両手を広げた。「バブル期を象徴する経済事件だぜ？　金は政界に流れたとも噂されている」

「そういうの、ありがちな話ですね」

「簡単にまとめるなよ。とにかく金の流れも含めて、謎が多い事件なんだ。未だに全容解明はできてない、と言っていいだろうな。関係者は出所して……まあ、全員ヨボヨボの爺さんになっているから、今さらどうしようもないだろうけど」

「それ、警視庁が挙げた事件なんですか？」

「いや、東京地検特捜部」

「そんな事件まで、岩倉さんのデータベースには入っているんですね……」

「だから、データベースって言うなって」岩倉は顔をしかめ、話題を安原に振った。

「大変な事件でしたよね？　それに警視庁にも関係はあった。謎の殺しがあって……」

「ああ、そうでした」安原が顔を歪める。

「そんなことまであったんですか？」彩香が目を見開く。

「山郷物産の関連会社で、『ヤマサト・インターナショナル』という会社がある。そこの社員が突然殺された事件だ。犯人の本村《もとむら》という男はすぐに逮捕されたけど、どうにも釈然としない事件でね……本村自身はマル暴なんだが、目的は誰かに頼まれて証拠隠滅――重要な証人になりそうな人間を消すことだったんじゃないかと見られていた。被害者は、事件のキーマンと目されていた人で、彼が死んだために真相は闇に葬られたとも言われている」

「ああ」ぼんやりとした表情で彩香がうなずく。この事件の闇の深さを、まだ実感できていない様子である。

本村は、動機については「酒の上でのトラブルだ」と一貫して供述するだけだった。それ故、殺しを指示した人間がいたかどうかも分からなかった。

「それで、被害者があの事件と関係していた可能性があるとでも？」

「それは何とも……とにかく、あの事件が発覚した頃に山郷物産に勤めていた、というだけで」安原が嫌そうに言った。

岩倉は頭の中で、事件の概要をひっくり返した。東京地検特捜部が事件を摘発したのは二十五年前。その頃三原は四十五歳だったわけだ。役員になる年齢ではないだろうが、管理職にはなっていたはず――この事件に絡んでいた可能性もあるのではないか？　あの事件では、捜査の網を逃れた人間も相当いたはずだ。

「辞めたのは十年ぐらい前ですか？」

「いや……」安原が書類に視線を落とした。「四十八歳の時だそうだから、二十二年前ですね」

「早期退職ですね」

「そうなりますか」安原がうなずいた。

「事件に関係していたわけじゃないですよね？」

「その辺は調査中ですけど、なにぶん話が古い。それに、山郷物産の事件を捜査したのは特捜部ですから、当時の情報を開示してくれるとは思えませんね」

「でしょうね。あそこはとにかく秘密主義だから……あの事件といえば、消えたピカソですね」

「そうそう、そうでした」

安原がうなずく。岩倉は、彩香が「何ですか」と訊ねる前に説明した。

「当時、メインバンクからの不正融資で、山郷物産がピカソの絵を購入したという噂があったんだ。ところがその絵は、今に至るまで発見されていない。重要な証拠物件になるから、特捜部も必死に探したはずだけど、とうとう見つからなかった。金の問題もそうだけど、ピカソの絵と言ったら人類の文化遺産だろう？　それが日本で消えたということで、国際問題に発展しそうになったんだ」

「でも、そういう美術品って結構あるんじゃないですか？　個人で購入して、そのまま自宅でずっと保管してあるみたいな。正規の手続きで購入されたものなら、問題ないでしょう」彩香が指摘する。

「ああ。しかし、ピカソで三十億だからな」岩倉は指を三本立てて見せた。「インパクトは十分だろう」

「ピカソで三十億」に象徴される事件を起こした会社の元社員……すぐに今回の事件に結びつくとは思えなかったが、嫌な予感が岩倉の頭の中で渦巻いた。

「当面の捜査方針はどうなりますか？」

「強盗か顔見知りの犯行か、そこがまだ絞りきれない……」安原が苦渋の表情を浮かべた。「それに、被害者の足取りが確定できていないのも痛いですね。数日間家を空けるような感じでいながら、家で殺されていたわけですから」

岩倉はうなずいた。例の、「新聞を止める」話である。長期の旅行なら、そういう風に頼む人も珍しくはない。実際、三原は「新聞が止まっていない」と販売店にねじこんでいたわけだし……意味不明な行動だ。

「被害者の周辺捜査に回ってもいいですかね。交友関係を調べたい」岩倉は提案した。

「顔見知りの犯行だと思いますか？」安原が顔をしかめる。

「いや、特に根拠があるわけじゃないですけど、強盗の線での捜査となると……防犯カメラと睨めっこでしょう？」街中に設置が進む防犯カメラは、捜査の大きな味方になってくれている。ただし今のところ、映像を確認するのは人間の仕事だ。これが常に見にくいもので――岩倉はできるだけこの仕事を避けるようにしてきた。「最近、老眼がひどくなってきてるんで、そういう作業は辛いんですよ」

拳で目を擦って見せる。これは事実だ。四十代半ばまで眼鏡が一切必要なかった岩倉も、今では車を運転する時には眼鏡をかけざるを得なくなった。老眼も進んでおり、調書の作成や読書などが面倒になってきている。

「山郷物産の関係者のリストはできているんですか？」ある人間について集中的に調べようとする場合、関係者のリスト作りは基本だ。

「今、作成中です。なにぶん、三原さんのように昔に辞めた人だと、話を聴ける相手も少なくなっていますからね」

「人事関係者か同僚に話を聴きたいですけど……そういう人も、相当高齢になっているでしょうね」

話を聴いても参考になる保証はない。記憶は曖昧になっているだろうし、特殊な事情があって辞めたとしたら、そもそも話したがらない可能性もある。人事情報は正規のデータとして会社に残されているはずだが、いつまで残されているかは分からない。四半世紀近くも前に辞めた人だったら、データはとっくに削除されているかもしれない。期待できるのは……デジタル化されていない場合だ。ＯＳのアップデートやメディアの変化で埋もれてしまうデータも少なくないのだが、紙ならファイルキャビネットの奥に残っている可能性がある。

そのことを話すと、安原が素早くうなずいた。

「まだ、会社の方にもまともに調査に入っていないんですよ」

「そもそも、どうやって勤務先を割り出したんですか？」

「現場――自宅マンションを購入した時の記録をひっくり返して、さらに当時の営業マンを探し出して証言してもらったんです。三原さんは、会社を辞めてだいぶ経ってからあのマンションを買っているので、契約書には『無職』とあったんですが、営業マンは雑談の中で、以前の勤務先を聞いていました」

「それでよく、マンションを買えましたね」普通に考えれば、ローンを組むのは不可能だ。住宅ローンを一番組みやすいのは公務員。会社員については、それこそ会社の「格」で決まるとよく言われる。

「即金だったそうです」

「退職金を全額注ぎこんだんですかね」

「その辺の事情は分かりません。当時の営業担当も話はしたそうですが、あまりはっきりとは覚えていないそうです」

「会社の方、当たってみていいですね？　何かデータが残っているかもしれない」

「そうですね。誰かが行かなくてはならないですからね」

「じゃあ、ちょっと……君は居残りだ」

「どうしてですか？」指示された彩香が色をなす。「居残りって……」

「事情聴取する人間のリスト作りを手伝ってくれ。書類作りも刑事の大事な仕事だから」

緩急――というより、岩倉としては、勉強不足の彩香に、多少なりともペナルティを与えたつもりだった。

山郷物産の本社がある日本橋は、岩倉にとっては馴染みの街——警部補になって所轄に出た時の勤務先が、ここを管轄する日本橋署だったのだ。たまたま山郷物産の本社がその近くなので、久しぶりに署に足を運んでみた。岩倉が勤務していたのは、庁舎が移転してから数年しか経っていない時期で、まだ真新しかったのだが、今はそれなりにくたびれてきている。署としてはそれほど大きくないので、刑事課は独立しておらず、組織としては「刑事組織犯罪対策課」である。金融関係の会社などが多い地区なので、暴力犯罪専門の刑事としては比較的暇な時期を過ごした、と覚えている。

ただし岩倉には、この署でやり残した捜査があった。チケットショップに賊が押し入って女性店員が殺された事件が、未だに未解決である。あれは謎が多い事件だった……犯人の遺留品と見られる物証がかなりあって、犯人の姿も防犯ビデオに映っていたのに、結局特定には至らなかった。こういう事件もある——証拠が多過ぎて、かえって混乱してしまうのだ。事件の発覚は午後七時前。こんな早い時間、つまり人の動きがある時間帯なのに、目撃者もいなかった。都会のエアポケットにはまったような犯行である。

こういう未解決事件は、いつまで経っても棘《とげ》のように心に刺さっているものだ。そして、岩倉が一から携わった捜査で、迷宮入りしているのはこの事件だけである。

自社ビルか……七階建てのビルを見上げながら、岩倉は山郷物産の規模を測りかねていた。事件が起きた当時は「中堅商社」と言われていたのだが。

事前にアポイントの電話を入れておいたので、人事部第二課長の福島《ふくしま》という男が応対してくれた。人事に「第一」「第二」とあるのは警視庁と似たようなもの……山郷物産の場合は、人事一課が本社社員の人事、人事二課が関連会社などの人事を担当しているという。二課では同時に、退職者のケアもしているというので、今回の捜査には最適の部署だった。

福島は岩倉と同年輩で、少し頼りなく見えた。岩倉より背は十センチほど低く、体重も十キロ——もしかしたら十五キロほど少ないようだった。ひょろりとしたタイプで、眼鏡の奥の目は暗い。しかし仕事はできる男のようで、対応は手際よかった。小さな応接室に通されると、すぐに一冊のファイルを持って入って来た。

「問題の三原さんの人事記録は残っていましたよ」

「紙ですか？」岩倉は彼の持つファイルに目をやった。

「そうです」

「デジタル化されるぎりぎり前の段階ですかね」

「そういうことです」

福島がファイルを開いた。何と、手書きである。さすがにワープロぐらいは導入されていると思ったのだが……。

「手書きなんですね」思わず訊ねてしまう。

「弊社は、デジタル化が遅れまして」福島が苦笑した。「他の商社は、八〇年代からオフコンを導入していたはずですが、うちはそれよりずっと遅れて……私も入社してから十年ぐらいは、ほとんど手書きで仕事をしていましたよ」

「ワープロもなかったんですか？」

「ありましたけど、一人一台というわけではなかったです。お陰で私も、ＩＴ系はすっかり出遅れて、今でもパソコンは苦手ですよ」

「仕事で使わないと覚えませんよね」岩倉は同調した。自分も似たようなもの……同世代ということもあり、この事情聴取は上手くいくのではと期待した。

「三原さんのデータは、完全手書きだったんですか？」

「ええ。会社の各種データが本格的にデジタルに移行したのは一九九八年で、三原さんはそれ以前に辞められていますから」

「ちょっと見せていただけますか？」

一瞬躊躇《ためら》った後、福島がファイルの向きを変えて岩倉の方へ押し出した。一礼して受け取り、ざっと確認していく。なるほど、普通の会社の社員データとはこういうものか……全部で四枚あった。最初の一枚はパーソナルデータと呼ぶべきもので、履歴書にも似ている。記載されているのは、生年月日、生誕地や学歴、家族構成や住所。それによると三原は、現役時代に数回引っ越していることが分かった。入社して最初の引っ越し先は「箱崎寮」。家族向けの社宅ではないかと想像した。その後は記載から推定するに、マンション、一戸建てと二回引っ越している。「箱崎寮」とマンションの間には、名古屋の住所があった。この時は支社にでも勤務していたのだろう。あとは家族データ。やはり妻と二人暮らしで、子どもはいなかった。しかし出身地は分かるから、ここから捜査を広げていくこともできるだろう。

二枚目は職歴のデータだった。時期を見ると、やはり途中で三年ほど名古屋支社に勤めていたことが分かった。

「本社以外での勤務もあったんですね」書類から顔を上げて岩倉は確認した。

「商社マンはそれが普通ですよ。どこへでも行って仕事をしますから」

「海外で活躍しているようなイメージがありますよね」

「もちろん、それもあります」

「今、御社の海外拠点は何ヶ所ぐらいあるんですか？」

「ええと……」福島が困ったように眉根を寄せる。「すぐには出てこないんですけど、パンフレットでも差し上げましょうか？　あるいは会社のホームページを見てもらった方が早いかもしれません」

「人事担当者がすぐに思い出せないほど多いんですね」

「北米だけで十ヶ所……ハバナにもありますね。今は中国シフトが進んでいますから、中国国内にも十ヶ所は営業所があるはずです。情勢の変化で作ったり潰したりも多いので、正直、全部は覚えられません。私の今の仕事とは直接関係ないですし」

「大変なものですね……やはり、海外勤務が主流ポストなんですか？」

「そうとも限りません。国内の仕事も大事ですよ」

岩倉はもう一度、データに視線を落とした。

「三原さんは、本社以外で勤務したことは一度しかありませんね。これはどう評価したらいいんですか？」

「それはよく分からないんですが……」

「三原さんとあなたは、在籍時期が重なっていますよね？」

「そうなんですけど、まったく部署が違いましたから、顔も知らないんです。私は基本、ずっと総務系できましたから」

「そうですか……だったら、どんな人なのか、個人的にはご存じないんですね？」

「話をしたこともないと思います」

「社内的にある種の評判がある人だったとか……」

「仰る意味が分かりませんが」福島が首を傾げる。

「何かと目立つ人はいるじゃないですか。エース級の人とか、逆にただ飯食らいとか」

「ああ、なるほど」福島が苦笑した。「三原さんの評判についてはちょっと——私には分かりかねます」

「当時、三原さんの部下だった人は、まだ会社に残ってるんじゃないですか？」

「そうかもしれません」

「調べれば分かりますよね？　紹介して下さい」

「そんなことまで必要なんですか？」福島が身を固くした。「確かに三原さんは弊社のOBですが、もう二十年以上前に辞めているんですよ？」

「三原さんは奥さんを亡くして一人暮らしで、現在はほぼ社会から隔絶していたようです。交友関係がまったく分からない――ないのかもしれません。そういう状況だと、過去の交友関係の方が頼りになったりするものです。もしかしたら現在に至るまで、つき合いがあったかもしれないし」

「ちょっとリストアップしてみますけど、あまり期待しないで下さい」福島が釘を刺した。

「古い話だからですか？」

「その頃から弊社にいた人間というと……警察に対していい感情は抱いていないですからね」

「例の事件のことですか？」岩倉は目を見開いた。「あの事件を捜査したのは、我々ではなく東京地検特捜部ですよ？」

「それはそうなんですけど、印象が……会社の中を引っ掻き回されるのは、いい気分ではなかったですからね」

「今回は、会社がどうのこうのという話ではないんです。元社員が犯罪被害者になった――それだけですから。話を聴くにしても、会社に入りこむ必要もありません。都合のいい場所、時間を指定してもらえばいいんです」

結局福島は、適当な人物をピックアップする、と約束してくれた。押しに弱いというか、弱腰というか……対外的な仕事を任せられる人ではないな、と岩倉は判断した。それでも、社員千人を超える会社で課長職に就いているのだから、決してまぬけな人間ではないと思うが。

岩倉は、必要なデータを手帳に書き写した。職歴は……見ているだけでは分かりにくい。基本的に所属は「国内第一部」のように「数字」で示されており、その名前からは仕事の内容がまったく推測できないのだ。一々福島の解説を受けることになる。

「基本的に、自動車関係の仕事が多かったようです。特に名古屋支社に勤務していた時期とその直後は、自動車関係……国内第一部というのは、まさに自動車担当の部署なんですよ。今はもう少し分かりやすい名前になっていますけど。三原さんがいた頃に比べると、組織はすっかり変わったと言っていいでしょうね」

「その後は、結構職場を替わっていますね」

「うちの人事には三パターンあるんです」福島が早口で説明した。「一つは、若い頃から専門分野を持って、そこで経験を重ねていくタイプ。平社員から部長、役員になるまで、ずっと食品関係のエキスパートとして育っていく人とかですね。後は何でも屋。海外駐在を繰り返す人なんかがこれに当たります。海外拠点では、中核になる商品はあるにしても、頼まれた物は何でも扱わないといけないので。最後が、管理者タイプですね。

課長ぐらいで現場からは離れて、総務や人事などの管理部門に進む訳です」

「三原さんは第二のタイプですか？」

「ええ」福島がうなずく。「名古屋支社から帰って、国内総合部というところに異動しています……ここで課長になってますね」

「国内総合部……何をやっているか想像できない部署ですね」

「それこそ何でも屋ですよ」福島が苦笑した。「それぞれの分野で専門家はいるんですけど、どうしてもその枠からはみ出す仕事はあるでしょう？　そういうのを拾う部署という感じです」

「となると、万能で何でもできる人向けですね」

「三原さんは、相当有能だったようですよ。最後のページを見ていただけますか？」

なるほど、そういうことか……最後の一枚は「賞罰」。罰は一つもない。逆に「〜により社長賞」というのが、定型文でずらずらと並んでいた。「〜」の部分は全て違い、それが彼の業績ということになるのだろう。内容が分かるものもあれば――著名な会社との契約を成立させたと類推できるものもある――想像すらできないものもあった。

「こんなに賞をもらうものですか？」

「半期に一度、まとめて表彰する――昔からそういうのが好きな会社なんですよ。社員の士気を上げるため、です」

岩倉は納得してうなずいた。警察も同じようなもので、表彰が大好きである。警視庁にも、「総監表彰何十回」などという猛者がいる。

「その中で三原さんの成績は？」

「優秀だったと思いますよ。これで見ると……」福島が体を捻ってファイルを覗いた。

「二年か三年に一回のペースで表彰を受けてますからね」

「出世コース一直線という感じですか？」岩倉はページを戻した。所属歴が全て書いてあり、最後は「国内総合部長」。四十八歳で辞めているわけだが、部長になったのは当然その前だから、やはり出世は早かった感じがする。

「そうですね……」相変わらず体を捻ったまま、ファイルを確認する。「部長になったのが四十三歳ですから、相当早かったと言えますね。弊社の平均では、部長になるのはもっと後です――昔から同じようなものだったと思いますが」

「そのまま勤めていたら、役員確実でしょうね」

「社長になっていたかもしれませんよ」

「そんな人が、どうして辞めたんでしょう」

岩倉は首を捻った。警察の場合、民間会社とは「出世」の意味が違う。出世できるかどうかはひとえに、昇任試験に合格するかどうかにかかっているのだが、そういうことに全く興味がなく、目の前の仕事に没頭して定年を迎える人も少なくない。単純に仕事の評価だけで昇格できるわけではないのだ。人間関係もそれほど重視されない。

「それは分かりません。データには『自己都合退職』としかありませんし」

「何とでも解釈できますね」

「仰る通りです」福島がうなずく。「これ以上の情報となると、当時一緒にいた人に聴いてみるしかないでしょうね。しかし、なにぶん古い話ですし、分かる人がいるかどうか、保証はできませんよ」

「例の事件とは……」

「関係ないはずです」一転して強気な口調になり、福島がぴしりと断定した。「何でもかんでもあの事件に結びつけるのはやめていただけますか？　うちも、立ち直るまでには大変な時間と労力が必要だったんです」

そう言われても、気にはなる。事件の「発覚」は確かに二十五年前だが、不正融資そのものはその数年前から始まっていたのだ。「国内総合部」という「何でも屋」であった三原が絡んでいた可能性もないではない――いや、あまり先走って考えるな、と岩倉は自分を戒めた。暴走しない。暴走しそうな人間を止めることこそ、自分の仕事なのだから。

山郷物産で三原と一緒に働いていた人間の名前を何人か、特捜本部に報告する。新しくリストに追加され、すぐに事情聴取が始まるだろう。自分もそれに加わって、何とか三原の過去から現在に至る年表を作りたい。その中に、事件の核になる情報が含まれているかもしれないのだ。

一仕事終えて、久しぶりに日本橋をぶらぶら歩いた。いつの間にか、街の表情は結構変わっている。中央通りを中心にビル街が広がっているのは昔と同じだが、再開発が進んで新しいビルも増えた。そういえば、「COREDO日本橋」が完成したのは、自分が日本橋署に勤務していた時だった……あの時期から、日本橋も変わり始めたのだと思う。一方、東京駅に近い地域には、昔ながらの飲食店が健在だった。ここは昼食には困らない街だったな、と懐かしく思い出す。再開発も結構だが、勤め人の胃袋を支えてくれる安くて美味い店も、いつまでも残して欲しい。タイミングが合えば、食事をしていきたいぐらいだった。夜は割烹で、昼はランチの焼き魚が絶品の店があったな……。

結局食事はパスして、南大田署に戻る。外回りが多い刑事には、自由に食事できるメリットがあるが、昼飯時でもないのに店に入って時間を無駄にするわけにもいかない。

彩香が、むっつりとした表情でパソコンに向かっていた。盛んに首を左右に揺らしている。ちょっとパソコン作業をやっただけで、もう肩が凝ったようだ。基本的には、外に出て誰かと話をする方が性に合っているのだろう。

「書類仕事はどうだった？」

「何とか終わりました」露骨に不機嫌。「こういうの、面倒臭いですね」

「誰かがやらないと、話が前に進まない。リスト、見せてくれ」

彩香が無言で、岩倉の方にパソコンの画面を向けた。表計算ソフトで作ったリストがずらり……名前は揃っているが、それ以外のデータ――住所や電話番号が抜けている箇所は少なくない。本来は、リストを作る人間が全部埋めなければならないのだが、まずは走り出すことが大事だろう。担当を任された人間は、連絡先が分からない場合、自分で割り出すことになる。これでは彩香に非難が集まるかもしれない。リストを作るなら、ちゃんと全部データを集めておけ、と文句を言いそうな人間はいくらでもいる。

「よし。あとはこれで事情聴取を再開だな」

「私もやりますよ」

「当然」岩倉はうなずいた。「自分の足で歩かないとな」

彩香が何か言いたげに口を開きかけたが、結局何も言わなかった。岩倉もそれで話を打ち切る。文句を言う暇があったら、仕事をした方がいい。若い彼女には分からないだろうが、人生は案外短いのだ。愚痴を零していると、あっという間に時は過ぎ去ってしまう。

夜の捜査会議を待たず、事情聴取の担当が割り振られた。岩倉は自ら手を上げ、会社関係者——二十五年前に山郷物産の国内総合部で三原の下にいた、小松《こまつ》という男を担当することにした。福島が教えてくれた人物の一人……データによると現在は五十五歳で、食品部の専任部長だった。これがどういう役職かは分からなかったが、取り敢えず電話を突っこんでみる。

不機嫌だった——というより傲慢な感じさえした。警察に協力する必要などないとでも言い出しそうな勢いで、「忙しい」を繰り返す。あまりに頑ななので、岩倉は焦れて、

「では、夜にご自宅に伺いましょうか」と切り出した。それでようやく、小松は折れた。会社の近くで午後七時、を指定してくる。岩倉は「会社に出向いても構いませんが」と言ったが、それは断固拒否された。まあ、当たり前か……社内に警察官を入れて話をするのは、抵抗感が強いだろう。

「事情聴取が終わったら、日本橋で飯を奢るよ」岩倉は彩香に声をかけた。

「美味しい店、あります？」

「いくらでも」

答えると、彩香の目が輝いた。まったく単純な……と笑ってしまう。喜んでもらえるのは嬉しい限りだが、こちらが奢るとなったら結果を出してもらわないと。

「今回の事情聴取は君に任せるから」

「大丈夫ですかね」彩香の顔から笑みが消え、にわかに心配そうになる。

「そこは頑張ってもらわないと」岩倉は小松の基本的なデータを教えた。「ところで、専任部長ってどういう役職なのかね」

「役職定年みたいなものじゃないですか？」

「そうなのか？」

「よく分かりませんけど……」彩香が言葉を濁す。「一応部長の肩書きはついているけど部下はいなくなって、自分の専門のことを一人でやるだけ、とか。給料もがっくり下がるんじゃないですか」

「六十歳定年の会社だと、そういう風になるのかな」警察官も、定年間際になると、厳しい現場から楽な部署へ異動して、最後の数年を送ることがある。体調を崩している場合などによく見られる措置だ。

「そうかもしれません。だとすると、結構厄介な相手かもしれませんね」

「そうかな？」

「役職定年にならなければ、役員になるかもしれないじゃないですか。逆に言えば、役職定年になったらそこで出世レースは終わり——そんな風に言われたも同然の人を相手にするのは、ちょっと憂鬱ですね。割り切っている人ならいいんですけど」

「覚悟しておくんだな」先ほど電話で話した時の様子を思い出しながら岩倉は言った。「どうも、多少捻《ひね》くれた人のようだから」

小松とは、岩倉のかつての勤務場所、日本橋署で会った。普通の人は、警察署へ足を踏み入れるのを嫌がるものだが、小松の方から言い出したのだった。「人に見られたくないから」。そういう考えもあるわけか。

一階にある交通課の取調室を利用して対峙する。幸い今日は、交通課の連中が取り調べをする相手はいないようで、しかも当直に入っている時間とあって、一階は閑散として静かだった。

「しかし、三原さんが亡くなっていたとはね」

眉を顰《ひそ》めて小松が言った。正面に座る彩香が「亡くなったのは四月の頭と見られています」と告げる。

「そうですか……嫌な感じだね」

「嫌ですか？」

「知り合いが殺されたなんて聞いたら、落ち着かないでしょう」

小松は、予想通り態度が悪かった。椅子の背に右腕を引っかけて体を捻り、顔だけ彩香に向けている。半身の姿勢は、いかにも相手を馬鹿にしているように見えるのだが、腰のストレッチでもしているのではないかと岩倉は分析した。実際小松は、関節に年寄りじみた痛みを抱えていそうなほど、実年齢よりも老けて見える。髪はまばらになり、頬もたるんでいた。地味なグレーのスーツはサラリーマンの制服のようなものだが、それすら似合っていない。彩香が推測したように、役員レースから脱落して絶賛イジけ中、という感じだろうか。自分の気持ちに折り合いをつけて、辞めるまでの数年間を生きていくのはかなり大変だろう。現場が一番だな、と岩倉は自分の身を思った。別居中の妻は、昇任試験を受けろと散々尻を蹴飛ばしたものだが——大学教授の彼女にとって、試験は大した難関には思えないらしい——その都度やんわりと拒絶してきた。部下を使うだけで、自分は現場に出られなくなったら馬鹿馬鹿しいではないか。

「三原さんは、退社する頃は国内総合部の部長を務めておられましたね」彩香が本題を切り出す。

「そうですね」

「それで小松さんは、三原さんの下にいたんですね？」

「ええ……私は国内総合部第一課にいました。でも本当に下っ端でしたから、三原さんと直接話したり仕事をすることはなかったですけどね」

「一課はどんなことをする部署だったんですか？」

「ああ、いろいろと……説明しにくいですね。どんな商品を扱うかというより、首都圏担当という感じだったかも」

「首都圏の会社がビジネスの相手ということですか？」

「そう考えてもらっていいですね。他の部署で担当していない、あるいはできない仕事が回ってくるんですよ。商社マンにとって『できません』とか『その品物はありません』とかはタブーなんでね。話を受けた人間ができなくても、他のセクションの人間が必ずフォローする……国内総合部は何でも屋です」

「なかなか大変そうですね……三原さんはどんな人だったんですか？　かなり若くして部長になられたんですよね」

「優秀な人でしたから」

「評判も良かったんですね」

「でしょうね」

「部下から見たらどうですか？」

「近寄りがたくてねえ」小松が腕組みをした。「平社員が部長と気楽に話すなんて、普通はないでしょう？　それに三原さんは、若くして部長になった切れ者だから、簡単に話しかけられないオーラを出していたし」

「でも、仕事となると話をすることはありましたよね？」

「それはね……」

「どんな感じでした？」

「覚えてないですね」小松が腕を広げた。「そんな、四半世紀も前のこと……あなただって覚えてないでしょ？」

「二十五年前だとすると、まだ一歳でした」

「おやおや、そんな若い人が取り調べなんかするんだ」

馬鹿にしたような言い方に、彩香の肩が震えるのが分かった。ここは一つ、爆弾を落としてやるべきか……いやいや、試練も大事だ。今のところ小松は会話を拒否しているわけではないのだから、このまま続けさせよう。

「年齢は関係ないと思います」彩香はあっさり気持ちを立て直したようだった。「ところで御社では、大きな事件がありましたね」

「嫌な話を持ち出しますね」小松の顔が歪む。

「三原さんが関係していた可能性はないですか？　あの事件は、完全に解明されたわけじゃないと思います。逮捕されないで逃げ切った人もいたんじゃないですか」

「まさか」小松が即座に否定した。

「不正融資自体は、事件が弾ける数年前から行われていたはずです。国内総合部は何でも屋……そういうことに関わっていた可能性はないですか」

「失礼だな」小松が色をなした。「終わった事件を今になって蒸し返して、何のつもりですか？　だいたい、二十年以上も前に辞めた人のことを、今更聞かれても困る」

「どうして辞めたんですか」抗議とも取れる小松の台詞を、彩香はあっさり受け流して訊ねた。「何か特別な事情でも？」

「知りませんね」

「仕事の問題ですか？　それとも家庭の問題？」

「奥さんとは会ったこともないので、分かりませんね」

「辞める直前、三原さんはどんな仕事をしていたんですか？」

「判子押し」

「はい？」

「あのですね、部長の仕事は部下を動かすことでしょう？　指示を与えて、提案を許可するか却下するか——正式に決まったら書類に判子を押す。部長自ら乗り出してのトップセールスなんて、そんなにあるものじゃないですよ」

「だったら、一日中デスクにつきっぱなしだったわけですか」

「そういう訳でもないですが……」小松の口調は歯切れが悪かった。

人は、四半世紀前のことをどこまで覚えているだろう。岩倉自身、自分が二十五歳の時のことをどこまで記憶しているか、自信はない。事件のことならいくらでも覚えられるのだが、自分の身の上のことになるとさっぱりなのだ。交番勤務を終えて刑事になっていたかどうか……一番肝心な記憶さえはっきりしない。結婚していなかったのは間違いないが。岩倉が結婚したのは三十三歳の時で、同期の連中に比べるとだいぶ遅かった――これはどうでもいい話だ。

「何かあったんですか？」

「いや、そういう訳じゃないです。というより、特に知らないので……部長には部長の事情があるし、平社員はそれを全部知っている訳でもない」

「噂ぐらいは聞くものじゃないですか」

「三原さんが何かやったという証拠でもあるんですか？」

「それが分からないから、当時の関係者に話を聴いているんです」

「特に言うことはないですね」

話はあっという間に堂々巡りになってきた。彩香は焦り、質問も繰り返しばかりになってしまう。小松はさらに頑なになり、質問に無言を貫くことも多くなってきた。

彩香にすれば泣きたい気分だろう。しかし岩倉は、これを一つの手がかりと考え始めていた。小松の態度は頑な過ぎる。警察に呼ばれたのは気にくわないかもしれないが、覚えていないなら、ただそう言えばいいだけの話ではないか。こんな風に、喧嘩腰の態度を取る必要はない。彼の立場の微妙さに加え、事情聴取をしているのが新人刑事という状況も影響しているかもしれないが。

三原は、不正融資事件に関係していたのではないか？

結局、一時間ほどの事情聴取で、具体的な情報は一つも出てこなかった。小松を送り出した後、彩香が思い切りがっかりした口調で「すみませんでした」と謝った。

「何が？」

「ろくに情報を引き出せなくて」

「引き出せないことだって、情報になるんだよ」

「はい？」

「まあ、いい。約束だから、美味い洋食を奢る」

「それだけの意味、ありました？」

「自分がやったことの意味も分からないのか？　これを今日の宿題にしようか。どれだけ有益な取り調べだったか、じっくり考えること」

第八章　不正融資

ほとんどの刑事たちが事情聴取のために散っているので、夜の捜査会議は中止になった。その連絡を受けた岩倉は、日本橋署時代に通い詰めた洋食店に彩香を案内し、約束通り夕飯を奢った。彩香はロールキャベツ、岩倉は昔よく食べていたカニクリームコロッケ。カニクリームコロッケというのは、古くからある洋食メニューの割にご飯に合わないイメージが強いのだが、この店のコロッケはご飯と上手くマッチする。味つけに、何か和風の素材を使っているようなのだが、岩倉にはまったく想像がつかなかった。しかし昔と変わらぬ味なので気分が上向いてくる。やはり、美味いものを食べれば人は元気になるのだ。

しかし彩香は、ずっと元気がないままだった。すっかり自信を失い、しかも「宿題」のことを考えて、心ここに在らずという感じである。

明日の朝になれば、もう少し状況がはっきりするだろう。他の刑事たちの事情聴取の結果を聞けば、当時三原が何をして、どんな立場に置かれていたか分かるはずだ。もちろんそれが分かっても、今回の殺人事件の解決につながる可能性は低い。しかし三原の人生を知ることは、必ずしも無駄ではないはずだ。

　捜査会議はなかったものの、八時半まで事情聴取を続けた後に食事をしたので、JR蒲田駅に着いた時には十時半を過ぎていた。そこで彩香と別れ、歩いて帰宅することにする。ここから自宅まではいくつもの帰り道があるのだが、今夜は最短ルートを選んだ。酔客で賑わうショッピングモール・サンライズ蒲田を抜け、東急池上線の線路沿いに歩いて行く。

　今夜は実里との約束があったが、それをキャンセルして一人で少し夜更かしするつもりだった。家には、山郷物産の不正融資事件に関する資料――検察の内部資料ではないが――があるはずで、それに目を通しておきたい。概要は覚えているものの、自分の専門分野である殺人事件に比べれば、ディテールの記憶は曖昧である。勉強し直しだ――いや、岩倉にとっては勉強ではなく、趣味と言っていいのだが。

　この時間でもさすがに蒲田駅周辺は賑わっており、人とぶつからないように歩くのに一苦労だった。と言うより、ほとんど真っ直ぐ歩けない。襲い来るタックルをかわしながら、何とか前に進もうとするラグビー選手のような気分だった。

　自宅近くまで来ると、ようやく静かになる。冷蔵庫にビールはあっただろうか、と考えながら歩調を速めた瞬間、スマートフォンが鳴った。こんな時間に何だ、と嫌な予感が募る。まさか、また事件では……画面を確認すると娘の千夏だったのでほっとする。いやいや、これは要警戒ではないか？　娘から電話がかかってくることなど、最近は滅多にないのだ。せいぜい、気まぐれにインスタントメッセージが来るだけ。素っ気ないことこの上ない。

「どうかしたか?」

「うん。まあ」

千夏がもごもごと言った。まるで何か食べながら話しているようだが、最近は常にこんな感じだ。たぶん、母親や友だちが相手の時は、もっとはっきり話しているのだろう。父親だけが、マイナスの意味で特別な存在なのか……。

「小遣いか?」

「そうじゃないけど。バイト始めるし」

「バイト? あの高校は、バイト禁止だろう」

「それは大丈夫なんだけどね……部活もやるつもりないし、時間が余っちゃうから、少し小遣い稼ぎでもしようかな、と思って」

「何か欲しいものでもあるのか?」

「別に。時間の有効活用」

ああ、あの母親にしてこの娘ありだ……岩倉と違って完全理系の妻は、とにかく不合理、無駄が大嫌いだ。一日、一週間の予定が頭の中で完全に出来上がっていて、そこから五分でもずれると途端に機嫌が悪くなる。岩倉の場合、予定の「空白」を結構大事にしているのだが、彼女はそれを「無駄」としか考えない。こういうのが、別居の最大の原因かもしれないな、と今更ながら思う。要するに、生活の――あるいは人生のペースがまったく合わないのだ。

「あのね、ママが会いたいって言ってるんだけど」千夏が遠慮がちに切り出した。

「何だよ、いきなり」

「用事があるんだって」

「だったら自分で連絡してくればいいじゃないか」

「電話、かけにくいんじゃないかな」

「別に、俺はいつでも歓迎だぜ」思い切り嘘。妻と話すぐらいなら、泊まり勤務を三日連続で引き受ける方がましだ。

「パパから電話してあげてくれない？」

「何かあったのか？」急に心配になった。さすがに、病気の問題でもあったら……別居中で離婚確定の関係とはいえ、完全に無視はできない。

「私は知らないけど、仕事のことじゃないかな？」

「おいおい、説得するのに娘を使うのかよ。ひどい話だな」サイバー犯罪対策課と城東大生産工学部が、岩倉をモルモットにしようと計画している実験のことは、千夏も知っている。

「私は説得してないわよ……説得するのはママだから」

「でも、お前をダシに使ったのは間違いない。感心できないな」

「あのね、これってパパとママの問題だから、私は別にいいんだけど……」千夏ははっきりしなかった。「離婚するならするで、さっさとしちゃえばいいじゃない」

「馬鹿言うなよ。それはお前のためによくないんだから」

「大学の進学枠から外れたって、私は問題ないんだけど……だいたい、エスカレーター式じゃなくて、他の大学を受けるかもしれないわよ。それこそ城東大とか」

「ママの後輩になるつもりか？」

「城東大の方が学部の選択肢が多いし……このままエスカレーターで学内推薦になると、あまり選べないのよね」

「勘弁してくれよ。お前が学校で肩身の狭い思いをしないように、離婚は先送りにしてるんだからさ」

「そういうこと、普通、娘に言う？」言葉は乱暴だが、千夏は笑っていた。まったく……高校一年生、十五歳にしては世間擦れしているというか、物分かりが良過ぎる。両親の関係が悪化したせいで道を踏み外してしまった若者を多く見てきた岩倉にすれば、理解不能な人種だった。まるで千夏にとって、両親などいてもいなくても同じようなな……妻は、娘とどんな関係を築いているのだろうと心配になった。元々、家族よりも研究優先、というタイプなのだが。

「言いたくないけど、自然の流れじゃないか」

「じゃあ……私はちゃんとメッセンジャーをやったからね。ママに電話してよ」

「分かった、分かった」言ってはみたものの、もちろんこちらから電話するつもりはさらさらなかった。話したいことがあるなら向こうから電話してくるべきじゃないか――こんな風に意地を張ってぶつかり合っていたから、別居に至ったわけだが。

「それよりこの前――ドーナツ、ありがとうな」

「ああ、うん」

「どういう風の吹き回しだ？　お菓子作りなんか始めたのか？」

「うん、たまたま」

まったく答えになっていないのだが、深く突っこまないことにした。とにかく微妙な年齢なので、何がきっかけで不機嫌になるか分からない。

「それよりパパ、部屋はちゃんと掃除してる？」

「いや……引っ越したばかりだぜ」

「掃除してくれる女の人とか、いないの？」

「まさか」反射的に否定する。お前が掃除に来てくれればいいじゃないか――そう口に出そうと思ったが、家で千夏と実里が鉢合わせでもしたら、修復不可能な大騒ぎになるだろう。トラブルのタネは慎重に避けるのが大人の生き方だ。

電話を切り、星の見えない夜空を見上げて溜息をつく。家族と離れて一人になった気楽な生活だが、時々こうやって過去が忍びこんでくる。しかし、どうにも合わない人というのは――妻とか――いるもので、これぱかりは仕方がない。問題は千夏だ。同居していない娘との距離の取り方は難しい。いっそのこと、高校生の娘らしく、父親を思い切り嫌ってくれたらよかったのに。それならそれで、何とか対応できた。

壊れた家族の「その後」は難しい。

冷蔵庫の中に二本だけ残っていた缶ビールを相棒に、資料をひっくり返す。「山郷物産事件」は、バブル直後の時代を象徴する事件として騒がれたので、関連本は大量に出版されている。一番早い時期に書かれたのは、新聞社が紙面連載を中心にまとめたノンフィクション。それに少し遅れて、ノンフィクション作家が書いた本が何冊も続いた。他にもいろいろ……岩倉が集めただけで、十冊もある。当時の新聞記事をスクラップしたものもあった。新聞記事は、リアルタイムで事件を追うには適しているが、後から見直すとまとまりがない。結局、山郷物産事件のノンフィクションで「定番」とされている『消えたピカソ――山郷物産事件の闇』を手にした。この本は、事件の全容を余さず紹介すると同時に、三十億円と評価されるピカソの絵についても詳しく伝えている。

巨額の金が絡む話は、人の気を引くものだ。改めて確認すると、岩倉が買った本は三刷目である。ノンフィクションは売れないとよく言われているが、その中では異例の健闘だろう。岩倉も将来、こういう本を書くのが目標だった。特に未解決事件に関する考察を展開したい。ノンフィクションではなく、刑事が分析する事件――専門的な内容になるかもしれない。

　パラパラとページをめくっていく。そうそう、そもそも事件が発覚したのは、内部告発によってだった。この「情報源」は現在に至るまで明らかになっていないが、かなりの勇気の持ち主だったことは間違いない。バレれば会社にいられなくなっただろうし、これが原因で会社が潰れるようなことがあったら共倒れだ。

　しかしその勇気によって、バブル期を象徴する金融犯罪が摘発されたのだから、賞賛に値する。岩倉自身は、ずっと荒事専門だったから、知的犯罪の捜査経験はなく、「ネタ元」とのこういう関係を築いたことはないのだが……捜査する側も、相当神経を尖らせたであろうことは想像に難くない。

　日付や登場人物の名前を頭にインプットしていく。いや、努力してそうしているわけではなく、読んでいるうちに自然に頭に入ってくるのだが……サイバー犯罪対策課は、この辺りのノウハウをデジタル化し、さらには誰でも使えるメソッドに作り変えたいのだろうが、冗談じゃない。自分でもどうやってできているのか分からないことを、他人が解明できるわけがない。頭に電極を繋がれ、あれこれ質問に答えるとモニターのグラフが変動する——そんな場面を想像するとぞっとした。人を実験動物扱いしやがって。

　千夏の電話の件を思い出した……妻も狡猾《こうかつ》というか、ずるい。説得したいなら、自ら電話をかけてくるのが筋ではないか？　娘を使って俺の気持ちを動かすつもりだったら、失敗だ。だいたい、高校生になったばかりの娘に、こんなことを頼むのが間違っている。

千夏の顔を潰すことになったら申し訳ないが、こちらから電話するつもりは百パーセントなかった。

むしゃくしゃしながら読んでいたのだが、概《おおむ》ねこの事件についての情報は頭に入った。壁の時計を見ると、既に午前零時。慌ててシャワーを浴び、缶ビールをもう一本開ける。本を読みながら酒を呑むと、何故かまったく酔わないので、先ほどのビールは完全に無駄になってしまった。

概要が頭の中で再構築されると、ピカソの絵の行方が気になってくる。山郷物産側で不正融資事件の中心になったのは、当時の役員で後に逮捕、有罪判決を受けた長岡保雄《ながおかやすお》。この男は融資金を様々に運用し、その中にヨーロッパの個人コレクターから三十億円で買ったピカソの作品があった。しかし「あった」というのは長岡の証言によるだけで、現物は東京地検特捜部でも確認していない。長岡も、絵の保管場所については証言を拒んだ様子である。もしかしたら、出所後の「保障」としてどこかに隠していた可能性もある。密かに処分して金に替え、今頃は海外で悠々自適の老後を送っているかもしれない。この男に会えるだろうか……興味は湧いてきたが、岩倉は自分にブレーキをかけた。惹かれる話ではあるが、今回の殺人事件と関係しているとは思えない。

しかしこの事件に関しては、解明されていない謎も多かったわけだ。そしてやはり引っかかるのは、情報提供者の存在である。例えば、当時の若手社員が特捜部に情報を提供し、今も平気な顔で山郷物産に勤めているとしたら……とんでもない度胸の持ち主だ。

これまで社員二人に会っているわけだが、あの二人のうちどちらかが情報提供者だとしたら——岩倉としては、なかなかスリリングな体験をしたことになる。

経済事犯には詳しくないが、時間に余裕がある時なら調べてみたい気もする。その時唐突に、岩倉は話を聞ける人間がいることを思い出した。かつて東京地検で事件係をしていた検事・城戸南《きどみなみ》。彼も特捜部に在籍していたことがある。自分より何歳か年上だから、山郷物産事件が弾けた時には当然もう検事をやっていた——何か知っている可能性もある。気のいい男だから、頼みこめば何か教えてくれるかもしれない。

よし。

濡れた髪をバスタオルで拭って、スマートフォンを手に取る。電話しようとして、既に日付が変わっていることに改めて気づいた。城戸は何かと型破りな男だが、さすがにこの時間に電話するのは気がひける。まあ、いい。今日の朝、捜査会議が終わった時点で連絡を取ってみよう。それで、何か突破口が開けるかもしれない。

ビールを一気に呑み干し、本格的に髪を乾かす。事態は動き始めてはいるが、まだ気分が高揚するほどではない。この事件の捜査は、どうにも動きがのろい……自分たちの動きが鈍いせいだが、それでもそろそろ何とかしないといけない。

これでは、三原がいつまでも成仏できないではないか。

朝の捜査会議が終わった時点で、岩倉は城戸に電話を入れた。今は東京地検公判部にいるので摑まらないのではないかと思ったが――公判部の検事は法廷に詰めていることが多い――幸い今日は出廷していなかった。いつも一言多いタイプの城戸と、少し雑談を交わしてから本題に入る。城戸は一瞬絶句したが、それでも少し情報を仕入れてみる、と言ってくれた。ただし、すぐには分からない。あの事件が弾けた時、自分は特捜部にいたわけではないので、直接捜査に関わってはいなかった。当時の担当者に聞いてみるしかないので、あくまで伝聞の情報になるぞ――と予防線を張る。

さて、これでこの件は少し棚上げだ。今考えねばならないのは、朝の捜査会議での刑事たちの報告である。山郷物産の関係者に事情聴取してきた刑事たちが、二十五年前の事件について、一様に関係者の「口が固い」「急に機嫌が悪くなった」と証言したのである。あの事件で、山郷物産は倒産してもおかしくないほどのダメージを受けた。社員全員が必死に働き、何とか立て直してきたわけで、「悪い過去に触れられたくない」と考えるのは自然だろう。しかしそれにも程度がある。あの会社の人間は揃って神経質過ぎるのだ。警察はあの事件の捜査には一切タッチしていなかったので、当時社内がどんな様子だったかは分からないが、歳月で癒されない悪夢はないはずだ……。

会社の不祥事は昔から――それこそ戦前からあった。不祥事が原因で会社そのものが潰れてしまうことも多かったはずだが、長い時間をかけて信頼を取り戻し、業績を回復させて、不祥事の前より大きく成長した会社も少なくない。危機に際して逃げ出してしまう人間がいる一方、自分の力で何とかしてやろうと、むしろ張り切る人間もいるものだ。

関係者への事情聴取は続行。しかし特捜本部の幹部は、二十五年前の事件にはあまり触れないように、と念を押した。あくまで、現在の三原の交友関係を探ることを中心にしたい――。

それはそうだ。過去に囚われ過ぎたら、現在が見えなくなる。岩倉は、城戸に頼んだ調査を一時忘れておくことにした。だいたい、自分が担当していない事件の情報を集めるには、時間がかかるはずだし。

ところが昼過ぎ、山郷物産のOBに話を聴き終えた時に、城戸から電話がかかってきた。都心から少し離れた調布市、京王線の調布駅へ向かって歩いている途中で、岩倉はビルの一階――書店の入り口に避難するよう、ジェスチャーで彩香に指示した。雨が降っており、傘をさしたままでは電話がしにくいのだ。二階にマクドナルドが入っているので人の行き来が多いのは気になるが、仕方がない。

「岩倉です」

「変な話を聞きこんだぞ」城戸がさっそく切り出した。

「変な話？」岩倉は、スマートフォンを握る手に力を入れた。

「事件の端緒なんだが、直告係にタレコミがあったのは知ってるだろう？」東京地検特捜部には、一般からの情報を直接受けつける担当がいる。

「そう聞いていています。社内の人ですよね？」

「ああ。その人はかなり詳細な情報を持ちこんできて、それで捜査が一気に動き始めたらしい。ところが残念なことに、その協力者は自殺した」

「まさか、会社にバレて追いこまれたんですか？」

「そこまでは分からない」

内部告発者を守る公益通報者保護法が施行されたのは、平成十八年だ。この法律ができても、決して内部告発がしやすくなったわけではないが、山郷物産事件は、そもそも法律施行以前のものである。あの事件は会社の屋台骨を揺るがすものであり、それが分かっていて内部通報したとしたら、大変な勇気の持ち主だ。そして、それが会社側にバレて自殺に追いこまれたとなったら、これ以上の不幸はない。

「ヤバい話だろう？」

「ですね」

「自殺だから、当時警察も調べたはずだ。ただし、山郷物産事件に関連していたかどうかは……その辺は、特捜部と上手く連絡が取れていた保証はない。気の利いた人間がいれば、連絡を取って調べたはずだが」

「関係が分かっても、自殺だったらどうしようもないですよ」岩倉は指摘した。「それ以上突っこみようがないじゃないですか」

「何だよ、せっかく調べてやったのに、その態度はないだろう」

「すみません……でも、今回の事件に上手く結びつくとは思えないんです」

「ああ、そうかい」城戸がむっつりした口調で言った。「一応、名前は教えておいてやるよ」

「すみません」

結局、四半世紀前の話は参考にもならなかったわけか……しかし、自殺した情報提供者の名前を城戸が告げた瞬間、岩倉は電流に打たれたようなショックを覚えた。

松宮義友《よしとも》。松宮？

電話を切ると、手が震えていることに気づいた。松宮というのはどれぐらい珍しい苗字だろう。さほど珍しくはないだろうが多くもない――偶然の一致とは思えなかった。

「どうしました？」

電話を切った後も黙りこんでいた岩倉に、彩香が不審げに訊ねた。クソ、手の震えが止まらない。

「ちょっと――ちょっと飯にしようか」

「ここのマックですか？」彩香が書店の入り口脇にある階段を見上げた。

「ああ、とにかく座りたいんだ」

「体調でも悪いんですか？」彩香は本気で心配してくれているようだった。

「体調は悪くない。悪いのは精神状態だ」

特捜本部へ戻った岩倉は、全速力で情報を収集した。まず、自殺の事実を確かめないと……当時の所轄に確認してみたが、二十五年も前の自殺なので記録は残っていないという。これは一種の盲点だった。事件なら何らかの形で記録が残っているものだが、自殺となったら正規の形では記録されない。今回の松宮記者の自殺でも、岩倉はきちんとした書類を一枚も作っていなかった。

こうなると、人の記憶に頼るしかない。二十五年前、所轄で自殺を処理した担当者を探してもらうと同時に、再び城戸に頼ることにした。これは正規の捜査だから、特捜部に正式に協力を依頼することもできるのだが、それでは手間と時間がかかってしまう。非公式に城戸を頼る方が話は早い。

城戸は素早く動いてくれて——後で食事を二回奢ることを約束させられた——当時特捜部で事件を担当していた検事が一人、割り出せた。とうに定年で辞めており、今は弁護士として活動しているという。都内の事務所なのでそのまま訪ねて行こうかと思ったが、まずは電話を突っこむことにした。電話で話がついてしまえば、時間を節約できる。

ここでも岩倉はついていた。検事——現在は弁護士——は話し好きな男で、しかも七十歳になる今でも、当時のことをよく覚えていた。

「本来は、ペラペラ喋ることじゃないんだがね」と前置きしながら、当時の事情を教えてくれた。「詳しい事情は言えないが、情報提供者が自殺したのは間違いない」

「いつ頃ですか？」

「二十五年前——事件が弾けた直後だった。正確な日時は、ちょっと資料をひっくり返してみないと分からないが。あ、資料といっても私の日記だから、正式なものじゃないけどね」

「それで結構です。後で確認していただけませんか？」

「了解した。しかし、ああいうのは嫌な気分だね。捜査の最中に関係者が自殺するのは珍しいことじゃないけど、知らせを受けた時のショックというのは、他に喩えようがない。もしかしたら自分が追いこんでしまったんじゃないかと考えるんだよ」

「分かります。でも、もちろん最善の保護策を取ったんですよね？」

「当然だ。ただ、特捜部としてどれだけ厳重に秘匿しても、こういう情報はどこかから漏れるものでね。会社の中で突き上げられたのは間違いない」

「どうして断定できるんですか？」

「そこに私の悔いがある」弁護士の声がいきなり暗くなった。「一度、相談を受けていたんだ。自分が情報提供者だということが社内でバレたようで、暗に追及されていると……どうも、山郷物産の社内で、情報漏れの原因を探していた人間がいたようだな」

「無駄な努力ですよね」岩倉は鼻を鳴らした。

「まったくだ……ただ、必ずしもそうとは言い切れない。仮に警察内部の重要な情報が流出したら、誰がやったか、徹底して探すだろう？」

「そうですが、情報の質がまったく違うと思いますよ」

「まあ、そうだな……とにかく松宮氏は、かなり心配している様子だった。事情聴取というわけではないが、だいぶ粘っこく責められて難儀していたようだ。私は、彼がどれだけ深刻に悩んでいたか、見抜けなかったんだな。あの時もう少しきちんと相談に乗って、何らかのケアをしていたら、彼は死なずに済んだかもしれない」

「でも、その時にはもう事件は弾けていたんですよね？　捜査に手一杯で、情報提供者のケアをしている暇なんかなかったんじゃないですか？」ここであまり自分を責められても、と岩倉はフォローした。

「いやいや、あれは私の検事生活最大の汚点だね」

「そう仰らず……もう少し教えて下さい。松宮さんの家族構成は？」岩倉は核心に踏みこんだ。

「奥さんと息子さん──息子さんは当時、三歳か四歳だったかな」

鼓動が跳ね上がる。岩倉は一つ息を吸って、できるだけ静かに頼みこんだ。

「その情報──家族の情報を詳しく知りたいんです。何とかなりませんか？」

「それはちょっと難しいと思う。自殺については──つまり家族のことも警察が調べたはずだが、そんな古いデータは残っていないんじゃないかな」

「確認しましたが、確かにデータとしては残っていませんでした。今、当時担当した人を探しています。おそらく、もう退職していると思いますが」

「私は、そこそこきちんと日記を書いているよ──昔も今も」

「それを確認していただけませんか？」岩倉は繰り返し頼みこんだ。「できれば今すぐ」

「おいおい、私は今、事務所にいるんだよ」

「殺人事件にかかわることかもしれませんから、一刻も早く知りたいんです。家に帰れないようでしたら、ご家族に確認してもらうとか――」

「ああ、分かった、分かった」元検事が面倒臭そうに言った。「一時間、時間をくれ。家に戻って日記を確認して――それぐらいかかる」

「一時間で分かるんですか？」二十五年前の日記だったら、探し出すだけで大変だろう。

「整理整頓が私のモットーだからね。とにかく一時間だ。そちらの電話番号を教えて下さい」

岩倉は特捜本部の直通番号、それに自分のスマートフォンの番号を教えて電話を切った。額に薄《うっす》らと汗が浮かんでいる。手の甲で拭い、だらしなく両足を前に投げ出して天井を仰いだ。

「大丈夫ですか？」彩香がすっと寄って来て、ペットボトルの水を差し出してくれた。

「助かる」水を一気に半分ほど飲んだ。そうしながら、異常に喉が渇いていたことに気づく。緊張のせいもあるが、先ほど昼食を摂ったマクドナルドのポテトがやけに塩辛かったのだ……ほっと息を吐き、坐り直す。彩香が椅子を引いてきて隣に座った。

「まだ裏は取れていないよ。もしかしたら、同じ苗字の別人かもしれない」

「もう少し、確認を取れるところはないですかね」

「最終的には松宮記者のご両親――養父母に確認するしかないだろうな。でも、今考えると、この問題に関して彼らが頑なになったのも分かる」

「複雑な事情があったんですね。言いたくなかったんでしょう」彩香がうなずく。

「昔の話をまた蒸し返されたらたまらない、とでも思ったんだろう」岩倉はうなずき返した。「いずれにせよ、これで一気に解決するかもしれない」

「どういうことですか？」

岩倉は、頭の中でもやもやと漂う考えの破片を何とか一つにまとめようとした。出来上がったものは、醜悪な灰色の塊だった。灰色というより、限りなく黒に近い……。

話し終えると、彩香の顔から血の気が引き、蒼白になっていた。まるで貧血を起こして、今にも倒れそう……思わず「大丈夫か？」と声をかけてしまった。

「何とか……」

彩香が椅子の座面を両手で摑むようにして、背筋を真っ直ぐ伸ばした。本当に貧血なら、前屈みになった方が頭に血が戻っていいのだが。

「でも、本当なんですか？」

「まだ証拠は一つもない。この方向で走っていいかどうかも分からない。方針を決めるのは上だからな。俺は、捜査会議で報告して判断を仰ぐだけだ」

逃げだ、と自分でも分かっている。報告ついでに、「こうするべきだ」と強く押すのは、自信のある刑事なら当然やることだ。しかし今彩香に話した内容は、あまりにも突拍子もない……物的な証拠を見つけるのは難しそうだし、何しろ話が古い。

松宮の父親は、山郷物産事件の元社員で、事件の情報提供者だった。内部の「裏切り」に気づいた国内総合部の部長、三原が松宮の父親を責め、自殺に追いこんだ。それが教唆《きょうさ》だったのか、結果的にそうなったかは分からないが……そして二十五年後、三原は殺され、松宮は自殺した。

パーツをつなげると、安っぽいミステリのようではないか？

夜の捜査会議で岩倉が情報を開陳すると――弁護士の協力で、松宮親子の関係も確認できた――不穏な空気が流れた。反対の声を上げたのは、本部捜査一課の刑事たちである。

「父親が自殺したことに対する復讐？　二十五年も経ってから？」「新聞記者が人を殺すものかね」「そもそも三原が松宮の父親を自殺に追いこんだ証拠はあるのか？」

反論に対して、岩倉は一々「分からない」「まだ証拠はない」と曖昧な答えに徹した。実際、証拠はないのだから、強くは出られない。それでも上層部は、この方向の捜査を進める決定を下した。その指示を受けながら、岩倉は会議室の前に座る安原と目配せを交わした。根回しは完璧……捜査会議は自由に意見を戦わせる場だが、それにも限界がある。収拾がつかなくなり、以降の捜査に支障が出る恐れもあるのだ。だからベテランの刑事は、捜査会議が始まる前に幹部に情報を吹きこんでしまう。一種の情報操作だが、これも捜査をスムーズに進めるためのテクニックだ。

捜査会議が終わり、本部の刑事たちの厳しい視線を何とか無視して、岩倉は刑事課に戻った。明日の事情聴取の手順を、彩香と打ち合わせる。

「一応、電話を入れてからにしよう」

「大丈夫ですかね?」彩香は心配そうだった。「今度は、前回とは状況が違いますよ」

「とはいえ、向こうへ行ってから資料を揃えてもらうとしたら時間がかかる。それは無駄だろう。準備が必要だ」

「じゃあ、朝イチで私が電話します」

「頼むぞ」

「でも、本当にそういう筋書きなんですかね?」彩香もまだ疑わしげだった。

「分からない」岩倉は認めた。「だから調べるんだ。よく覚えておけよ……事件は、思わぬ方向へ転がり出すことがあるから」

翌日、二人は山郷物産を再訪した。今回も人事部第二課の福島課長が応対してくれたが、前回よりも明らかに表情が硬い。彩香には、事前に詳しい事情は説明しないように指示しておいたので、疑心暗鬼になっているようだった。

「松宮さんのファイルは見つかりましたが……」手元にファイルフォルダを置いていたが、その上に手を乗せ、いかにも「機密扱い」にしている。「どういうことですか?」

「詳細は後で説明しますが、まず事実関係を確認させて下さい」岩倉は切り出した。

「松宮義友さんが御社の社員で、自殺したのは間違いないですか？」

「ええ、まあ……」

「自殺については、あなたもご存じだったんじゃないですか？　総務畑にいると、そういう話はよく分かる――ある意味専門じゃないですか」

「専門ではないですよ」福島が眉を顰めた。「社員が自殺することなんて、滅多にないんですから」

ここで統計の数字をこねくり回すこともできたが、避けた。もう、雑談で場を温めるような状況ではなくなっている。

「松宮さんの個人データを教えて下さい」

福島が渋々ファイルを差し出す。岩倉はすぐに目を通し、まず一番大事な情報を確認した。家族構成――間違いない。松宮の息子は松宮真治、自殺した新報の記者だ。

一山越えたと安堵の息を漏らし、さらに情報を頭に入れていく。入社は一九八三年。国内を担当する各部署を渡り歩き、最後の所属は国内第四部――食品担当だったという。亡くなったのは一九九三年。入社十年か……中堅社員になって、いよいよ仕事が面白くなってくる時期である。この時、息子の真治は四歳。妻の果穂は三十二歳だった。子どもも順調に育ち、仕事も忙しく、充実した三十代であっただろうことは容易に想像できる。

「死亡退職、となっていますね」書類上の硬い言葉を確認して、岩倉は福島に話を振った。同時に、ファイルを彩香に渡す。この内容なら完全に覚える自信はあったが、今回は非常に重要な話である。内容を全部控えるようにと事前に指示しておいた。

「ええ」福島が暗い表情でうなずく。

「自殺だったんですね？」

「そう聞いています」

「詳細は……」

「私は知りません」福島が慌てて首を横に振った。

「今だから言いますが、当時の事件——不正融資事件の情報を東京地検特捜部に提供したのは、松宮さんだという話があります」

福島が黙りこむ。否定ではなく沈黙……岩倉は肯定のニュアンスを感じ取った。

「あなたがこの件にどこまで絡んでいたかは知りませんが、情報ぐらいは聞いていたんじゃないですか？」

「古い話ですよ」

「古くても、重要な話です」岩倉は諦めなかった。

「まあ、あの……伝説みたいなものかもしれません」

「事件が起きた時、あなたはもう社員だったじゃないですか」少し言い方がきつくなっているなと意識しながら岩倉は指摘した。

「そうですけど、まだ若手でしたから……」福島が言い訳する。

「だったら私の方で言います。当時御社の中では、誰が情報を漏らしたのか調べる動きがあった。それを担当したのが三原さんだった可能性があります。三原さんは松宮さんに目をつけ、追いこまれた松宮さんは家族を残して自ら命を絶つしかなかった——違いますか？」

「そんなことは……」福島が唇を嚙む。

結局、福島から確証を得ることはできなかった。しかし他の刑事たちが動いて、しっかり情報を確認してくれていた。二十五年前に松宮の自殺を処理した所轄の署員——十年前に既に退職していた——を見つけ出し、当時の事情を聴くことに成功したのである。この署員は、すぐに異常な状況に気づき、特捜部の担当検事とも話をした。もしも自殺教唆なら犯罪になる——かなり粘って調べたようだが、会社側から証言を引き出すことはできなかった、と悔いていたという。

もちろん会社は、社員の自殺についてははっきりと説明はしないだろう。何しろ、大きな事件に絡む自殺である。誰が調べても口は重くなるだろうし、社内で口裏合わせをしていた可能性もある。

まだ不十分——しかし岩倉たちは、松宮記者の養父母に再度事情を聴くことにした。今回もアポなしで家に突撃する。在宅しているかどうか心配ではあったが、一方で妙な自信もあった。捜査が「波に乗る」タイミングがあり、そういう時は何をやってもぴしりぴしりとハマる。そういうタイミングが来た、と岩倉は感じていた。

実際今回も、両親は在宅していた。短い間隔でまた刑事が訪ねて来たので疑わしげだったが、拒絶はしなかった。先日も座ったソファに腰かけるなり、岩倉は切り出した。

「息子さんの本当のお父さん——松宮義友さんは、会社によって自殺に追いこまれた可能性がありますね」

父親の顔が目に見えて白くなった。母親は唇を震わせ、夫の腕を摑む。

「そんな話、どこで……」父親が震える声で訊ねる。

「こういう情報は、どんなに古くても隠しておけないものです」

「いや、しかし……」

「古い話を引っ張り出すのは気が進まないんですが、どうなんですか？　この件が、今回の息子さんの自殺につながっている可能性もあるんじゃないですか」

「本当のところは誰にも分からない……会社というのは、隠す気になれば何でも隠せるものです」父親が静かに話し出す。

「当時も疑っていたんですか？」

「あんな事件の最中に、兄がいきなり自殺ですから……実際、相談は受けていたんです」

「お兄さんが、内部告発者だったんですね？」

父親が無言でうなずく。城戸から確認していたことではあったが、これでまた一つ山を越えた、と岩倉は確信した。

「深刻な様子だったんですか？」

「いや、そういうわけでは……だから、自殺した時は驚きました」

「息子さんは、この事実を知っていたんですか？」

「当時は教えませんでした。その後も……成長してから、自殺したことだけは教えましたけど、理由は分からないと……我々も正確に分かっていたわけではないですから、余計なことは言わない方がいいだろうと思ったんです」

「だったら息子さんは、亡くなるまでこの件は知らないままだったんですか？」

「いや……実は、あれの母親──生みの母親が最近喋ったらしいんです。それで真治は、私たちにも、すごい勢いで確かめてきました」

松宮の母親、果穂は、夫が自殺した後精神的に不安定になり、入退院を繰り返すようになった。とても子育てができる状況ではなかったので、弟夫婦が松宮を引き取って育ててきたという。しかし果穂はその後落ち着き、何とか自活していけるようになった。松宮も実の母親の存在は知っていて、別居は続いていたものの、時々会っていた。奇妙な親子関係だが、父親の不幸な自殺が生み出した結果である。

「真治に父親のことを言わなかったのが正しかったかどうか……自殺した、と教えたのは、小学校六年生の時でした。それぐらいの年齢なら理解できるだろうと思いましたから。しばらくは落ちこんでいましたけど、何とか立ち直ってくれて……その後は、この話は私たちの間では出なかったんです」

「消化できたんでしょうか」

「そうだと思います」父親がうなずく。「でも、どういうつもりか、今になって母親が詳細を喋ってしまって……」

「真治さんの母親は、ずっと一人暮らしだったんですか？」あまりにも寂しい話だと思った。夫が自殺した後、子どもとも離れ、孤独な生活を送っていたとしたら……。

「そうです」父親が暗い顔でまたうなずく。「彼女は山形の出身なんですが、ご両親を早くに亡くしていて……頼れる肉親が一人もいませんでしたから、何とか一人で頑張ってきました」

「息子さん――真治さんと暮らそうという話にはならなかったんですか？」

「負い目があったみたいですね」暗い目で父親が認めた。「私たちに真治を任せたことで、母親としての自信を失ってしまったようです。何とか一人で生きていくことはできましたけど、息子と一緒だと苦しい……というのも現状でした。私たちもあれこれ援助していたんですが、金の話になるとやはりギクシャクしてしまって」

「分かります」岩倉もうなずいた。「その件――お父さんの自殺の真相を知った時に、真治さんは何を考えたんでしょうか」

「分かりません」父親が首を横に振った。「実際には、真相が分かったとは言えないと思います。母親が父親から聞いていたこと、それによる推論、そういうことですから。本当に会社の問題が絡んでいたかどうかも分かりません」

「あなたたちは、そういう話は聞いていなかったんですか？」

「ないです。会社の方が大変だという話は、兄からは聞いていたんですが、具体的な内容は何も……言えないことも多かったんだと思います」

「分かります。この件と、真治さんの自殺には関係があると思いますか？」

「何らかのきっかけになった可能性はありますけど、具体的なことは……最近は、そんなに話をするわけでもなかったですからね」

「お兄さんは、山郷物産の件について、どれぐらい話していたんですか？」

「具体的な話は聞いていませんでした。私も会社勤めで、大変さもよく分かりましたから……悩んでいる時は気を遣いますよ。あまり突っこんでは聞けませんでした」

「そうですか……」

何となくつながりができたような、できないような。しばらく話を続けたが、それ以上の情報は出てこなかった。一歩前進……と言っていいかどうかは分からない。


夜になって特捜本部に戻った。捜査会議が始まる前の、考えをまとめるための時間……普段は貴重な時間で、この時に思いもよらぬいいアイディアが浮かぶこともあるのだが、今日は駄目だった。ざわざわした雰囲気が、集中を邪魔する。

「クソ」悪態をついて、あれこれ考えるのを諦め、弁当を持って来た。いい加減この手の弁当も飽きているのだが、外へ食べに行っている時間もない。蓋を開け、箸を割ろうとした瞬間、目の前の電話が鳴った。冗談じゃない、弁当ぐらいゆっくり食べさせてくれ。

受話器を取り上げ、「はい、特捜、岩倉です」と応じると、一階の警務課にいる宿直の署員からだった。

「すみません。特捜宛に電話がかかってきています」

「誰だ？」

「田川《たがわ》さんと名乗っていますが」

「田川？」聞き覚えのない名前だった。一度会えば、人の名前と顔は忘れない方なのだが。

「はい。岩倉さんを名指しで」

「俺を？　分かった。つないでくれ」

小さな電子音に続いて、電話が切り替わった。

「南大田署特捜本部です」

「ああ、そちらに岩倉さんという方はいるかな？」まったく聞き覚えのない老人の声だった。嗄《か》れていて、多少聞き取りにくい。

「岩倉は私ですが、どちら様でしょうか」

「松宮真治の祖父だがね」

おっと……今まで事情聴取のリストには入っていなかった人物だ。いったい何事だろう。

「君たちは、どうして私に連絡を寄越さないんだ」

「はい？」

「うちの娘を追いこむぐらいなら、私が相手をする」

何なんだ、このジイさんは？


岩倉は彩香を捜査会議に残して、一人田川の事情聴取に出かけた。一時間後には、結構きつい坂道を大股で歩いていた。弁当も食べ損なったのでエネルギーは切れかけているのだが……仕方ない。呼び出されたのは何となく気にくわないが、絶対に会っておかねばならない相手なのだ。

東急田園都市線の宮崎台駅。北口を出ると、西へ向かって結構急な坂道が続いている。岩倉を呼び出した田川の自宅へ行くためには、この坂をずっと上がっていかねばならないようだ。

空腹の身故、飲食店には気を引かれたが、まずは話を聴かないと。線路脇の長い上り坂が終わると、広い道路に出る。ここを右折だな……街路樹が綺麗に並んだ、なかなか爽やかな道路である。これが桜並木だったら、この季節には最高だろう。いや、東京の桜はもうとっくに散ってしまったか。その道をしばらく歩くと、さらに広い道路との交差点に出る。交差点の名前は「宮崎」。まさに駅名の由来になった町だ。この交差点を横断して一分ほど歩いた右側にある一軒家が、田川の家だった。

この辺りにはアパートやマンションは見当たらず、一戸建てが中心である。その中でも一際大きな家……かなり年季は入っているが、家自体が相当大きいのは間違いない。いったい何人家族なのだろう。二階建てで、三角屋根に窓がついているから、ロフトもあるようだ。

午後八時。家の窓には灯りがついている。まあ、呼び出したんだから待っているのが当然だな、と思ってインタフォンのボタンを押そうとした瞬間、ドアが開いた。驚いて思わず二歩下がってしまい、短い階段を踏み外しそうになった。

「来るのが見えましたか？」

「防犯カメラをチェックしていた」男——田川だろう——がドア枠の上方を指差す。確かに防犯カメラが設置されていたが、わざわざ外をずっと監視していたとしたら、かなりの変人である。

「田川さんですね？」

「お忙しいところ、悪いね」電話で話した時の乱暴な調子は消えていた。

「いえ」

ひょろりとした長身。髪はすっかりまばらになり、年齢は……八十歳はとうに超えているだろう。背筋はしゃんと伸びているが、顔のたるみはどうしようもない。しかし、声が嗄れているだけで口調はしっかりしており、耳もちゃんと聞こえているようだ。

「上がって下さい」

「失礼します」

言われるままに家に上がると、玄関のすぐ脇にある小部屋に通された。どうやら書斎のようで、壁の二面は本棚になっていた。座り心地の良さそうな椅子にデスク。一人がけのソファが二つ、向かい合って置かれていた。その一つに座ると、タイミングを待っていたように田川の妻らしき女性がお茶を持ってきてくれた。一口啜ると、梅こんぶ茶である。これはいい……塩気のあるお茶は、空腹を紛らわせてくれるだろう。吸い物を飲むようなものだ。

「私のところに電話をいただいたのは……娘さんから連絡があったんですか」

「ああ」途端に田川の顔つきが渋くなる。「君たちは——君は、娘の聡子を追いこんでいる。息子を亡くして精神的にまいっているところだぞ？　これ以上、娘を追いこまないで欲しい……話なら、私がする」

娘を守りつつ、何か自分でも話したいことがあるのか……岩倉は遠慮せずに話を進めることにした。

「お孫さんのことについて、何か情報をお持ちなんですか」

「会ったんだよ」

「いつですか？」岩倉は身を乗り出した。

「三月の半ば頃」

「よくお会いになってたんですか？」二十代後半の孫が、頻繁に祖父に会いに来るとは思えなかったが……警察回りにそんなに余裕があるはずもないし。

「ああ。先輩としてね」

「人生の先輩、ですか？」

「違う、違う」田川が首を横に振る。「会社の先輩としてだ」

「あなたも新報にいらっしゃったんですか？」

「ああ。辞めてから、もう三十年になるが。私がいた頃は、今のような倒産危機なんて考えられなかった」

「当時の定年は……」

「五十五」田川が右手をぱっと広げてみせた。「それから十三年、私立の大学で教えて、それも辞めて、今は悠々自適です」

「お子さんは……」

「娘が一人。あいつは甥っ子を引き取って、母親になったわけだ。記者の仕事は、その孫が何とか継いでくれたようなものだ」

新聞記者だって会社員であり、跡を継ぐも何もないようなものだが……あるいはマスコミ業界には、親子二代、三代の社員が多いのだろうか。松宮の場合は、一世代飛ばしての「二代」なのだが。

「お孫さんは同じ業界、会社の後輩だったんですね」

「ああ。子どもの頃から新聞社の話を聞かせて育てたからな。新聞記者になるのは当然だった」

「……今回は残念なことでした」

途端に、田川ががっくりうなだれた。急に老けこんだようで、背中が丸まってしまう。自分の志を継いだ孫が自殺したのだから、ショックがないわけがない。時間が経っても、悲しみが薄れることはないはずだ。

「この年になって、こんなに辛い目に遭うとは思わなかった」

「残念です」岩倉は繰り返した。

「私は長く、社会部で事件を担当していた。昭和三十年代から四十年代にかけて——新報は社会部全盛時代で、好き勝手にやらせてもらった。怖いものなしだったな」

「激動の時代——事件も多かった時代ですよね。東京だけでも小松川事件、草加次郎事件、吉展ちゃん誘拐事件、広域重要指定事件一〇五号……いろいろありました」一〇五号事件は、犯人が一ヶ月ほどの間に各地で八人も殺害した凶悪事件である。「広域指定といえば、一〇八号事件もありましたね」

「永山則夫か……あなたも、その歳にしては古い事件に詳しいな」

「先輩たちが苦労した仕事には敬意を示さないといけませんから。お孫さんも社会部で、同じような道を歩き始めたんですね」

……嫌な予感が走る。松宮が三原を殺した可能性もないではない。動機は恨み。母親が、二十五年前に父親が自殺した真相を告げ、それで怒り狂った松宮が、父を自殺に追いこんだ三原を殺した——自殺は、全てを自分で片づけるための最終的な手段だったかもしれない。警察の手に委ねず、後始末をする。

そういう推理はしていたのだが、微妙にしっくりこない。事件の怖さを知っている新聞記者が、いかに激情に駆られたとしても、人を殺すものだろうか。復讐したいなら、新聞記事を使うのではないだろうか。「二十五年前に、会社のスキャンダルに関連して社員を自殺に追いこんだ」ことが記事になるかどうかは分からないが。

「お孫さんは、不幸な幼年時代を送ったようですが……」

「私としては、ひょんなことから孫ができたわけだがね」

「娘さんは、一人っ子だったんですよね？」そして実の子どもはおらず、松宮を養子に迎えたわけだ。

「そう。孫は無理かもしれないと半ば諦めていたんだが……いや、決して歓迎すべき事ではなかったが」慌てて言い訳する。

「お気持ちは分かります」

「とにかく私は、子どもの頃から真治を新聞記者にしようとあれこれ吹きこんできた」

「はい」

「今回……真治は、父親が自殺した背景を実の母親から聞いたようだな」

「そのようですね」岩倉はうなずいた。

「真治は記者だ。その話を聞いて当然頭に血が昇ったはずだが、事実かどうか調べようと思い立ったんだ」

「そういう話は、ご両親は聞いていなかったようですが」

「私にしか話さないこともある。調べるとなったら、親は関係ないからな」

「新報の先輩に相談したわけですね……調査は上手くいっていたんでしょうか」かなり難航していたことは想像に難くない。古い話をひっくり返すのは難しいものなのだ。新聞記者の場合、文献をひっくり返すか関係者に取材するしかないわけだが、どちらも難しかっただろう。警察にも自殺の詳しいデータは残っていなかったし、関係者は全員かなり高齢になっている。山郷物産の社員も、記者の取材に簡単には応じなかっただろう。岩倉たちでさえ、事情聴取に難儀したぐらいなのだ。

「重大な証言、それに証拠を得た、と言っていた」

「いつですか？」岩倉は身を乗り出した。

「亡くなる少し前——三月の半ばだったと思う」

「具体的には？」

「それは聞いていない」田川が首を横に振った。「もう少し具体的にならないと話せない、と言っていた。名前だけは明かしたが」

「それ以上、突っこまなかったんですか？」

「私も、昔に比べれば粘りがなくなったようだな」田川が苦笑する。

それはそうだろう。引退してから何十年も経ち、八十歳を超えた人間が、現役の警察回り当時の粘りを発揮できるはずもない。

「警察はどう見てるんだね」田川が訊ねる。

「取材ですか？」岩倉は苦笑した。

「まさか」田川が鼻を鳴らす。「話をしているだけだ。どこかに書くわけじゃないんだから、取材とは言わない」

「失礼しました」岩倉はさっと頭を下げた。どうもやりにくい相手……現役でないとはいえ、記者特有の高慢さが言葉のあちこちに滲み出ている。苛立つ物言いもあるが、ここは我慢しないと……今日の彼は、あくまで善意の情報提供者である。

「三原さんという人物がいました」

「聞いている」田川がうなずく。

「元山郷物産の部長で、先日自宅で遺体で発見されました」

「殺しだな」田川がより深くうなずく。

「ご存じでしたか」

「新聞は三紙を欠かさずチェックしている……まずいと思った」

「お孫さんが追いかけていた人物ですね？」

「ああ。おそらく、三原という人物は、社内のスイーパーだったんだと思う」

「スイーパーって、サッカーのあれですか？」

「そういうことだ」そこでようやく、田川は自分の前に置いた湯呑みを取り上げた。音を立てて中身を一口啜り、岩倉を凝視する。「要するに、一番後ろで危ないボールを全部処理する仕事だ」

「便利屋、ですか」

「汚れ仕事専門の、な。会社というのは、ともすれば悪の方に傾くものだ。その結果、悪意のある第三者がつけ狙う隙もできる。それでトラブルが起きた時に対処する――そういう仕事だ」

「山郷物産は、メインバンクが絡んだ不正融資事件で、一時は倒産の危機にありました。事件が発覚した後に三原さんは会社を辞め、真治さんのお父さんは在職したまま自ら命を絶っています。これは表沙汰になっていないので、絶対に明かさないで欲しいんですが、真治さんのお父さんは、東京地検特捜部に情報を提供した当人だったようです」

「やはりそうか……」腕を組み、田川が深くうなずいた。「真治はその線を追っていたんだと思う。重大な証言と証拠というのは、三原という男が内部通報者である真治の父親を自殺に追いこんだ――そういうことだったのではないかな。実際、あれの実の母親は、亡くなる前にそういう話をしている。父親は三原に相当追いこまれて、妻に悩みを打ち明けていたんだろう」

「その三原さんが死にました。殺されました。お孫さんが重要な証言を摑んだと言っていた直後です」

「お孫さんには、お父さんの仇として三原さんを殺す動機があったんじゃないですか？　しかし実際にそんなことをしたら、逆に追いこまれて自ら命を絶った――これは一つのシナリオとしてあり得る話です」

「何が言いたい？」

田川の顔が真っ赤になった。あまりにも露骨に言い過ぎたか、と岩倉は不安になったが、湯呑みの中身をひと啜りすると、田川の顔色は平静に戻った。アルコールだろうと想像していたのだが、もしかしたら鎮静効果のあるカモミールティーか何かかもしれない。

「あくまで仮定の話です」岩倉は少しだけ言葉を和らげた。

「真治は……この話を掘り返して書きたがっていた。山郷物産事件には謎が多い」

「三十億円のピカソの件とか」岩倉は相槌を打った。

「それもある。だいたい、事件の全容が解明できたとは言えないだろう。特捜部は、分かった部分に限って立件したんだ。残った謎の方が多いはずだ」

うなずいたが、同意したわけではなかった。田川は捜査する人間たちに対して点数が辛過ぎるようだ。経済事件など、全ての帳簿を押収して分析しても、細部まで明らかになるものでもあるまい。特に大規模な事件の場合は……だいたい、全ての帳簿を押収できるものでもないだろう。捜査を受ける方も、証拠隠しに懸命になるはずだ。

「とにかく、真治が三原を殺すわけはない。話はしたかもしれないが、それ以上のことはないだろう。真相を暴いて記事を書く——あいつの狙いはそれだけだったはずだ」

「証言というのは、一体誰の証言だったんでしょうか」

「山郷物産か銀行の関係者、どちらかだろうな。山郷物産の関係者である可能性が高いが……あれの父親を自殺に追いやったのは山郷物産だからな」

「その線で調べてみます。もしかしたらお孫さんは、虎の尻尾を踏んでしまったのかもしれません」

「ああ」暗い表情で田川が認めた。「こういうでかい事件は、絶対に一人で取材してはいけないんだ。範囲が広がり過ぎて手に負えなくなることもあるし、あなたが言うように、知らぬ間に虎の尻尾を踏む可能性もある。私は、信頼できる同僚なり先輩と組んで取材しろとアドバイスしたんだが、あいつは聞く耳を持たなかったようだな。若気の至りだ」

「それが死に繋がったとしたら、残念です」

「まったくだ……」田川が深々と溜息をついた。「戦争の取材で一番大事なことが何か、分かるかね？」

「さあ……なんでしょうか」

「生きて帰ることだ。死んでしまったら記事は書けない。取材途中で死んでしまうような人間は、記者失格なんだよ」

立派な格言だ。しかしそれを言う田川の表情はひどく悲しげだった。

第九章　メモ

「ガンさん」

翌朝特捜本部に顔を出すと、すぐに安原から声をかけられた。深刻な表情……うなずき返し、岩倉は廊下に出た。

「昨夜の話なんですけどね」

「ああ」田川に事情聴取した後、岩倉は安原には報告を入れておいた。

「他の連中にも話したんですけど、三原康夫殺しは松宮記者の犯行ではないかという説が出てますよ」

「それはちょっと……」岩倉は顔をしかめた。短絡的ではあるが、この説に飛びつきたくなる刑事がいるのも理解できる。

「事件について調べていたなら、真相を探り出して、三原さんに強い恨みを抱くようになってもおかしくない、という発想です。何しろ三原は、実の父親を自殺に追いこんだ張本人ですからね」

「一昨日の段階では、否定的な意見が多かったじゃないか」

「昨夜、ガンさんがはっきりした話を聞き出してきたからですよ。ガンさんはどう思います？」

「俺は……否定派に回っておこうかな」岩倉は頭を掻いた。「やっぱり、新聞記者が暴力的な手段で復讐するとは考えられない」

「捜査会議では、松宮犯行説が出ると思います」

「お前はどう考えてるんだ？」つい、「刑事の後輩」に対するぞんざいな口調になってしまう。

「判断は保留しておきます」安原が肩をすくめる。

「そうしておいた方がいい。刑事課長が肩入れすると、その方向で話が決まってしまうから……俺は、もう少し関係者に当たるべきだと思う。山郷物産事件は関係者が多かったし、今何をしているか分からない人間もいる。特に気になっている人間が一人いるんだが」

　昨夜、家でもう一度山郷物産事件に関する本をひっくり返しているうちに、その人物の名前が浮上してきたのだ。

「誰ですか？」安原が訊ねる。

「本村だよ。こいつが三原さんを殺したとは言わないけど、山郷物産事件の中で、唯一暴力的な登場人物がこの男だったんだ——それが気になるな」

「どうしますか？」

「調べてみるよ」岩倉はうなずいた。「フォローは可能だろう。捜査会議には出ないので、そちらはよろしくお願いしますよ、課長」

肩をポンと叩くと、安原が露骨に嫌そうな表情を浮かべた。

岩倉は午前中、一人で本村を追跡調査した。刑期を一杯まで務め、九年前に出所したことは分かったが、その後の行方は不明である。

岩倉は腕組みし、目の前のパソコンの画面を睨んだ。本村健太《けんた》、現在五十二歳。逮捕された当時は、広域暴力団常道会《じょうどうかい》の組員。被害者の岩木《いわき》貴生《たかお》は、山郷物産から出向していた五十歳の男で、当時はヤマサト・インターナショナルの国際部長という肩書きを持っていた。

事件は一見、本村が主張し続けたように、単純な酒の上でのトラブルのようだった。現場は歌舞伎町。一人で呑んでいた岩木は、店を出たところで本村に刺され、ほぼ即死状態だった。その直前、店で二人が言い争っていたのが目撃されており、先に店を出た本村が待ち伏せして、岩木を刺し殺したとされていた。

少なくとも警察の取り調べ、裁判の進行を確認した限りではそうなっている。本村も「呑んで言い争いになり、刺した」という言い分を変えなかったし、当時店にいた客も店員も、この言い争いを目撃している。

ただし……岩倉は当時、この件を捜査していなかったから何とも言えないが、本村が山郷物産の「鉄砲玉」ではないかという噂が広まっていたことは覚えている。岩木は、山郷物産で長岡保雄の参謀と言われた男で、不正融資事件にも関与していると言われていた。実際、長岡以上に不正融資の実態を知っていたのでは、と噂されていたぐらいである。関連会社に出向になったのは、検察の捜査から逃れるため、とも囁かれていたはずだ。ただし、籍を移しただけで証拠隠滅ができるわけでもなく、この殺人事件は「口封じ」ではないかと言われていた。

当時、岩木殺しの捜査を担当したのは誰だったか……あちこちに電話をかけて、結局失踪課の高城にぶつかった。

「お前、所轄に出たら急に図々しくなったんじゃないか？」電話の向こうで、高城がむっとした口調で言った。「だいたい、この前の貸しをまだ回収してないぞ」

「『角』は二本、進呈します。古い話を聞かせてもらっていいですか？」

「俺は物覚えが悪いんだよ。皆が皆、お前みたいな記憶力の持ち主だと思ったら大間違いだぞ」

「有名な事件ですよ。岩木貴生殺害事件」

「お前は……」高城が溜息をつく。「何でそういう嫌な事件を持ち出すんだ？」

「高城さんが嫌がるのは承知ですけど、教えて下さい。あの時、犯人の本村という男は、山郷物産の鉄砲玉じゃないかって言われてましたよね」

「ああ」高城があっさり認めた。

「だけど、証明できなかった」

「証明しようとはしたんだよ。だけど、関係者が一斉に口をつぐみやがった」

「高城さんの感触ではどうなんですか？」

「鉄砲玉だな」

「間違いなく？」

「ああ、クソ……立件できなかったんだから、何を言ってもこっちの負けだけどな」高城が心底嫌そうに言った。「あの件では、特捜部からもだいぶきつく責められたけど……こっちにケツを持ってこられても困るぜ。一応、殺人事件としてはきちんと立件したんだけど、そこから先——動機の解明については中途半端だったと認めるよ」

「被害者の岩木は、山郷物産事件の全体像を知る立場にあった。それが、特捜部の圧力で喋りそうになったために、口封じされた——そういう筋書きでいいですか？」

「筋書きを書くだけなら誰でもできる」高城は皮肉っぽかった。「——まあ、そういう風に考えてもらってもいい。ただ、物証は一切ないぞ」

「犯人の本村はもう出所したみたいですけど、今どうしてるか、知りませんか？」

「知らん」高城は依然として不機嫌だった。「今の俺は、一課の人間じゃないんだぞ」

「それはそうですけど……」

「俺は、奴は間違いなく鉄砲玉だったと思っている。今でもな」高城が急に強い口調で言った。「そういうのは、面と向かって話してみれば分かることだ。相手の目を見れば……嘘をついているかどうかはすぐ分かる」

　当時の高城は三十代前半。刑事として経験を積み、脂が乗り始めていた頃だろう。それだけに、落とせなかったことを後悔しているはずだ……。

「脅したりすかしたり、散々攻撃したんだが、『酒の席でのトラブルだから』という供述を覆さなかった。ただ、金の話をした時に、少し揺らいだ」

「金っていうのは、謝礼ですか？」

「ああ。いくら貰ったか知らないが、それは十五年食らいこむのに見合った額なのかって、攻めてやったんだ。あの時奴は、真剣に計算していたと思う。仮に一千万貰ったとして、十五年で割るといくらだ？　年間七十万もいかないだろう。そこをもうちょっと突っこんでいけば、落ちたかもしれないけどな……ただ、奴は組の方でトラブルに巻きこまれていた。服役すれば、そのトラブルから距離を置いておけると計算したのかもしれないな」饒舌さが、高城の悔しさを証明するようだった。「それで、奴が何かやらかしたのか？」高城が訊ねる。

「それは分かりませんけど、山郷物産事件が、今になって息を吹き返しましてね」岩倉は手短に事情を説明した。「関係者で、暴力的な人間は一人だけなんです」

「そいつが、二十五年経ってから、関係者を殺した？　想像が飛び過ぎるな」高城が指摘した。

「それは分かってます。ただ、無実の新聞記者が罪を着せられるのを、黙って見ているわけにはいかないんですよ」

こういう状態では、一人で動くに限る。岩倉は、安原に一言断って署を出た。彩香は不満そうだったが、何も言わずにおく。いちいち説明している時間もないし、特捜本部は人手不足なのだ。

岩倉にとって幸いだったのは、二十五年前にこの事件を担当した刑事たちが、揃って鬱々たる気分を抱えていることだった。真相を探り切れなかった……悔いの残る事件は誰にでもあるが、これはその典型である。「嫌なことをほじくり返すな」と怒る刑事もいたが、「もしも今からでも真相が分かるなら……」と協力してくれた刑事もいた。

そういう刑事たちから情報を収集し、岩倉は本村の足跡を追い始めた。まず摑まえたのが、横浜市に住んでいる本村の兄だった。予告を入れずにいきなり訪問すると、ひどく嫌な顔をされたが、それは当たり前か……本村は三人兄弟の末っ子で、一人だけ跳ねっ返りだったのだ。上の兄二人が真面目に働いているのに対し、一人東京に出て暴力団員になってしまった。

岩倉が訪ねたのは長兄の清志《きよし》で、鶴見区——京急本線の花月園前駅の近くで洋食店を経営していた。だいぶ年季の入った建物で、一階部分が店舗、二階が住居になっている。もしかしたら、店は親の代から続いているのかもしれない。

午後二時半。ランチタイムの営業が三十分前に終わったばかりで、店内はひっそりしていた。忙しい店だと、営業時間外でも熱気の名残のようなものがあるのだが、この店は極めて静かだった。ランチタイムでも、ほとんど客が入らないのではないか……そういえば、外にあるガラスケースの中の料理見本も埃を被っていた。

「ごめん下さい」人がいる気配もないが、引き戸を開けて声をかけてみた。

「はい」

面倒臭そうな声で返事があり、頭がすっかり白くなった男が厨房から出てきた。岩倉は過去の資料で本村の顔を確認していたが、似ているかどうか、何とも言えない。そもそも岩倉の頭にある本村の顔も、二十五年前、二十代後半のものだし。

「本村清志さんですか」岩倉はバッジを示しながら言った。「警察です……警視庁南大田署の岩倉と申します」

「警察……」疲れたように言って、清志が溜息を漏らす。データによると六十歳になったばかりだが、その年齢よりもずっと老けて、疲れて見えた。

「ちょっとお時間いただけますか？」

「構いませんけど……こういうのも久しぶりだな」

岩倉は黙ってうなずいた。若い頃に家を飛び出し、暴力団員になってしまった弟は、実家に散々迷惑をかけてきたのだろう。警察も何度もここに来ているはずで、その度に命が縮むような思いをしてきたに違いない。そして二十五年前には、ついに人殺し……

よくこの店が潰れずに済んだと思う。

「座って話しませんか？」

「弟のことでしょう？」

「ええ」

「だったら、立ったままでいいですよ」清志がまた溜息をついた。「こういう面倒な話をする時は、座りたくない」

「そうですか」座らないと落ち着かないのだが、相手の希望なら仕方がない。岩倉はすっと背筋を伸ばし、本題に入った。「二十五年前は、大変だったと思います」

「そりゃあ、もう——」清志が声を張り上げかけたが、すぐに口を閉ざしてしまう。思い出したくもないのだろう。警察だけではなく、マスコミの取材攻勢も受けたはずで、当時は大混乱していたはずだ。本当に、よくこの店が無事に続いてきたと思う。

「弟さん、九年前に出所しましたよね」

「ああ」

「今、どこにいるか、ご存じですか」

「いや」

所在不明——常道会の方でも、本村のことは「関知せず」の方針のようだ。本村は、組のトラブルからは逃げられたようだが、頼るべき相手も失ってしまったことになる。結局、ただ全てを失っただけだ。

「出所後、連絡はあったんですか」

「出所してすぐ一度だけ訪ねて来たよ。何しに来たんだか知らないが」

「謝罪じゃないんですか」

「一言も謝らない……不気味だったな」

清志は明らかに、この件を話したがっていなかった。しかし岩倉は粘り、何とか本村の行方につながりそうな情報を引き出した。

携帯電話の番号――出所したばかりなのに、本村は携帯電話を手に入れていたことが分かった。


携帯の番号を調べると、契約者は本村本人だと分かった。契約時の住所は横浜市南区……地図で確認すると、京急本線の黄金町駅と南太田駅の中間地点ぐらいのようだ。地理的には横浜市の中心と言っていい場所だが、基本的には労働者の街である。出所して、金をかけずに住むにはいい街だ。ただし本村は、そこには一時的に住んでいただけのようだった。

引っ越し先を追跡していくと、横浜を出てしばらくは名古屋市に移り住んだものの、一年前には東京に戻って来ていることが分かった。それが分かった時点で今日はタイムアウト――役所の窓口は閉じる時間だった。

現在の住所は、目黒区八雲。街を一回りしてガレージを覗いても、国産車が一台も見つからないような高級住宅地である。もっともこういう街にも、安く住めるアパートなどはあるはずだ。だいたい都内の賃貸物件の家賃は、二十年前と比べてもほとんど値上がりしていない――別居を始め、久しぶりに部屋を借りてみて、岩倉はそれを思い知った。

刑事課から特捜本部に電話を入れ、安原を呼び出す。彼は、彩香を伴って刑事課に入って来た。おいおい、彼女に手伝わせるつもりか……岩倉は一瞬顔をしかめてしまった。今のところ、彩香抜きでも捜査はスムーズに進んでいる。彼女の面倒を見ながらやるよりも、一人でやった方がよほど気楽だ、と考え始めていたぐらいだった。

気を取り直し、二人に事情を説明する。まず、彩香が質問を発した。

「電話はしたんですか」

「いや、まだだ。警戒させたくない」

「働いているんですかね」彩香が首を捻る。「携帯は契約してますし、九年で住む場所が三ヶ所目……それなりにお金がないと無理ですよね」

「それこそ、二十五年前の仕事の報酬を使ったのかもしれない。いくらもらったかは分からないけど、携帯の契約や引っ越しぐらいなら何とでもなる額だったんじゃないかな」岩倉は答えた。

「監視に入りますか?」安原が訊ねる。

「いや、関係者に話を聴きます」

「関係者って、暴力団関係者……」彩香が眉をひそめる。

「ああ。誰か紹介してもらう。取り敢えずそれは、俺一人でやるから」

「私も行きます」彩香が一歩前に進み出た。

「マル暴の連中は、女性刑事を馬鹿にするんだよ。だからここは、俺が一人で行った方がいい」

「私、邪魔ですか？」むっとして彩香が訊ねる。

「申し訳ないけど、邪魔と言ってもいいかもしれない」岩倉は認めた。「女性がいることで、喋らなくなるかもしれない。最初にハードルを作りたくないんだ」

「……分かりました」露骨に不満そうだったが、彩香は引いた。

「本当に一人でいいんですか？」

「何だったら課長、ご一緒しますか？」

「私ですか？」安原が苦しそうな表情を浮かべる。この男も、暴力団の相手が得意なわけではない。

「いやいや、冗談です。課長を現場に引っ張り出す訳にはいきませんから、俺一人で行きますよ。暴力団の扱いぐらいは分かってますから」

　最近、そういう捜査をする機会も減っていたのだが……まあ、いい。たまには暴力団員の醸し出す雰囲気に触れるのもいいだろう。

あちこち手を回して、二十五年前、常道会で本村の近くにいた人間を何人か紹介してもらった。そのうちの一人、竹井《たけい》という男とは、五反田で会えることになった。ごちゃごちゃした、活気溢れる街——飲食店の集積度は、山手線沿線の街の中でも上位に入るだろう。

行き先は、雑居ビルの最上階だった。竹井を紹介してくれた組織犯罪対策部の人間は「事務所ではない」と明言していたが、それでも嫌な予感がする。看板を掲げていないだけで、暴力団事務所になっている場所はいくらでもあるのだ。しかしここは、組対の刑事の情報を信じるしかない。

築四十年は経っていそうな古いビルで、エレベーターが止まる時のショックも大きかった。嫌な予感がますます高まってくる。最上階には四部屋あり、指定されたのはそのうちの一つ……会社の名前も個人名もなく、ノックするにもハードルが高い。彩香の前では平気な顔をしていたが、基本的に暴力団の相手をするのはあまり好きではない。

思い切ってノックすると、すぐにドアが開いた。まるで岩倉が来るのを待っていたような態度……ドアの隙間から顔をのぞかせたのは、小柄で痩せぎすの男だった。グレーの三つ揃いの上着だけを脱いで、パンツとベストという格好。ネクタイはきっちり締めていた。暴力団員の臭いはしない。

「岩倉さん？」

「岩倉です。竹井さんだね？」

「富永《とみなが》さんから連絡をもらいましたけどね……何事ですか」

富永は、岩倉が常道会に関する情報提供を求めた組対の刑事である。

「ちょっと情報が欲しいんですけど、入れてもらえますか？」

「ああ……いや」男が躊躇う。「外でもいいかな。ここは取りこんでいて」

覚せい剤の仕分けでもしてるのか？　言葉が喉元まで上がってきたが、何とか黙ったままうなずく。

「じゃあ、煙草休憩につき合って下さい」

「ここも禁煙？」

「今時、禁煙じゃない場所を見つける方が難しいでしょう」

男はさっさとエレベーターの方へ歩いて行った。上着なしでは少し寒い陽気なのだが、と思いながら、岩倉は彼の後に続いた。

ビルの裏に、大きな灰皿が設置されている。何人かがだらだらと煙草を吸っていた――話をするのにあまりいい環境ではないと思ったが、竹井が煙草を吸っているうちに、人はいなくなった。

「あらかじめ言っておくけど、常道会とは関係ない」

「その名前を、あまり大きな声で言われると困りますな」

岩倉は言葉を切り、竹井の顔を覗きこんだ。四十五歳という年齢よりもかなり若く見える。前科がないことは、富永から聞いていた。

「とにかく、おたくの組のことじゃない。昔、本村という男がいただろう。二十五年前に逮捕されて、九年ほど前に出所してきた男だ」

「ああ」関心なげな様子ながら、竹井がうなずく。「いたね」

「最近、連絡は？」

「俺は取ってない」

「他に取っている奴がいる？」

「いないと思うね」竹井がゆっくりと煙草を吸った。「昔の人間だよ。それに、面倒な事件を起こした人間は、うちとしても関わり合いになりたくないからね」

「例の事件のことは、当然知ってるな？」

「あれだけの事件だからね」竹井が器用に肩をすくめる。ちらりと岩倉の顔を見て続けた。「まさか、あの件を調べてるのか？」

「根っこには、山郷物産事件がある。おたくらが一枚嚙んでいてもおかしくない事件だったな。金の臭いがする――」

「危ない金の臭い、な」竹井が訂正した。「バブル崩壊後は、うちも慎重になってね。ヤバい金には手を出さない時期もあった。だいたい、俺らよりも普通の会社の方が、金の問題ではよほどヤバいことをやる」

「あんたはまだ若かったと思うが。二十歳そこそこじゃないか？」

「若くても、あんな事件ならよく覚えてる」

「組としては関係ないわけだ」

「もちろん」竹井がまた肩をすくめる。もしかしたら、癖なのかもしれない。

「連絡先は分かってるんだが、もう少し周辺情報を調べたいんだ。何か、奴に関する情報は耳に入っていないか？　そもそも今、何をやってる？」

「悠々自適とか」

「金はあるわけか？」岩倉は竹井の顔を凝視した。全く動じない……小柄で頼りなく見えるのだが、それなりに修羅場は潜ってきているのだろう。

「だろうね」

「何の金だ？」

竹井が、半分ほど吸った煙草を灰皿に投げ捨てた。黒く汚れた水の中で、吸い殻が回転しながら沈んでいく。岩倉とは目を合わせようとせず、新しい煙草にすぐに火を点けた。

「いろいろ噂のあった人間だが……俺に言わせれば阿呆だね。一千万円と引き換えに懲役十五年は、どう考えても割に合わないだろう」

「その話、本当なのか？　実際に報酬は一千万円だったのか？」岩倉は一歩詰め寄った。

高城が当てずっぽうで言っていたのは、結局当たりだったのか……。

「だから噂だよ、噂」大きな目をさらに大きく見開き、竹井が言った。「裏は取ってない」

「おたくらの情報は、かなり精度が高いと思うけど」

「確かに情報は生命線だね」竹井が三度、肩をすくめる。「奴、何かやったのか？」

「まだ何とも言えない。おたくらには直接利害関係はないと思うが」

「そうだな」竹井がうなずく。「今は、うちとはまったく関係ない人間だから……ま、実際上手く逃げやがったしな」

「おたくの組とトラブっていたとか？」

「らしいね……俺は直接嚙んでないけど」

「どうも、計算できない男のようだ」岩倉はうなずいた。「本当に一千万円をもらっていたとしても、それで懲役十五年は割に合わない。それとも、命を取られるような危険があって、そこから逃れるために刑務所に入ったということなのか？」

「全部噂だよ、噂」

竹井がまた肩をすくめた。いくら癖でも、そろそろ鼻についてくる。強気に出ようかと思ったが、今のところ会話は転がっているから、無理することはない、と自分に言い聞かせた。

「最近は、何をしてるんだろう？　本当に悠々自適なわけじゃないよな？　普通に暮らしていても、一千万円ぐらいはすぐに吹っ飛ぶ。仕事もないだろうし、余計なことをすればおたくの組からまた睨まれるだろう」

「まあ……二十五年前のことにからんでいる話もあるみたいだな」竹井が耳を掻いた。

「それは、例の殺しに関してか？」

「殺しというか、その原因……噂が本当なら、だよ」

あくまで「噂」を強調する。しかし竹井が話した情報は、岩倉を一歩前へ進めるのに十分なものだった。

このまま本村の家を張ってみてもよかったが、現場を確認するだけに止めることにした。本格的な張り込み、あるいは尾行をするなら、きちんとチームを組んでやらねばならない。
目黒区八雲――静かな住宅街だ。マンションよりも一戸建ての方が多く、しかもほとんどの家が大きい。その中で、本村が住んでいるのは、おそらく家主の名前をつけたであろうコーポだった。三階建てで、戸数は十二。郵便受けを確認してみたが、名前はない。足音を忍ばせて二階のドアの前まで行ってみたが、そこにも表札はなかった。電気のメーターは回っているから、ここに住んでいるのは間違いなさそうだが……ドア脇の小さな窓には灯りが灯っていない。ドアをノックしたいという欲望を必死に抑えこみ、階段を降りて道路に出る。裏に回って窓を確認してみたが、こちらも真っ暗だった。不在か……少し離れ、電柱の陰に身を寄せる。夕方、既に陽は暮れ始め、寒さが忍び寄ってくる。

一刻も早く監視に入りたかったが、今のところ、そうするだけの具体的な材料はない。もう少し証言が欲しいところだな、と思う。状況証拠だけでも固まれば、本村を捜査線上に乗せてもいいのだが。

もう少しここにいてみよう。夜の捜査会議で、松宮犯人説が強烈にプッシュされて捜査の方向性が決まってしまったらまずいが、恐らくそこまで暴走しないはずだ、という読みもある。本村を容疑者扱いできないのと同様、松宮を犯人と判断するのも無理がある。

そこでふと、これまで棚上げしておいた情報が気になってきた。松宮の祖父、田川の証言――松宮は「証言」と「証拠」を得ていた。証言については録音でも残っていない限り、本人しか知り得ないことだが、証拠とは何だろう。「ブツ」ならばどこかに保管してある可能性があるが、実際に「ブツ」かどうかは分からない。例えばデータだったら、パソコンに保管されたままなのでは……松宮の家をしっかり調べなかったことを悔いる。もう一度、今度は本格的に家宅捜索してみようか。

いや、他にも当たる場所はある。思い出してスマートフォンを取り出し、品川北署の副署長、村沢に電話を入れた。ちょうど勤務交代の時間だが、村沢はまだ自席にいた。

「ああ、ガンさん。どうしました?」

「そこの記者室、見られないかな」

「何事ですか?」村沢が警戒した。「一応、あそこは我々も立ち入らないことになってるんですけど」

「それは建前だろう。実際には鍵もかからないんじゃないか？」

「ま、そうですけど……バレたら面倒ですよ」

「バレなきゃいいんだろう。いつならバレない？」

「ガンさん……」村沢が溜息をついた。「まさか、まだ松宮記者の件にこだわってるんですか？」

「ああ。探し物をしてるんだ」

「それがここにあると？」

「探すべき場所は三ヶ所しかない。自宅、実家、それにそこだ。彼は本社にデスクを持っているわけじゃないからな。仕事の資料は署の記者室に置いてある可能性が高い」

「それは、日本新報の連中が引き上げたはずですけどね」

「それでも、だ」岩倉は粘った。勘としか言いようがないが、何かが引っかかる。

結局、午後十時過ぎに行けば、二方面クラブの記者連中に気づかれずに中に入れるのではないか、と村沢に教えられた。どこの社も、警察回りの勤務時間は午後十時までである。もちろん、その時間を過ぎても居残っている人間はいるかもしれないが。

とにかく行ってみよう。見つかったら、掃除に来た振りでもすればいい。

品川北署は品川区の中核署であり、区内にある所轄では一番規模が大きい。山手通り沿いに建つ真新しい庁舎も、地上九階、地下二階建ての堂々たる建物である。午後九時半、歩道に立った岩倉は、つい建物を見上げてしまった。

さて、あと三十分——いや、記者室に忍びこむのは、もう少し時間を潰してからにしよう。踵《きびす》を返して建物に背中を向けた瞬間、声をかけられた。

「ガンさん、マジでやるつもりですか？」

振り向くと、村沢が立っていた。制服ではなく、スーツ姿である。うんざりしたような表情……申し訳ないと思いながら、つい憎まれ口を叩いてしまった。

「何でここにいるんだ？」

「何でも何も、すぐ近くに住んでるんですよ」

「そういう問題じゃないだろう」

「ガンさん一人で中に入ったら、揉めるでしょう。つき合いますよ」

「いや、しかし……」

「副署長なら、記者室に入ってもおかしくないでしょう。いざという時のための保険です。行きますか？」

「いや、十時を過ぎないと無人にならないんじゃないか？」

「覗いてみればいいんですよ。だいたい、いつも十時まで人がいるわけじゃない」

「じゃあ……ダミーで頼む」

「後で何か奢りですよ」

「任せろ」

何だか、何人もに奢る約束ばかりしているような気がする。空手形にならないよう、気をつけないと。事件に関する記憶は確かなのだが、他のことになると岩倉は途端にだらしなくなる。

品川北署に入るのは初めてだった。それを言えば、足を踏み入れたことのない警察署の方がはるかに多い。何しろ都内には、百二もの警察署があるのだ。

記者室は一階の奥の方にあった。何だか、無理に目立たないところに押しこめたような感じ……十二畳ほどの部屋で、壁の三面に、デスクが押しつけられるようにして並べられていた。他には二段ベッドが一つ。その気になれば泊まれるようだが、ベッドの上で丸まった毛布は、いつ洗濯されたものかも分からない。

がらんとしていて、私物の類は見当たらない。いや、仕事をする場所のようにも見えなかった。それぞれのデスクに載っている電話が、唯一の仕事道具といった感じである。壁には素っ気ないカレンダーがかかっているだけで、しかもまだ三月のままだった。

「ここ、本当に使われてるのか？」岩倉は声をひそめて訊ねた。

「最近は、誰もいないことの方が多いみたいですね。昔と違って、警察回りも地元べったりなわけじゃないから」

岩倉は無言でうなずいた。日本新報の記者たちも、同じようなことを言っていたはずだ。

「ファクスもないんだな」

「使わないみたいですね。今は何でもメールじゃないですか」

「時代は変わる、か」岩倉の警察官人生は、通信手段が大きく変化した時期に重なっている。駆け出しの頃は、まだメールを使うこともなく、携帯電話さえなかったのだから。代わりに腰にぶら下がっていたのはポケットベルだった。

岩倉は部屋の中をざっと見て回った。デスクは共用なのか、あるいはそれぞれの社のものか……すぐに、デスクは各社用に割り当てられていると分かった。電話機は全て同じものだが、社名が貼りつけてある。岩倉は「日本新報」のシールが貼られた電話が載ったデスクについた。広い引き出しが一つ、袖に小さな引き出しが三つ――ごく標準的なオフィス用のデスクである。迷わず、一番大きな引き出しに手をかけた。

「ガンさん」村沢が緊張した声を飛ばした。「手をつけるとヤバいですよ」

「いいから見張ってろ」

「ガンさん……」

「細かいことを気にするな」振り向きもせずに岩倉は言った。「お前は何も見ていない。そういうことでいいな？」

「知りませんよ」

副署長なんだから、もっと堂々としていろ――というのも筋が違う。だいたい、自分のやっていることは正式な捜査なのだろうか。この記者室も、警察署の管理下にあるはずだが、記者たちにもある程度の「自治」はあるのではないか？　構うものか。ゆっくりと引き出しを開けてみる。一見、無意味な——警察的には無意味な物が詰まっている。メモ帳、ノート、クリップ、使いかけのボールペン……ここを使ってきた代々の新報の記者が残していったものだろう。メモ帳とノートをざっと見てみたが、ほとんど何も書かれていない。

他の引き出しも見てみた。やはり同じように、文房具ばかり。デジカメ用のメディアやUSBメモリも見つかった。USBメモリは要チェック——中身を確認したいと思ったが、今はパソコンを持っていない。それに、さすがに持ち出すのはまずいだろう。明日の夜パソコンを持ちこんで、もう一度調べてみるか……また村沢の手を煩わせることになるかもしれないが。

一番下の深い引き出しには、スクラップブックが入っていた。一冊ずつ取り出してパラパラめくってみたが、基本的には新聞記事が貼りつけられているだけである。何もないか……引き出しを閉めようとして、ふと違和感を覚えた。何かが引っかかっている。慎重に、もう一度開けてみると、やはり引っかかりを感じる。引き出しを大きく引き開けたまま、屈みこんで手を差し入れてみた。すぐ上の引き出しの底板部分に何かある——しっかり貼りつけてあるようだ。床に跪《ひざまず》き、バッグの中から小型のマグライトを取り出し、引き出しの中を照らし出してみる。

あった。

「ガンさん、何か?」村沢が敏感に察したようだった。

「ちょっと待て」

岩倉は半ば手探りで、テープをゆっくりと剝がした。感触的には、それほど古いものではない。端が取れると、そのまま一直線に引き剝がすことができたが、まだ全部が剝がれたわけではない。もう一度照らし出してみると、小型の封筒の四辺がテープで留められているのだった。ただし、かなり慌てていたようで、貼り方は雑である。

苦しい姿勢のまま、何とか四本のテープ全てを剝がした。出てきたのは、B5サイズの茶封筒で、新報の社名が入っている。予想した通り、それほど古いものではない。厚みは数ミリ——結構厚い感じだった。

「何ですか?」

ドアのところにいた村沢が近づいて来た。好奇心には勝てないということか……岩倉は封筒をデスクに置き、慎重に封を開けた。何枚もの資料が入っている。全てをデスクの上に広げ、ざっと目を通していく——岩倉は顔から血の気が引くのを感じた。

爆弾だった。そして、一枚だけ手書きで残されていたメモは、松宮の「遺書」のように読めた。

週明けの朝、岩倉は署に行ったものの、捜査会議をまたパスした。何回も続けてパスしているから、そろそろ問題にされているかもしれない。捜査優先、会議よりも重要なことがあればそちらに専念——というのが暗黙の了解ではあるが、中には会議をやたらと重視する管理職もいる。安原が上手くかわしてくれればいいのだが。

本当は早く報告すべきだったが、土日の二日間、自宅で資料を精査してみた。かなりのボリュームで、全て読み解き、中身を頭に叩きこんだ時には、既に月曜日になっていた。資料は系統だったものではなく、個別の情報を頭に入れても、なかなか一本の線につながらなかったのだ。何となく想像はできるが、これだけでは松宮もどうしようもなかったのでは、と岩倉は想像した。松宮の仕事は中途——彼は死ぬ直前、どれほどの悔しさを抱えていただろう。

九時半、安原が刑事課に入って来た。岩倉を見て、一瞬顔をしかめる。

「そろそろ捜査会議に顔を出さないとヤバいですよ」

「分かってる……でも、それどころじゃない」

岩倉は資料をまとめて立ち上がった。課長席に置いてから、その場で「休め」の姿勢を取る。

「これは？」安原が不審げな表情を浮かべる。

「ある場所からサルベージしたんだ」

「何か、ヤバいことでも……」安原の目が不安げに泳ぐ。

「いや、警察施設内から」

「警察施設？」

岩倉は昨夜からの動きを説明した。安原の表情はまったく晴れない。

「ますますヤバいですよ」

「大丈夫だ。文句を言いそうな人間は死んでるから」

安原が頰を引き攣らせた。資料の上に手を置き、岩倉の顔を凝視する。

「ガンさん、無茶してませんか?」

「これは普通だね」

「そもそも、どうして記者室に隠しておいたんでしょう?」

「推測だけど、一番安全な場所だからだよ。彼は——松宮記者は、この件を記事にするかどうか悩んでいたはずだ。本社のどこかに保管しておくこともできただろうが、彼にとってこれは、取材のための資料かどうか、微妙な存在だったんじゃないかな。かといって、家にしまっておくのも不安だったはずだ。彼のマンションは、セキュリティはそれほどしっかりしていないからね。そう考えると、記者室が一番安全なんだと思う。警察署に忍びこもうとする人間はいないし」

「推測ですか」

「推測だけど、この件で悩んでも仕方ないな……とにかく問題は、松宮記者の資料に本村の名前があったことだ」

「二十五年前の事件については……」

「それは、俺もいろいろ考えた」岩倉はうなずいた。「ただ、今やるべきことは、現在の殺しの捜査だ」

「確かに。まず、そこに集中しますか。本村の手配は？」

「それはまだ早い。まず所在確認、周辺捜査を進めないと。携帯の位置確認も必要になる」

「それは手配しましょう」安原が立ち上がった。「ガンさんも、一緒に上に来て下さい」

ああ、これは避け得ないわけか……捜査会議は上手くパスできたが、上を説得する作業はどうしてもやらざるを得ない。本村をターゲットに定めれば、そこから先は物量作戦になる。多数の刑事を動員するためには、上層部の了解が必要だ。

こういうのはあまり得意ではないのだが……仕方がない。特捜が間違った方向へ行かないようにするためには、この説得は絶対に必要な作業だ。


午前の半ばを過ぎて、岩倉はようやく解放された。特捜の上層部は岩倉の説明を受け入れ、本村のマークを始めることを決定した。もっとも、疑問はいくつも積み残しになっていたのだが。

岩倉も、疑問を大量に抱えていた。一番気になるのは、松宮記者がどうして自殺したか、だ。彼は取材を通じて、自分の父親が自殺した原因、そして誰がその状況を招いたかを知ったのだろう。それで心を痛めたことは簡単に想像できるが、それで自ら死を選ぶものだろうか？　新聞記者の習性として、真相を掘り出した時に何より快感を覚えるはずである。これで記事にできれば、さらに万々歳というところだろう。

自席に戻り、岩倉は腕組みをして目を閉じた。本村を追い詰める網は仕かけられたが、岩倉自身は網を握ることを許されなかった。遊軍……本村の追跡以外にもやる仕事があるから、誰かがフリーでいなければならない。そういう立場を保証されたのは、むしろありがたい限りだった。誰かに指示されるよりも、自分の考えで動きたい。

発掘した文書——今は特捜本部で上層部が読み込みをしている——の内容を、頭の中で精査する。

この文書は、殺された三原康夫が保管していたものと思われる。二十五年前の山郷物産事件に関する内部資料。といってもオフィシャルなものではなく、おそらく三原が身辺の整理用にメモしていたものが大半だ。三原はこれを松宮に託した——松宮が強引に奪ったとは考えにくい。松宮はおそらく、三原と接触して直接取材することに成功したのだ。山郷物産の「スイーパー」であり、松宮の父親を自殺に追いこんだ張本人かもしれない三原との対決は、かなり緊迫したものになったはずだが……三原は松宮を上手く言いくるめたのかもしれない。

思いついて岩倉は、三原の通話記録を確認した。当たり……今年に入って、松宮の携帯電話から三原の自宅に四回、電話がかかってきているのが分かった。これで、三原が松宮と接触していたのは間違いないと言えるだろう。さらに照合を進めると、本村と三原にも接点があったことが分かった。本村の携帯から三原の電話への着信が、今年に入ってからやはり四回。恐喝だろう。三原は、事件の真相を明かした松宮に、本村のことを相談していた可能性もある。

あるいは、松宮の父親を自殺に追いこんだのは、三原ではなかったのかもしれない。三原は理詰めで、本当の「犯人」が誰なのか、松宮を納得させたのではないだろうか。あるいはこの資料も、松宮を懐柔するための材料だった可能性がある。これであんたは、二十五年前の事件について新しい記事が書ける――。

この資料で、岩倉たちが知らなかった事実も明らかになった。

特に、消えたピカソについて……存在していたかどうかも分からないピカソの作品が今出てきても、何かが起きるとは思えなかったが、実はこれが三原殺しの原因かもしれない、と岩倉は想像していた。

岩倉はゆっくりと目を開いた。取り敢えず、会うべき相手はできた。今すぐ出ても、現地着は午後早くだろう。車を飛ばして行くつもりだったが、一人きりはまずい。記録係として、誰か相棒が必要だった。まだ頼りないが、彩香を連れて行くしかあるまい。若い刑事は自由に使っていいと許可を得ていたので、岩倉はすぐに彼女の携帯に電話をかけた。

「今、どこにいる？」

「本村のアパートに転進するところです」

「誰かと一緒か？」

かる」


「ええ」

「だったら、そこは相棒に任せろ。君には別の仕事を頼みたい」

「何ですか？」彩香が警戒した。

「ちょっと伊豆までドライブしたいんだ。居眠りしないようにつき合ってもらえると助かる」


伊豆は嫌いだ。

この辺りの風景は、娘が幼かった頃の記憶と結びついている。

妻の実家は金持ちで、伊豆高原に別荘があり、夏休みと冬休みにはそこに滞在するのが毎年の過ごし方だった。まだ仲が良かった頃の家族の記憶……家族が崩壊してしまうと、いい想い出まで封印したくなるものだ、と岩倉は知っていた。いいことはいいこととして、そういうフォルダに保管しておければいいのだが……人間の記憶は実に不思議なもので、未だに分からないことは多い。それを解き明かすのが、まさに妻の仕事なのだが。

「このまま西湘バイパスですか？」小田原厚木道路に入ったところで、彩香が訊ねた。

「伊豆方面だったら、西湘バイパスから真鶴道路ですよね？」

「いや、海沿いは混むことがあるんだ」平日はまず大丈夫なのだが、伊豆半島南部へ向かうドライバーは海沿いの道を選びがちなので、ちょっとしたことから渋滞してしまう。

「少し遠回りになるけど、混まないルートで行くから」

昔そうしていたように、岩倉は箱根ターンパイクに車を乗り入れた。そこそこハードなワインディングロード……ここ経由で静岡県道二〇号線に入り、伊豆半島の背骨を南下して十国峠を越え、さらに伊豆スカイラインに乗る——これで、目的地までほぼ渋滞なしで行けるはずだ。娘の泣き声が脳裏に蘇る。子どもが小さい頃、岩倉は小型のセダンに乗っていたのだが、山道を快適に走れるような車種ではなかった。急カーブをクリアする度に車体が揺らいで泣き、ずっと大騒ぎだったな……娘には悪いことをした。

「相手って、もう八十近いですよね」助手席の彩香が手帳をめくった。

「七十八だな」

「二十五年前は執行役員ですか……この人が黒幕なんですかね」

「可能性はあるな。いや、黒幕と言っていいかどうか——本人も、背任で実刑判決をくらってるんだから」

山郷物産事件では役員三人が逮捕されたが、岩倉たちがこれから会いに行こうとしているのは、そのうちの一人、西本浩介《にしもとこうすけ》という人物である。銀行から不正融資を引き出していた主犯格は長岡保雄だが、彼の右腕として動いていたと言われている人物だ。長岡が所在不明で話が聴けない今、当時のことを完全に知る、数少ない人物の一人である。

伊豆スカイラインの終点は天城高原料金所で、そこから先は県道一一一号線、通称遠笠山道路になる。そのまま下っていけば、国道一三五号線にぶつかるが、岩倉はナビの指示で、途中で右折した。別荘や企業の保養所、ペンションなどが立ち並ぶ一角で、岩倉はどこかで見たような記憶があった。妻の両親の別荘は川奈なのだが、この辺りの別荘地はどこも似たような光景である。あの頃は……親子三人だけならまだしも、妻の両親が別荘にいる時の緊張感と言ったらなかった。結婚する前からどうにも気の合わない義父母だったが、結婚しても関係が好転することはなかった。それが現在の別居の遠因になっているのかもしれない。

「すごい別荘ですね」車を停めた瞬間、彩香が溜息をついた。

「そうだな」岩倉はドアを押し開けた。すごいと言えばすごい……小高い丘の上にポツンと建つ二階建てで、正面から見ただけで、かなり大きな家だと分かった。この位置だと、家の裏手から大室山が望めるかもしれない。

しかし、義父母の別荘よりは小さいのではないか。

「行こうか」

「何か、足が止まりますね」

「ビビる必要はないよ。家は所詮家だから。たまに、アメリカの不動産情報なんかを見てみるといい。アメリカの田舎の家の大きさに比べたら、日本の家なんかどんなに大きくても小屋みたいなものだから」

「比較の問題じゃないんですけどね……」彩香は不満そうだった。

家は高台の上に建てられており、下は駐車スペースになっている。三台が楽に停められそうな広さだったが、今そこにあるのはベンツのAクラスだけだった。国産車と比較してもそれほど大きくも高くもない車だが、金がないが故の選択肢ではないだろう、と岩倉は想像した。こういう場所に住んでいて、しかも八十歳近い年齢となったら、小さくて小回りが利く車の方が何かと便利だろう。そもそも、ここに何人住んでいるかも分からないのだが。夫婦二人……あるいは西本一人かもしれない。

玄関までは、駐車スペース脇の階段を昇っていかなくてはならなかった。かなり急な階段で、八十歳近い人の足腰には厳しそう……いや、むしろこれで鍛えているのかもしれない。

インタフォンを鳴らし、反応を待つ。誰も出ない。振り向くと、彩香が不審げな表情を浮かべた。

「いないんですかね？」

「反応が遅いだけじゃないか？」広い家なら、インタフォンの返事をするだけでも時間がかかる。

予感は当たった。たっぷり十秒ほども待った後、インタフォンの向こうから返事があった。

「はい」一聴、不機嫌な声。こちらが動いていることを西本は察知していたのだろうか、と岩倉は訝《いぶか》った。

「警視庁南大田署の岩倉と申します。西本さんですね？」訊ねながら、岩倉は表札を確認した。

「西本です」

「お話を伺いたいんですが、開けてもらえますか」

「開いている」

「失礼してよろしいですか」

「構わん」

岩倉はまた振り向き、彩香に向かって首を横に振ってみせた。彩香も嫌そうな表情を浮かべる。ずっと人に命令を下すのに慣れた人生……逮捕、服役も、態度に影響は与えなかったようだ。逮捕された後も会社が見捨てていなかったら——ずっと面倒を見ていた人がいたかもしれない。

ドアを開けると、広々とした玄関が待ち構えていた。ここだけで、俺が今住んでいる部屋の広さぐらいあるな、と岩倉は皮肉に考えた。

家の中に入って岩倉がまず考えたのは、暖房代が大変だ、ということだった。リビングルームは広い——おそらく、三十畳ぐらいはある。その一部が吹き抜けになっているのだった。こういう部屋はエアコンの暖気が回る効率がよくないものだ……かなり古い家なので、床暖房も入っていないのではないだろうか。実際、フローリングから冷たさがしんしんと足に伝わってくる。しかしすぐ、部屋の片隅に暖炉があるのが見えた。その前に、座り心地の良さそうな一人がけのソファが三つ。おそらく、このリビングルームのベストポジションはあそこだろう。少なくとも冬場は。

予想通り、横に広い窓から大室山が見えている。贅沢な借景だ。部屋自体はシンプルなのだが、大きな絵が何枚か、壁を飾っていた。全体には上品でセンスのいい家、と言っていいだろう。

暖炉の横にあるソファに座っていた西本が立ち上がる。それだけでかなりのエネルギーを使ってしまった感じだが、眼光は鋭い——体が衰えても、精神は昔のままだろう。こちらに向かって来ようとして、体を屈めてテレビのリモコンを取り上げ、音を消した。途端に、広いリビングルームは無音になった。いや、どこかにあるエアコンが暖気を吐き出す音だけは聞こえている。

「警察の人に用はないが」西本は先制攻撃を繰り出した。

「こちらでは用があります」岩倉はすぐにカウンターパンチを出した。「座りませんか？」

西本が岩倉を睨んだが、警察に逆らい続ける意味はないと気づいたようで、睨んだまゆっくりと腰を下ろす。岩倉と彩香は、前のソファに並んで座った。ソファはかなり低く、足を投げ出す格好になるので、事情聴取にはあまり適していない……。

話し始める前に、岩倉は西本を観察した。七十八歳という年齢なりに年老い、体は縮んでいる。グレーの頭髪は薄くなり、辛うじて頭に貼りついている感じだった。口の両端は不機嫌に下がっている。いったいどういう仕事をしてくると、こんなに威張った人間になるのだろう。所詮はサラリーマン——いくら出世したと言っても、狭い世界でそこその権力者になっただけだろうが。しかもサラリーマン人生の最後は、逮捕・服役で終わっている。

「松宮さんを覚えていますか？　二十年以上前ですが、山郷物産事件が発覚してから自殺した社員です」

「さあ」

「山郷物産事件で、東京地検特捜部に情報提供した人物と言われていますね」

「そういうことは知らんな」西本が腕組みした。

「恨んでいませんか？」

「古い話だ」西本が吐き捨てる。「あの事件自体、二十五年も前のものじゃないか」

「二十五年前のことなのに、まだ終わっていないんですね」

「ああ？」西本が右目だけを大きく見開いた。「どういう意味だ？」

「あなたの部下だった三原康夫さんが殺されたのは、ご存じですか」

西本が黙りこむ。口元に力が入って、皺がぐっと深くなった。当然知っているだろう。どう反応するか、判断に迷っているに違いない。

「彼は、山郷物産ではスイーパーだったんでしょう。何かトラブルがあれば、自分の身を汚してもそれを解決する……ただし事件が発覚した後には、ちょっとやり過ぎたんじゃないですか？　捜査当局に情報提供した人を自殺に追いこみ、不正融資事件のキーマンになるはずだった人間を殺した——もちろん、彼が直接手を下したわけではありませんが」

「何を言ってるんだ」西本の声に怒りが滲む。

「あなたはどこまで知ってるんですか？　あるいは、長岡保雄さんが裏で糸を引いていたんですか？」

「失礼な人だな。いきなりやって来て、何を言い出すんだ？」西本が体を揺らす。

「あなたも、身辺に気をつけた方がいいんじゃないですか？」

「身辺？」西本の動きがぴたりと止まった。

「私はこう読んでいます——二十五年前、三原さんは証拠隠滅のために、関連会社に出向していた山郷物産の社員の岩木さんを殺しました。そのために使ったのが、本村という暴力団員です。おそらく、報酬として一千万ほどの金を摑ませて……本村は逮捕されて、刑務所に十五年間入っていましたが、既に出所しています。十五年の不自由と引き換えの一千万円……二十五年前、本村には組から上手く逃げ出す方法が必要だったんですが、いざ出所してみれば、わずか一千万円で損をした、という感覚が芽生えたんでしょう。実際本村は、知り合いに不満を漏らしていました。その本村は、三原さんに接触していた可能性があります。おそらく、恐喝でしょう。それを拒否されて、三原さんを殺した——私はそういう筋書きを描いています」

「だから？」西本の声が震える。

「あなたは、本村という男を知っていますか？」

「知らん」西本が即座に否定した。

「そうですか……だったら、私たちは帰っていいですね？」

「何が言いたい？」西本が目を細める。

「あなたも狙われている可能性がある——しかし、心当たりがないんだったら、どうでもいいですね。我々も何かと忙しいので」

岩倉は立ち上がった。西本はこちらを睨むばかりで何も言わない。もう一押し——岩倉は見下ろす格好で、皮肉を吐いた。

「警備会社とは契約を結んでいますか？　何かあっても、ここは警察も遠いでしょう。一一〇番しても、到着にはそれなりに時間がかかるでしょうね。警備会社も同じですが……我々は心配ではありますが、心当たりがないというなら、仕方ありませんね」

彩香も立ち上がる。岩倉の意図を察したようで、さっさと玄関の方へ向かった。リビングルームが広いので、それなりに時間がかかる——時間を稼いでいるのは明らかだった。その間を利用して岩倉は畳みかけた。

「今、ここで一人暮らしなんですか？　ご家族は？」

「そんなことは君には関係ないだろう」

「本村は刃物を使います。刺されるというのは、なかなか辛いものがありましてね。一撃で死ぬことはまずありません。刺された痛みというのはかなりのもので、長い時間、のたうちまわることになります。救急車を呼んでも、この辺だとやっぱり時間がかかるでしょうね。この広い家で一人で死んでいくのは、きついんじゃないですか？」

「待て、待て」西本が腰を浮かしかける。

「何でしょう」

「どういうことなのか……もう少し話を聞かせてくれないか？」

「何が知りたいんですか？」

「本村という男のことを。いや、私は本村という人間を本当に知らないんだ」言い訳するように西本が言った。

「つまりあなたは、汚れ仕事には一切手をつけていなかったわけですね？　自分たちは金を回すだけで、危ない仕事は全部三原さんに押しつけていた」

「会社には、社員それぞれの仕事があるんだ」

何という言い草だ……まるで、不正融資を受けるのも、口封じで人を殺すのも、業務の一環だとでも言っているようなものではないか。一瞬頭に血が昇ったが、岩倉は批判の言葉を呑みこんだ。この男はしっかり摑んでいなければならない。ピカソの作品に関する情報はこの男が握っている――少なくとも、三原の資料はそれを示唆していた。

「本村という男は、わずか一千万円のために人殺しを請け負うような男です。いや、もちろん本人は、殺しを引き受けたことは否定していましたが、実際にはそういうことでしょう。今回も、結局金のために人を殺したと思われます。そういう人間を止めるため

に必要なのは……金ではありませんよ」岩倉は人差し指を立てて見せた。「逮捕すること
とです。身柄を押さえるしかありません。そうすればあなたも安泰に老後を過ごせます。
協力してもらえますね？」

第十章　ピカソ

「大騒ぎになっちゃいましたけど……」彩香は不安そうだった。

「そうかな？」岩倉は周囲を見回した。「別に誰も騒いでないだろう」

「これから大変じゃないですか」

「そんなこともない」

彩香が緊張するのも分かる。これから犯人を待ち伏せ、できたらそのまま逮捕しようというのだ。彼女にすれば、刑事になってから初めての捕物である。

岩倉は特捜本部に連絡を入れ、直ちに西本の自宅を警戒するよう依頼した。特捜本部の幹部はこの話に乗ったが、なにぶん伊豆高原は遠い。結局、取り敢えずこの辺りを管轄する静岡県警の所轄に依頼し、パトカーを回してもらうことにした。家の前にパトカーが止まっていれば、何よりの抑止になる。逆に言えばこれでは、本村をおびき寄せることはできないのだが……パトカーに気づいた途端、遁走するだろう。

「どうするんですか？」

「まず、本村を確実におびき寄せないといけない。そのためのネタはある」

「ピカソですか?」

「ああ」

「そもそもどこにあるんですか?」

「さあ」岩倉は肩をすくめた。結局、この件について西本に確認するタイミングはなかった。「だけど、嘘でもいいんだ。材料にはなる。ちょっと名前を使わせてもらうつもりだ」

「常道会ですか?」

「お、なかなか勘がいいじゃないか」岩倉は頬が緩むのを感じた。若い刑事が短時間に成長する様を目の当たりにするのは心地好いものだ。

「これからいろいろ準備が必要だ。実際に作戦に入るのは、明日以降だな」

「私も一枚嚙んでいいんですよね?」彩香が念押しした。

「俺はそのつもりだけど、実際にどうするか決めるのは上の方だ。手柄を立てたいんだったら、課長にでも頼んだ方がいい。俺に頭を下げても時間の無駄だ」

県警のパトカーが到着したので、岩倉は車を出て制服警官と話をした。一人は若手、一人はベテラン――こういう時は、ベテランがいると何かと頼りになる。状況がよく分からなくても、トラブルになれば何とか対応してくれるものだ。

それから自分たちが乗って来た覆面パトカーに戻り、スマートフォンを取り出す。昨日話したばかりの竹井の名刺を見ながら、電話番号を打ちこんだ。

「これはこれは……」竹井の声は皮肉っぽかった。「お電話いただけるとは思っていませんでしたよ」

「必要がなければかけない――俺に一つ、貸しを作るつもりはないか？」

「組対の刑事さんならともかく、所轄の刑事さんに貸しを作っても、あまり美味しいことはなさそうだな」

「俺もいい歳なんだ。それなりに顔も広い」

「なるほど……で？」

拒否ではないと判断し、岩倉は一気に計画を話した。竹井は相槌も打たずに聞いていたが、岩倉が話し終えると、唐突に「分かった」と言った。

「引き受けてくれるか？」

「ああ。大した手間じゃない」

「助かるけど……結構簡単に引き受けるんだな」

「俺は、本村という人間にはあまりいい印象を抱いていないんだ。組の中には、未だに腹を立てている人間もいる。けじめをつけないで、刑務所へ入ることで逃げたんだからな」

「執念深いな」

「俺たちの仕事では、けじめが何より大事なんだ。逃げ得は許されない」

「あんたたちには因縁をつけられないよう、せいぜい気をつけるよ」

「で？　いつだ？」

「明日。こちらの準備が整うまで、それぐらい時間がかかる」

「明日の午前中に電話する」

「頼む」

電話を終えると、彩香が自分をじっと見ているのに気づいた。

「何か？」

「あの……暴力団をこんな風に使っていいんですか？」

「役に立つものなら何でも使う。それにこれは違法でも何でもない」

「囮《おとり》捜査っぽくないですか？」

「俺は一歩も動かない。要するに、ヤクザ連中が勝手に情報交換してるだけじゃないか」

「ガンさん……結構悪いんですね」

彩香の目に怯《おび》えた気配が走る。自分もいずれは、こういう「汚れ仕事」をすることになるかもしれない、と嫌な想像をしているのだろう。一方岩倉は、彼女から「ガンさん」と呼ばれたことで気を良くしていた。急速に距離が縮まった感じがする。

「心配かもしれないけど、俺は今まで、手を汚した記憶はないよ」

「でも、マル暴とつき合ったりしないといけないんでしょう？」

「つき合いはしない。利用するだけだ」

「でも、貸しだって……」

「ヤクザ相手に借りなんか作ってもしょうがないじゃないか。嘘も方便だよ。後で何か言われても知らんぷりだ」

「……それも悪いですよね」

　悪に対抗するために悪になるのは……マイナスかけるマイナスでプラス、のようなものだろうか。妻が研究している世界では、そういう風に数学的にまとめられるかもしれないが、実際の人間同士の関係ではそうはいかない。自分はそういう、あやふやな世界に生きている。そんなことが、妻の研究材料にされるのはたまらなかった。


　一度東京へ引き上げた。作戦自体は既に動き出しており、西本の家の近くでは、刑事が二人、張っている。そのまま夜通し監視を続け、明日の午前中、竹井が作戦を実行した後は人数を増やして、本格的に罠をしかけることになった。岩倉も明日の朝一番で、再度伊豆に向かう。現場を志願していた彩香の希望も受け入れられた。

「明日は雨だな」岩倉はスマートフォンで天気予報を確認した。

「嫌な感じですね」

「天気は変えられないから……濡れないように準備をしてこいよ」

「車の中で張るんじゃないんですか？」

「いや。本村を警戒させないためには、車は離れたところに置いておきたい。外で待つことになると思っておいた方がいい」

「分かりました」

「俺も準備しておくよ」

今夜は少しでも睡眠時間を稼いで、明日に備えたい――しかし岩倉は、実里に電話をかけて「会いたい」と頼みこんだ。緊張する作戦が始まる前に、少しだけ気持ちを弛緩させておきたかったのだ……明日は休みということで、彼女は快く応じてくれた。

明日の朝は自宅から出発したかったし、持っていきたいものがあったから、家まで来てもらうことにした。この街に引っ越して来てから、実里が家に来るのは二回目だった。彼女も自分の生活ペースを乱されたくないタイプというか……会う時には岩倉の部屋ではなく自分の部屋を使いたがる。

「まだ片づいてないわね」実里がさらりと指摘した。

「片づけてる暇がなくてね」

答えながら、岩倉はクローゼットの上段を漁った。大した物は入っていないが、明日の張り込みには必要なもの――あった。

「何、それ」

「テント。広げると勝手に自立するんだ。ペグを打てばそれなりに安定する」

「ガンさん、アウトドア趣味なんかあった？」

「残念な家庭生活の名残だよ」

娘が小学校低学年の頃だろうか……ピクニックに行く計画を立てた時に、どうせならちょっとテントを張って遊ぼうとなり、わざわざ買ったものだった。こんなもの、処分してしまってもよかったのだが……確か一万円もしなかったし、使ったのもあの時一回限りだ。

「今度、キャンプでもどうだ？」

「やだ」実里が笑った。「日焼けは厳禁よ」

「女優さんだからな」

「最近陽射しが強いから……日焼けしてないかどうか、ちゃんと見てくれる？」言って、実里がさりげなくセーターを脱いだ。むき出しになった腕や首は、目に痛いほど白い……日焼けしないよう気をつけていることは岩倉もよく知っていた。

まったく、明日も早いのに……しかし世の中には、抗《あらが》えないこともある。

「これ、何なんですか？」

彩香が訊ねる。昨夜も実里から同じような質問をされたな、と思い出した。

「テント」

「テントって……それを張って張り込みですか？　キャンプみたいですけど」

「家の裏手の斜面から見張りたいんだ。昨日、テントを張れそうな場所があるのを確認しておいた」

「裏の山に入った時ですか？　何してるのかなと思いました」

「それぐらい、察してくれよ」

「何も言ってくれないから……」

「阿吽《あうん》の呼吸でいこうぜ」

岩倉は、テントを持ち直した。畳んで専用のキャリーバッグに入れると、直径五十センチほどの円形になる。重量も三キロほどで、持ち運びに不便はない。横を歩く彩香の格好をちらりと見る。ジーンズに迷彩柄のマウンテンパーカーという軽装で、軽い雨対策には十分だろう。雨合羽というわけにはいかないが、マウンテンパーカーもそれなりの防水性能を持っている。足元は、トレッキング用の足首まであるブーツ。

「君、山歩きが趣味なのか？」

「ああ」彩香が右足を蹴り出すようにした。「そんなことないですよ」

「その靴なら、軽い山歩きぐらいできそうだけど」

「雪の日用なんです。ゴアテックスだし、ソールも滑らないようになってますから……それより、ガンさんこそアウトドア趣味なんかあるんですか？」

「まさか。できれば、こういうことは避けたいぐらいだ」

実際、岩倉の足元は頼りない。手持ちの靴の中で、山の中に分け入って何とかなりそうなのはスニーカーぐらいなのだ。仕方なくそれを履いてきたが、斜面が雨でぬかるむと、素早い動きはできなくなるだろう。

既に雨は降り始めていた。今のところは霧雨なのだが、今日はこの先、夜まで降水確率はずっと百パーセントである。暖かいはずの伊豆なのに深々と冷えこみ、とても四月とは思えない陽気だった。こちらは、分厚いセーターを着こむことで対処してきた。

昨日確認しておいた場所にテントを運びこみ、設置する。斜面の途中で、辛うじて平らになっている場所。テントはワンタッチで立ち上がって安定していたが、念のためにペグを四本使って固定した。

「靴、脱ぎます？」彩香が訊ねる。

「そのままでいいよ。どうせこの後、使う予定もないし」

「じゃあ、失礼します……」

彩香がテントに入る。やはり「家に上がる」感覚があるのだろう。自分で言っておきながら、岩倉も土足で入りこむのには少し抵抗感があった。

それほど大きなテントではないので、二人入っただけでかなり狭い感じになる。彩香は体が小さいからまだいいが、でかい刑事と一緒だと、体がくっついて鬱陶しいだろう。

彩香はテントの後方に陣取り、岩倉が前に出た。この位置からは、西本の家全体が背後から見渡せる。何か動きがあればすぐに分かるはずだ。ただし、夜はどうか……暗くなったら、家の周辺の動きは見えなくなる。この辺の対策はまだ考えていなかった。本村が来るとしたら夜だろう。それまでに、何か手を考えておかねばならない。

「どうですか？」彩香が背後から声をかけてきた。

「よく見えてるよ」

「時々交代でいいですか？」

「ああ。二人並んで見るには狭いからな……楽にしていてくれ」

「ちょっと横になれるといいんですけどね」

彩香が恨めしそうに言った。確かこのテントは、長辺でも百五十センチしかない。彩香が寝転がっても長さが足りないだろう。

しかし、こういうのは悪くない。周囲を木立に囲まれているので、雨は木の枝がある程度防いでくれる。しっかり着こんでいるので寒くもない。ポツポツと木立から漏れ落ちる雨がテントを打ち、それがいいリズムで眠気を誘った。変な話だが、ここでコーヒーを飲んだら美味いだろうな、と思った。ついでに、バーボンでも垂らしたら風趣も出てくるだろう。

「来ると思います？」彩香が訊ねる。

「来るよ」

「どうしてそう思います？」

「奴は、金のために人を殺す人間だ。つまり、最大の行動原理は金――ピカソの絵は、最高の撒き餌になるはずだ」

「その絵のことなんですけど……本当に三十億円もしたんですか？　私、ちょっと調べてみたんですけど、そんなに価値があるかどうかは分からなくて」

「俺も分からない。美術作品の価値は、普通の物とはまったく違うからな」

「ですよね……でも、小さい絵なんですね」

「大きさで価値が決まるわけじゃないんだろうな——あまり突っこまないでくれよ。美術関係は苦手だから」

「私もです。三十億も、縁のない世界ですし」

「俺たち庶民には想像もつかないな」

　軽口を叩いていないと時間を潰せない……三十分に一度、前後を交代して監視を続けることにした。途中、弁当が運ばれてきたので、急いで食事を済ませる。家の中に刑事が二人、少し離れた場所に覆面パトカーが一台、そして岩倉と彩香。今、計五人がこの家を監視している。伊豆急の城ヶ崎海岸駅近くには、交代要員も待機していた。

　夕方、岩倉は一度彩香を交代させた。彩香は「平気です」と言ったのだが、岩倉としてはむしろ夜の張り込みを経験させてやりたかった。寒さ、暗さ、孤独——そういう張り込みを経て、もう一皮剝けるかもしれない。


　日付が変わった。何度かのトイレタイムと夕食休憩で離れた以外は、ずっとテントの中で張り続けていた岩倉の緊張と疲れは、頂点に達しつつあった。今夜はこのままテントの中で徹夜するつもりだったが、朝まで無事に監視を続けられるか、自信はない。かなり特殊な環境での張り込みなのは間違いないが……ちょっと前なら、徹夜の張り込みぐらい、何ということもなかったが、今は年齢を強く意識せざるを得ない。いややや、昨夜実里がなかなか寝かせてくれなかったからだ——。

「何でにやけてるんですか、ガンさん？」トイレからテントに戻って来た彩香が、不思議そうに訊ねた。さすがにまだ元気一杯で、岩倉は嫌でも年齢差を意識させられた。

「ただの思い出し笑いだよ。そろそろ君の番だぞ」

「分かってます」

岩倉がナイトビジョンゴーグルを手渡すと、彩香が危なっかしく受け取った。暗闇でも視界を確保できるこのゴーグルはＳＡＴ《特殊部隊》の装備で、夜間の監視のために安原たちが借り出してきたのだった。

「結構ちゃんと見えますよね」彩香が嬉しそうに言った。

「高いからな。気をつけて扱ってくれよ」

「いくらぐらいするんですか？」

「六十万」

「マジですか」彩香の背中が強張った。

岩倉は狭いテントの中であぐらをかき、できるだけリラックスしようとした。少し寝ておくのもいいかもしれない……目を閉じてみたが、あぐらをかき、腕組みをした姿勢ではどうしても眠れなかった。昨夜の睡眠不足のせいで、眠いことは眠いのだが。

果たして作戦は成功するか……竹井からは「間違いなく電話で話した」との連絡を得

ていたのだが、それを全面的に信じていいかは分からない。そして本村は、スマートフォンを使った形跡がなかった。使えば電波が発信されて、ある程度まで居場所を特定できるのだが。

本村の本当の狙いは何だろう。金か？　三原に対する恐喝が失敗したのは間違いない。それで切れて、刺殺してしまった……本当の狙いはピカソの絵かもしれない。仮に手に入れたとしても、本村が換金するノウハウを知っているとは思えなかったが……まず真《しん》贋《がん》の鑑定が必要だろうし、本物だと分かっても、すぐに金に換えられるものでもないだろう。美術愛好家に売り渡すのは簡単ではないはずだし、オークションにかけたりすれば、出所が問題になるはずだ。結局本村は、頭が悪い人間なのかもしれない。ピカソの絵さえ手に入れれば、金銭問題は全て解決すると考えているのだとしたら……。

岩倉はスマートフォンを取り出し、問題のピカソの絵「眠る女」の画像を確認した。キュビズム時代の作品とあって、岩倉が見てもさっぱり理解できないのだが、ピカソのものだと分かれば、それだけでいくらでも金を出す、という人もいるのだろう。一九一〇年代後半の作品——と考えると、実に百年も前のものである。個別の絵の由来については、ネットで調べられることには限界があるのだが、山郷物産事件を書いたノンフィクションはどれも、この「眠る女」を、フランスの美術愛好家が個人で所有していたものと説明している。オークションなどで競り落とされたものなら、追跡も可能だろうが、個人対個人で売買された記録など、隠そうと思えば隠せる。山郷物産事件を調べた人間は、誰もこの「美術愛好家」を特定できていなかった。特捜部も同じだったようで、未だにこの話が眉唾物と言われる所以《ゆえん》である。長岡は、とても口外できないようなことに三十億を使い、それを隠すために「ピカソの絵を購入した」と証言していただけかもしれない。

サイズはそれほど大きくなく、隠そうと思えば難しくはないはずだ。ただ、もしも山郷物産が本当に「眠る女」を購入していたとしても、隠しておく意味が分からない。もしかしたら、どこかのタイミングで既に売り払ってしまったかもしれない。事件に関係するようなブツを、いつまでも手元に置いておくのは都合が悪いと考える人間がいてもおかしくないだろう。あるいは長岡が、出所後に個人で処分した可能性もある。どれぐらいの値がついたかは分からないが、彼の老後を豊かに支えるぐらいの金額にはなったはずだ。

しかし三原の情報は、別の可能性を示唆している。

ぽつぽつとテントに降り注ぐ雨の音を聞いていると、眠気が襲ってくる。岩倉は立ち上がり、拳でテントの屋根を押した。生い茂る木の枝のせいでそれほど雨はかからないものの、端の方に少し水が溜まっている。時々こうしないと、テントが潰れてしまうかもしれない。

「誰かいます」

彩香が、緊張した低い声で告げた。座りかけていた岩倉は片膝立ちになり、彼女の背後に近寄った。

「見えるか？」

「家の前の道路に立っています……」

「特徴は？」

「男性——五十歳ぐらいに見えます。中肉中背。腰までの長さの黒いコート……キャップを被っています」

「怪しいか？」

「怪しいです」

岩倉はゴーグルを受け取って、彩香が発見した男の様子を観察した。暗視ゴーグルと言っても、昼間のように鮮明に見えるわけではない。本村の顔は頭に叩きこんでいたが、それは二十五年も前のものであり、加齢、それに刑務所暮らしを経て、顔つきは相当変わってしまっているだろう。

「本村の予想顔写真、持ってるな？」

「はい」背後から彩香の声が聞こえた。

「どうだ？　似てるか？」警視庁が独自に開発したソフト「ＡＰ」を使って作成した写真である。十年、二十年後にどんな顔になるか、若い頃の顔写真を変化させるソフト——しかも複数の予想候補を出す。太った、あるいは痩せた場合、髪が薄くなった場合などを想定している。

「似てる……と思います。痩せたバージョンに」

クソ、俺にはそこまではっきり見えない。老眼を意識した。彩香には、もう少しはっきり見えているのだろう。

「家の中で待機している連中に連絡を取れ」

彩香が無線に向かって報告した。少したどたどしい……こういうのには慣れが必要で、彩香がまだ駆け出しだと意識させられる。

男は、道路の向こう側に立って家を観察していた。いかにも忍びこむチャンスを狙っているような感じがする。こういう場合、正面からは行かないだろう。裏手に回る——自分たちの方へ来る可能性が高い。

男が動き出した。予想通り、ゆっくりと家の横手に回り、木立の中に足を踏み入れる。滑りやすい靴だと、とても登ってこられないはずだが、男は木の幹に手をかけ、身軽にこちらに近づいてきた。いつかはテントに気づくだろう。モスグリーンで、多少は木立の緑に紛れられるが、こんなところに人工物があれば、目立たないはずがない。

「挟み撃ちにしよう」

「了解です」

彩香がまた無線に向かって話しかけた。これで、覆面パトカーで張っている刑事が追いかけてくるはずだ。三対一——逃げられるはずがない。

どこでしかけるか。見ているうちに、男があっという間にテントに近づいて来る。まだ気づいている気配はないが、こちらを見つければ状況は変わる。何か手を打たねば――いきなり姿を現すことも考えたが、少し驚かせてやろうと思った。同時に、この男が本村だと確信したい。

岩倉はゴーグルをテントの床に置いた。暗闇に目が慣れ始めており、男が木の枝をかきわけるように迫って来るのが見える。裸眼で見守りつつ、スマートフォンを取り出して、登録しておいた本村の電話番号を呼び出した。発信……呼び出し音は鳴らない。しかし男は立ち止まった。コートの内側に手を突っこみ、スマートフォンを取り出したところで、岩倉は通話を切断した。

同時にテントを飛び出し、「本村！」と声をかける。背後からパトカーで待機していた刑事が近づくのが見えた。本村は目を見開くと、慌てて振り向いた。そこで刑事の姿が目に入ったようで、固まってしまう。それでも、斜面を上がるよりは駆け下りる方が、まだ生き残る可能性があると考えたのか、一瞬、体重を移した。次の瞬間、コートの懐に手を入れ素早く刃物を取り出す。刃渡り二十センチほどもあるナイフだった。

「本村、刃物を捨てろ」岩倉は静かに呼びかけた。念のために防刃ベストを着ているが、本村が振りかざしたナイフは、そんなものなど簡単に切り裂いてしまいそうに見える。岩倉はジリジリと本村に近づいた。三対一の状況に変わりはなく、まだまだこちらが有利なはずだ。

いや、彩香はウィークポイントになりかねない。

「中にいろ！」岩倉は振り向き、彩香に声をかけた。テントを出かけていた彩香が、びくりと身を震わせて引っこむ。

「どけ！」

本村が怒鳴る。キャップもコートも雨に濡れ、真っ黒だった。足場も相当悪いだろう。自分が完全に追いこまれていることは分かっているはずだ。岩倉は一歩二歩と近づいた。ほどなく、二メートルほどの距離に達した。本村が一歩踏み出せば、刃先は岩倉の胸を切り裂くかもしれない。

「本村だな？」

「どけ！」本村の目は据わっていた。

「お前が三原さんを殺したのか？　ピカソの絵を手に入れようとして？」

「黙れ！」

「この家にある、と連絡を受けたんだろう……顔なじみの常道会の人間から。あれは嘘だ」

本村が目を見開いた。口も開き、声にならない声が漏れる。

「囮だよ」岩倉は宣言した。「お前も、簡単におびき出されるなよ。そういうことだから、人に使われるだけで終わるんだ」

「クソ！」

本村がナイフを振りかざし、大股で岩倉に襲いかかった。危ない——身を屈めた瞬間、足を滑らせてしまう。このまま馬乗りにでもなられたらアウトだ。しかし、自分でも予想もしていなかった動きが幸いした。きつい斜面を滑り落ちる格好になり、そのまま足先から本村の脛の辺りにぶつかってしまった。バランスを崩した本村は背中から倒れこみ、そのまま斜面を滑り落ち始める。短い悲鳴の後、木にぶつかる音が響く。そこへ、道路側から上がって来た刑事が合流し、本村を取り押さえた。ナイフは本村の手から離れ、斜面の上で雨に濡れている……。

岩倉は両肘をついて体を起こした。怪我の功名といったところか。いや、こちらには怪我さえないのだが。

ゆっくり立ち上がると、背後から彩香に声をかけられた。

「低空ドロップキックですか？」

「何だって？」

「膝を狙ったんですよね？」

プロレスの話か……よく分からないが、適当に話を合わせておくことにする。

「膝じゃなくて脛に当たったけど、結果オーライにしようか」

背中が泥まみれだ。水も沁みこんでいて、このまま放っておいたら風邪を引くかもしれない。さっさと風呂に入りたい……いや、伊豆半島にいるのだから、どこかで温泉に入れるはずだ。どうせなら西本の家で風呂を借りるか。あれだけ豪華な家なのだから、温泉ぐらい引いているのではないだろうか。

「本村はすぐに引っ張るんですか?」引っ立てられていく本村を見ながら、彩香が訊ねた。

「当然。銃刀法違反の現行犯だぜ? すぐに話を聴かないと……」岩倉は、今度は慎重に斜面を降り始めた。取り敢えずパトカーの中でもいい、何とか事の真相を知りたかった。

ちょうど本村は、覆面パトカーの後部座席に押しこめられたところだった。岩倉は「ちょっと待った」と慌てて声をかけ、本村の横に滑りこんだ。シートを泥で汚してしまうなと心配になったが、この際仕方がない。

「確認させてくれ」岩倉は本村に声をかけた。「お前が三原さんを殺したのか?」

「――ああ」低い声で本村が認めた。

「お前は、二十五年前、金で殺しを請け負った。十五年の服役と引き換えに、報酬はいくらだった? 一千万円か?」

本村は何も言わなかったが、岩倉はそれを肯定の態度と受け取った。

「いざ出所すると、たった一千万円で十五年を無駄にしたことが馬鹿馬鹿しくなった。金もすぐになくなった。それで、三原さんを強請《ゆす》って金を脅しとろうとしたんだろう? ところが三原さんはそれに応じなかった――だから殺した。違うか?」

「そんなところだ」本村があっさり言った。

「よし、腹をくれ。お前はもう逃げられない。どうせなら、裁判で全部ぶちまけてしまえ。二十五年前お前は、誰かの指示を受けて殺しをやったことを否定した。だけど実際は、その通りなんだろう？　もう誰も気にする必要はない。ぶちまけて、山郷物産事件の暗部を明るみに出してやれ」

「そんなことをしても、俺は助からない。死刑だろう」

「だったら、陰に隠れている連中を道連れにしてやれ。今、この家にいる人間とか」

「……ここに、本当にピカソはあるのか？」

「さあな」岩倉は肩をすくめた。「しかし、仮にピカソを手に入れたとして、どうするつもりだったんだ？　簡単に換金なんかできないぞ。評価額三十億円の絵を抱えたままなんて、馬鹿馬鹿しいだろう」

本村がうつむく。こんなことはすぐに調べられるだろう。この男は読みが浅く、失敗ばかりの人生だった。

しかし、同情の余地は一切ない。金のために人を殺した人間には、どんな言い訳も通用しないのだ。


やはり、風呂を貸してくれというのは図々しいだろうな……ぐずぐずに濡れた服の不快感を何とか我慢しながら、岩倉は暖炉の前に立った。夜になるとかなり冷えこむためか、四月だというのに火が入っている。これで何とか、ズボンだけでも乾かしたかった。

午前一時半。普段なら、西本はとうに寝ている時間だろう。しかし今、特捜本部の刑事たちが押しかけて事情聴取を行なっているので、疲れ切った顔を見せながらも、何とかソファに座っていた。途中、特捜本部から決定的な情報が入り、少し気分が持ち直した。遅くまで粘っていた連中の執念だ……。

事情聴取が甘い――岩倉は途中から、尋問役を買って出た。この件は、山郷物産事件の概要が頭に入っていないと、話が全く進まないのだ。

「お疲れでしょうが、もう少しつき合って下さい」

「まだ聴くことがあるんですか？」鬱陶しそうに西本が岩倉を見た。

「あなたが何も話していないからです」

「話せることは全て話した」

「話せないことがあるんでしょう？」

岩倉が突っこむと、西本が黙りこむ。今にも眠ってしまいそうなほど疲れているのを見るとさすがに同情したが、この先西本本人に直接事情聴取する機会があるとも思えない。謎を一気に解《ほど》いていくことにした。そのためには、こちらからも材料を提供しなければならない。

「本村をおびき寄せる材料としてあなたを使ったことはお詫びします」

「何かあったらどうするつもりだったんだ」西本の声に怒りが滲む。

「今のところ、被害を受けたのは私一人です。しかも、服が一着駄目になっただけですよ」

「私はそこまで責任を持てん」

「経費で何とかします……それにしてもピカソの絵は、人殺しをするほど魅力的なものなんですね。大抵の人間は、三十億のためならどんなことでもする、ということなんでしょうか」

「その絵については、私は知らない」

「全て、長岡さんがやったことですか？」

岩倉は少しだけ体の向きを変えた。まだ乾いていないところがある……この動きで、西本から少し離れてしまった。

「ピカソの絵——不正融資を受けた金を使うことは長岡さんの担当で、その尻拭いをするのは三原さんの役割だったんですか？　だったらあなたは何をやっていたんですか？」

「今さら何を……」西本が吐き捨てる。

「裁判の記録を、ここで全てひっくり返すのは無駄だと思います。三原さんは汚い仕事を引き受けて、しかし不正融資事件に関しては逮捕されませんでした。上手くすり抜けて、会社も辞めたんでしょうね。あなたは、三原さんに対してどういう感情を抱いていますか？」

「三原は——三原自身、会社を辞めざるを得なかった。十分辛い思いをしただろう」

「それで許すんですか？」

「誰でも、組織に拠って立っている。そこから離れざるを得なかったのは、最大の罰じゃないか？」

「三原さんが穴を塞いだから、話が大きくならなかったんでしょう？」岩倉は話を蒸し返した。「本村に殺された岩木さんは、穴になりそうな人物でした。彼が喋れば、今まで表に出ていなかった犯行事実が明るみに出てしまう。三原さんは、口封じをするために、この人を始末せざるを得なかった。雇われた本村も、依頼については完全に口を閉ざしました。この結果、山郷物産事件の捜査は、中途半端な決着になってしまったと聞いています」

「私はきちんと罰を受けた」

「それで反省したかどうか、疑問ですけどね」岩倉は皮肉を飛ばした。

「私を侮辱するのか？」西本の唇が震える。

「もうすぐ八十歳になる人を追いこむのは、本意ではありませんし、わざわざ山郷物産事件を掘り起こす意味があるとも思えないんですが、現在、私たちが捜査している事件につながってくることなので……」岩倉は肩をすくめた。「一部推測もありますが、聞いてもらえますか？」

「聞かないと言っても喋るだろう。警察の人間というのは、そういうものだ」

「あなたがよく知っているのは、警察官ではなく検察官だと思いますが」

「いい加減にしたまえ！」西本が爆発した。「君は何が言いたいんだ！」

西本の怒りを無視して、岩倉は続けた。どうしても分からない部分がまだある。しかし推測すると、穴が自然に埋まってしまうのだ。こういう時、推測は大抵当たっている。岩倉の経験では「ツボにはまる」感覚だ。

「本村は二十五年前、三原さんの指示で、証拠隠滅のために人を殺したことを認めました。出所してからは、その時の報酬一千万円を元に暮らしていたんですが、そんな金は当然、すぐになくなります。結局金に困って、三原さんにたかりに行ったものの、三原さんも自由にできる金には限度がありました。結局、交渉は決裂して、本村は三原さんを殺してしまいました」

本村の証言によると、三原は身の危険を察知して、自宅を出て身を隠そうとしていた。新聞を止めたのは、いつもの習慣に従ってのことだろう。しかし本村は、JR蒲田駅で三原を捕捉した。その時の様子が防犯カメラに映っていたのを、チェックしていた刑事たちがついに発見していた。本村はそのまま三原を自宅まで連れ戻し、また金の話で揉めた末に三原を激しく殴りつけて、最後は刺し殺してしまった。さらに、鍵穴に細工して、誰かがこじ開けたように偽装した——これで、殺害当日の状況はだいたい分かった。

本村はその後身を隠していたが、警察の捜査の手が迫ってこないので、少しだけ大胆になっていった。三原と接触するうちに、松宮が彼と会っていたことを知った。松宮は記者の好奇心からというより、父親を自殺で失った恨みから三原に接触して真相をつきとめようとして、揉めていたらしい。

そこから先の事情を、本村は詳しくは知らなかった。松宮は揉めていたはずの相手から資料を預かり、慎重に隠していた——松宮が記者室に残していたメモを読んでも、この辺の事情はよく分からない。しかし自殺の動機だけはある程度類推できた。

松宮は三原から事件の詳しい資料を手に入れ、自分の父親が自殺した背景に何があるか、明らかにしようとしていた。かなり本気だったのは間違いないが、三原が殺されたことで、彼の生涯の目標とも言える取材は頓挫してしまったのだ。記者室から見つかったメモには、「最大のネタ元が死んだ。これ以上取材するのは不可能だ。自分の無力さが情けない。親父の恨みを晴らせないようでは記者失格だし、生きている意味もない」と乱れた文字で愚痴が綴られていた。松宮は基本的に真面目な記者である。上手く進みかけた取材が、ようやく見つけた絶対的なネタ元が殺されるという意外な形で壁にぶち当たってしまった時、生きる意味を失うほどの絶望感を抱いたとしても不思議ではない。ましてや問題は、自分の父親絡みである。動機を解明するのは難しいだろうが、この辺りが自殺の動機だろう、と岩倉は読んでいた。人生を賭けた強い願い、そして自分ではどうしようもない挫折……「家系だ」とは決して言いたくないが、松宮の両親とも自殺している事実も看過はできない。岩倉は、この件についてはこれ以上突っこまないつもりでいた。突っこむこともできない。

「とにかく三原さんを殺した後、本村は遺体の処理に困りました。しかも三原の自宅には現金がなく、銀行のカードなども見つからなかった……しかし依然として、どこかに埋もれた金が――ピカソの『眠る女』があると信じていたはずです。それで私は、本村を罠にかけることにしたんです。本村が以前所属していた広域暴力団常道会の人間を使って、『眠る女』があなたの家にある、という情報を流したんです」

「それは聞いている」むっとした表情で西本が言い返した。「人を囮に使うような捜査が許されるのか？」

「十分な安全措置を取りました。結果的にはあなたは無傷で、本村も無事に逮捕されました。ご協力、感謝します」岩倉はさっと頭を下げた。こんな人間に頭を下げるのは、非常に気分が悪かったが。

「感謝しているなら、さっさと帰ってくれ。私は静かに暮らしているだけなんだ。昔の話を蒸し返されても困る」

「正直、山郷物産事件は謎だらけでした。もちろん、捜査していたのは東京地検特捜部でしたから、私たち警察はタッチしていません。非常に興味深い事件ですけどね……どうですか？　一つぐらい、私の好奇心を満足させてもらえませんか？」

「そんな義務はない」西本が憤然として言った。

「ピカソの『眠る女』はどこにあるんですか？」

「知らない」

「私は美術関係については疎《うと》いんですが、三十億の値段がつく絵というのは、単なる美術品ではないと思います。人類の文化遺産と言っていいんじゃないですか？　それがどこかに隠されたまま出てこないというのは、大いなる損失でしょう。然るべき場所で公開するなりした方が、ピカソも喜ぶんじゃないでしょうか」

「君は……絵のことが何も分かってないようだな」

「ええ、残念ながら」岩倉は認めた。「はっきり言って、『ピカソ』でも『三十億』でもなかったら、まったく興味は惹かれなかったと思います。『眠る女』はどこにあるんですか？」

「知らん」

「長岡さんが持っていたんですか？」

「そもそも、長岡さんが『眠る女』を買った証拠はあるのか？　長岡さんがそう言っていただけで、誰も行方を知らない」

「確かにそうです」岩倉はうなずいた。「だったら、日本には『眠る女』はないんですか？」

「知らん」西本が繰り返す。

「そもそも長岡さんは、今どこにいるんですか？　もう亡くなったんですか？　それともどこかでひっそりと暮らしている？」

「関係ないだろう」

「そうですか……」

岩倉は膝を叩いた。引っかかる。もちろん、岩倉がピカソの「眠る女」を発見しても、警察の手柄になるわけではない。所有権もはっきりしないから、この先どうなるかも分からないのだ。見つかると、かえって重荷になってしまう可能性もあるが、それでも気になるものは気になる。それに、三原が残した資料は、「眠る女」の隠し場所としてこの家を指し示していた。

「裁判で明らかになった限りでは、山郷物産が銀行から不正融資で引き出した額は、約二百億円でしたね。それと比べると、『眠る女』の三十億円も、大した額ではなかったでしょう。そもそも、どうしてピカソに手を出したんですかね？　その意味がまず分からない」

「私には、言うことは何もない」

「そうですか」岩倉はもう一度言って、体の向きを変えた。今夜はこれぐらいが限界か……西本はあくまでとぼけているだけだと思ったが、互いに体力の限界が近づいている。

「では、今夜はこれで失礼します。近いうちに、またお会いすることになると思いますが」

「お断りする」決然とした口調で西本が言った。「私は警察に迷惑をかけられた。これ以上は本当に我慢できない。もしも話があるなら、弁護士を通してくれ」

「今でも顧問弁護士がいるんですか？　つまり、弁護士が必要なことがあるわけですね？」

「自分の身は自分で守らないといけない」

「分かりました」岩倉は、広いリビングルームの中を改めて見回した。暖炉の火は勢いよく燃えているし、エアコンも入っているが、それでも心底冷える。今は数人の刑事たちが一緒にいるから、人の体温で多少室温も上がっているはずだが、普段は平気なのだろうか。西本は妻を亡くし、基本的に一人暮らしだという。七十八歳の身で、この広い家に一人で暮らすのはきついのでは、と岩倉は同情した。

ふと、違和感を覚える。この部屋の何かがおかしい。すぐに、壁にかかった数枚の絵画のせいだと気づいた。サイズも作風もばらばらの絵が五枚。五枚の絵がかかっていても壁は圧倒的に白いので、部屋の広さを実感できるのだが……絵がどこか変だ。

五枚とも油絵。平面だから、額縁にはそれほど厚みは必要ない……もちろん、額縁自体に派手な装飾が施され、そちらにも美術的な価値のある場合があるだろうが。基本的に、この壁にかかっている額縁は全て実用一辺倒という感じで装飾はほとんどなかった。

その中で一つだけ、分厚い額縁がある。それも不自然に分厚い。

岩倉はさりげなく、絵の前に立った。その時点でちらりと西本を見ると、腰を浮かしかけている。見られたくないのか？　岩倉は腕組みをしたまま、絵を隅々まで見た。夕暮れの海を描いた作品で、かなり大きい。横幅は一メートルほどか。絵画にもサイズの決まりがあることは岩倉も知っていたが、これがどのサイズに当たるかは分からない。

いい作品なのかどうかもよく分からなかった。左下には「Ｍａｓａｒｕ」と黒い絵の具でサインがある。日本人の作品らしい、という情報しか頭に入ってこなかった。

西本を見ると、何か言いたげに口を開けている。岩倉はさりげなく手を伸ばした。すると西本が、低く「あ」と声を上げた。

西本も決して、肝の太い人間ではないのだろう。つい声が漏れたのは、この絵に何かが隠されている証拠だ。まさか、「眠る女」の上に、この海の絵を貼りつけたとか？　いや、そんなことをしたら「眠る女」そのものが傷んでしまうかもしれない。

額縁の厚みは十センチ以上ある。いかにも分厚い——厚過ぎる。岩倉は思い切って、額縁に手をかけた。

「やめろ！」西本が鋭く叫ぶ。

「何故ですか？」

理由は答えず、西本が再度「やめろ！」と叫んだ。そのまま、七十八歳なりの全速力で岩倉に迫って、腕を摑む。怪我させるとまずい……岩倉は額縁から手を離して一歩引いた。その間、ずっと黙っていた彩香がすっと絵に近づき、額縁に手をかけた。小さく気合いを入れて力をこめ、額縁を下から持ち上げるようにして壁から外そうとした。しかし、横幅一メートルもある絵と額縁はそれだけで相当重く、絵が床の方に向かって倒れかかる。西本が慌てて岩倉の腕を離し、絵を支えた。

彩香と西本が、二人で左右から絵を抱える格好になった。その隙に、岩倉は素早く絵の背後に回りこんだ。

絵だ。

これがピカソかと人に聞かれたら、即座に「そうだ」と答える自信はない。しかし、長椅子に横たわる女性の特徴的な構図は、岩倉がネットで確認した「眠る女」そのものだった。

ガタン、と大きな音がして、岩倉は慌てて振り向いた。西本が絵を離してしまい、角が床を直撃したのだ。かなり重かったようで、額縁は割れてしまっている。彩香はまだ必死で絵を支えようとしていたが、重さに翻弄されてよろめいていた。

「西本さん」

西本が、のろのろと顔を上げ、岩倉を見た。

「先ほども言いましたが、私は美術関係には疎いので、よく分かりません。できたら、あなたから紹介してもらえませんか？　これがピカソの『眠る女』なんですか？」

西本の顔が引き攣る。岩倉は半ば呆れていた。こんな場所に隠すとは……しかし、人がほとんど訪れない家では、この程度の雑な隠し方をしてもバレないと踏んだのだろう。岩倉は、絵画の知識はほぼゼロだ。しかし、隠したものを見つける能力は人一倍優れている。こんな形で、それを実証することになるとは。

「じゃあ、本当にピカソかどうかはまだ分からないの？」

実里が、緑色の液体にストローを突っこんだ。クリームソーダ。今時、こんなものを出す店があるのかと岩倉は驚いていた。商店街「あすと」の一角にある喫茶店——蒲田は奥が深い。

「鑑定中だ。しかし本物だとしても、所有権が誰にあるかがはっきりしない。三原が残していた当時の資料で、取り引きの記録はある程度は分かるんだけど、完全な追跡は不可能みたいだ」

岩倉は、アイスコーヒー……ではなくコーヒーフロートにストローを入れた。甘いものは好きではないのに、何でこんなものを頼んでしまったのだろう、と自分でも不思議に思う。久々に仕事のない日曜、二人は遅い朝食――ブランチという言葉は嫌いだった――を取った後、街に出て、喉を潤していた。この喫茶店に入るのは初めてだった。見た目は明るい、今時のカフェなのだが、メニューを見ると、岩倉が子どもの頃に馴染んだ料理や飲み物を供している。今度はここでナポリタンを食べてもいいな、と思った。絶対に美味いはずだ。

「仮想通貨なら取り引きの追跡が可能だそうだけど、絵画の場合はそういうわけにもいかないらしい」

「でも、海外から輸入したりすると、関税とかがかかるんじゃない？」

「そうだろうな。でも、俺に聞かないでくれよ。そういうことに関しては完全に素人なんだから」

「ピカソの件はこれからどうなるの？」

「地元の美術館に調査を依頼したから、間も無く真贋は分かると思う。東京地検と国税庁が興味を持っているという話は非公式に聞いてるけど、俺たちがこれ以上絡むことはないだろうな」

「じゃあ、一応これでご苦労様、なのね」

「そういうこと」岩倉は肩をすくめた。常道会の竹井の癖が、いつの間にか移ってしまったようである。

それにしても「眠る女」は棘のように心に引っかかっている。西本はこの絵について「長岡に命じられて預かり、ずっと家に隠していた」と証言した。長岡がいずれ引き取って処分する、という話だったが、預かってから流れた歳月は長い……出所後、長岡は認知症の症状が次第にひどくなって、まともに判断もできなくなり、現在は高級老人ホームに入っている、と西本は明かした。岩倉たちは当然長岡に面会したが、普通の会話も困難、との結論に達した。西本の証言だけでは、「眠る女」に関する真相は決して明らかにならない……。

甘ったるいコーヒーフロートを飲み終えると、今度は苦いコーヒーが欲しくなった。しかしわざわざ二杯目を頼むのも馬鹿馬鹿しい。散歩してから彼女の家に戻ろうと提案すると、実里も賛成した。

途中で、蒲田公園に入る。隣には小さな神社。公園そのものはごく小さなものだが、日曜日の昼過ぎとあって、子どもを遊ばせる若い母親、それに五月の日差しを浴びてのんびりしている高齢者の姿が目立つ。周りを高層ビルに囲まれているので、そこだけぽっかりと開いた空間になっていた。

二人はコンクリート製のベンチに腰かけた。生暖かい風が頬を撫でていき、岩倉は眠気を催した。

「NHKの方、どうだった？」

「テレビは……好きになれないわね」実里が顔をしかめ、髪をかき上げた。「やっぱり舞台の方がいいわ」

「こんなところでのんびりしていていいのか？　顔がバレるぞ」

「放映はまだ先だから……それにカツラをかぶったら全然別の顔になるのよね」不機嫌そうに実里が言った。「私、日本髪が本当に似合わないわ。嫌になるぐらい」

「昭和の顔じゃないからな」

「ぎりぎり昭和よ」

岩倉は思わず溜息をついた。時々、二十歳という年齢差を嫌でも意識させられる。昔見ていたテレビ番組、聴いていた音楽——そういう話になると、まったく嚙み合わない。だいたい、こうやって二人並んで座っていると、親子にしか見えないのではないだろうか。

「自殺した人がいるんでしょう？」声を潜めて実里が訊ねた。

「新報の記者」

「その人は、本当に自殺だったの？」

「それは間違いない。動機は今でもよく分からないんだけど、取材の途中でネタ元を殺されて、絶望した可能性もある……」

「でも、動機は絶対に分からないわね」

「そうだろうな」

「すっきりしない？」

「いや」岩倉は天を仰いだ。高層ビルの隙間から、よく晴れた五月の空が覗いている。「こういうものなんだ。俺たちが扱っているのはパズルじゃない。パーツが全部ピタリとはまって、誰が見ても分かる構図になることなんか、ほとんどないんだ」

「そんなもの？」

「事件っていうのは、日常の裂け目だからね。何かが永遠に失われて、それは調べても絶対に分からないし、取り戻せない」

「ふうん」

実里がトートバッグからメモ帳を取り出し、首を前に曲げるようにしながら——かなりの近眼なのに頑なに眼鏡をかけようとしない——何か書きつけた。

「何だい？」妙に居心地が悪くなり、岩倉は身を揺らした。

「事件っていうのは、日常の裂け目だからね。何かが永遠に失われて、それは調べても絶対に分からない」実里が、岩倉の台詞を正確に繰り返した。「何かに使えそう。決め台詞とか」

「勘弁してくれよ。君は、脚本家じゃないだろう」

「可能性を閉ざしたらいけないんじゃない？　これから先、どういう方向へ進むか分からないわよ。脚本を書くかもしれないし、演出に行くかもしれないし」

「君はあくまで演者だよ」岩倉は微笑んだ。

俗っぽい気持ちだ、と自分でも分かっている。舞台の上で、時には画面上で観るだけであるはずの女を俺は抱いている——実里とつき合うようになってから、奇妙な優越感を抱くようになった。こういう優越感を手放したくない。

「その記者さん、可哀想なことをしたわね」

「精神的に脆《もろ》かったのかもしれない」

自殺傾向は遺伝するか——彩香とそんな話をしたのを思い出す。岩倉は遺伝しないと思っていたが、親子三人、全員が自殺というのは尋常ではない。真剣に考えねばならないことだろうか。妻に聞いてみれば……いやいや、彼女の専門はこういうことではない。

結局この事件の捜査は穴だらけだ。

もちろん、当初南大田署の特捜が担当していた三原殺しについては、無事に犯人も逮捕され、岩倉たちは手柄を立てた。しかしそこから先——二十五年前の山郷物産事件の実態、そして突然現れたピカソの「眠る女」については、これから誰がどう調べるか、未だに決まっていない。調べるかどうかさえも。

まあ、今それを考えても仕方がない。岩倉の感覚では、タオルを絞りに絞って乾燥機にかけ、もうどうやっても水一滴も出ない状態だった。

「あの……」

急に頭の方から声がして、岩倉は顔を上げた。高校生だろうか、女の子二人組が岩倉たちの前に立っている。岩倉はピンと来て、少しだけ腰をずらした。

「赤沢さんですよね？　赤沢実里さん」

「はい」

実里が平然と認めた。しかし女の子二人組にとっては、平然どころの騒ぎではなかった。若い子――娘の千夏もそうだ――特有の「ヤバい」の連発。「すごい」の意味で使われていることは理解しているのだが、岩倉には未だに違和感がある。俺が若い頃は、「まずい」や「危険」の意味で使われていたんだよな……。

「あの、舞台観ました」背の高い方の子が、早口で喋り出す。「新宿で。『花咲けど、冬』です」

「ありがとう」実里が余裕のある笑みを浮かべる。「でも、ごめんね。あの時私、あまり出来がよくなかったわ」

「そんなことないです」

必死に、実里を庇うような言葉。『花咲けど、冬』は、半年ほど前に上演された実里の劇団の芝居で、もちろん岩倉も観ていた。過去と現在を行ったり来たりする内容で、筋を追うのに苦労したのを覚えている。しかしこの子たちも、若いのに難しい芝居を観てるんだな……やはり、演劇ファンというのは一定数いるのだろう。

「握手、いいですか」

求めに応じて、実里が立ち上がり、二人と柔らかい握手を交わす。嬌声、そしてまた「ヤバい」の連発。岩倉にはこの後の展開が簡単に想像できた。握手の次は写真だ。

案の定、二人はスマートフォンを取り出した。二人でいる時に、こういうことは時々あり、対応は決まっている――すなわち、岩倉がマネージャーを装う。面倒なことを避けるには、これが一番なのだ。実里がちらりと岩倉を見て、「いい？」と訊ねる。岩倉は女の子二人に、「ネットに上げないでね」と忠告して、撮影係を買って出た。

二人は恐縮しきって何度も頭を下げ、去って行った。

「私たちも行く？」

「そうだな」

ゆっくりと歩き出す。春の日差しは心地好い限りなのだが、何だか胸がざわつく。周りの視線を集めてしまっている気がしてならない。

「こうやって一緒に歩くのも、そろそろまずいかな」

「どうして？」無邪気な調子で実里が訊ねる。

「君は顔を知られてるし、ここは地元だ。変な写真でも撮られたら……」

実里が声を上げて笑った。別におかしな話じゃない、と岩倉は少しむっとした。用心に越したことはないではないか。最近は、プライバシーを守ることも難しくなっているのに。

「私を狙うような芸能マスコミはいないわよ。それぐらい、自分でも分かってるわ。ランクで言ったらC？」

「だけどさ……」

「むしろガンさんの方がまずいんじゃない？　バレたら、離婚に支障が出るかも」

「嫌なこと、言うなよ」

「大丈夫」実里が腕を絡ませてきた。体がくっつき、柔らかな香りが鼻の周りに漂う。「世の中の人って、あなたが考えてるほど他人のことを気にしてないから」

「そうだといいんだけど」

二人は毒にも薬にもならない話を続けながらゆっくりと実里の家に向かった。

「何か、元気ないわね」

「元気がないわけじゃないけど、一つ事件が片づいた後は、ちょっと虚脱状態になるんだ」

「私が千秋楽を迎えた時みたいに？」

「似てるかもしれない」うなずき、岩倉は認めた。「取り敢えずまとまって、打ち上げもやって、さあ、明日からは別の仕事だ、みたいな……ただ、俺たちはあくまで受け身だからね。全速力で走って来て、いきなりストップをかけられた感じだ。気をつけないとエンジンが壊れる」

「何となく、その感じは分かるわ」

ビル街を通り抜け、ＪＲ蒲田駅の方へ向かう。転勤してきてから一ヶ月が過ぎたが、まだこの街の地理には慣れていない。本当は、暇な時間に隅から隅まで歩いて、街の雰囲気に慣れたかったのだが、今回はそんな余裕もなかった。赴任初日に、いきなり事件に巻きこまれるのも珍しい。

「ちょっと待った」岩倉は足を止めた。

「どうかした？」

「会いたくない――いや、この状況で会うとまずい人だ」

「まさか、奥さん？」

「それは最悪のパターン……最悪から二番目だ」

「娘さんね？」

「ああ」

千夏が、少し前を歩いている。こんな場所に用があるわけもなく――俺に会いに来たのか、と岩倉は思った。まったく、高校生の娘が、別居している父親にわざわざ会いに来るなんて……千夏はまったく岩倉に気づかない様子で、軽やかな足取りで歩いている。

実里がすっと離れた。

「マネージャーと言っても、娘には通用しないな」

「約束してたの？」

「いや……たぶん、気まぐれだよ。小遣いが欲しいのか、愚痴でもこぼしたいのか、どっちかだろう」

そう言って、娘に頼まれていたこと――妻に電話する――をすっかりすっぽかしていたと気づいた。まずいな……もしかしたら、文句を言いに来たのかもしれない。

まあ、しょうがない。文句を言われたら、とにかく謝っておこう。別居している娘とややこしい話になったら、修復不可能だ。離婚したら、妻は妻でなくなるが、娘は永遠に娘なのだから。

「どうする？」

「しょうがないから、一回家に帰るよ」

「私も一緒に行こうか？」

「まさか」岩倉は頰が引き攣るのを感じた。冗談だろう？　いや、彼女が言うと冗談に聞こえない。何というか……生活の全てが、演技なのかリアルなのか、時々境目が分からなくなるのだ。

「友だちだって言って紹介してくれてもいいんじゃない？」

「どう考えても、おかしいと思うだろう」

「そういう人間関係もあるって、高校生のうちに知っておく意味もあると思うけど」

「勘弁してくれよ」

ちらりと見ると、実里は悪戯っぽい笑みを浮かべていた。

仕事は……仕事は難しくない。三十年近い経験で、自動的に処理できることも少なくないのだ。やりがいもある。しかし人生は、仕事ほど簡単にいかない。五十になっても、ややこしいことはある。シンプルに生きるのは難しい――岩倉は今更ながら思い知っていた。

初出　週刊文春二〇一七年八月十七・二十四日 夏の特大号〜二〇一八年六月七日号

文春文庫

ラストライン

定価はカバーに
表示してあります

2018年11月10日　第1刷

著　者　堂《どう》場《ば》瞬一《しゆんいち》
発行者　花田朋子
発行所　株式会社 文藝春秋

東京都千代田区紀尾井町 3-23　〒102-8008
TEL 03・3265・1211(代)
文藝春秋ホームページ　http://www.bunshun.co.jp

落丁、乱丁本は、お手数ですが小社製作部宛お送り下さい。送料小社負担でお取替致します。

印刷・凸版印刷　製本・加藤製本
Printed in Japan
ISBN978-4-16-791168-3

（　）内は解説者。品切の節はご容赦下さい。

堂場瞬一
アナザーフェイス

家庭の事情で、捜査一課から閑職へ移り二年が経過した大友だが、誘拐事件が発生。元上司の福原は強引に捜査本部に彼を投入する……。最も刑事らしくない男の活躍を描く警察小説。

と-24-1

堂場瞬一
凍る炎
アナザーフェイス5

「燃える氷」メタンハイドレートをめぐる連続殺人事件。刑事総務課のイクメン大友鉄最大の危機を受けて、「追跡捜査係」シリーズの名コンビが共闘する特別コラボ小説！

と-24-6

堂場瞬一
高速の罠
アナザーフェイス6

父・大友鉄を訪ねて高速バスに乗った優斗は移動中に忽然と姿を消す——誘拐か事故か!?　張り巡らされた罠はあまりに大胆不敵だった。シリーズ最高傑作のノンストップサスペンス。

と-24-8

堂場瞬一
愚者の連鎖
アナザーフェイス7

刑事部参事官・後山の指令で、長く完全黙秘を続ける連続窃盗犯を取り調べることになった大友。めったに現場に顔を出さない後山や担当検事も所轄に現れる。沈黙の背後には何が？

と-24-10

堂場瞬一
潜る女
アナザーフェイス8

結婚詐欺グループの一員とおぼしき元シンクロ選手のインストラクター・荒川美智留。大友は得意の演技力で彼女の懐に飛び込んでいくのだが——。シリーズもいよいよ佳境に！

と-24-11

堂場瞬一
虚報

有名教授が主宰するサイトとの関連が疑われる連続自殺事件。それを追う新聞記者がはまった思わぬ陥穽。新聞報道の最前線を活写した怒濤のエンターテインメント長編。（青木千恵）

と-24-4

堂場瞬一
衆
1968夏

1968年、機動隊との衝突の最中、一人の高校生が命を落とした。数十年ぶりに地方都市に戻った事件の真相を探求する大学教授がそこで見出したものは？　骨太の人間ドラマ。（香山二三郎）

と-24-9

（　）内は解説者。品切の節はご容赦下さい。

濱 嘉之
警視庁公安部・青山望 聖域侵犯
パナマ文書と闇社会。汚職事件、テロリストの力学。日本の聖地、伊勢で緊急事態が発生。からまる糸が一筋になったとき、公安のエース青山望は「国家の敵」といかに対峙するのか。
は-41-8

濱 嘉之
警視庁公安部・青山望 国家簒奪《さんだつ》
組のご法度、覚醒剤取引に手を出した暴力団幹部が爆殺された。背後に蠢く非合法組織は、何を目論んでいるのか。国家の危機に、公安のエース、青山望が疾る人気シリーズ第九弾！
は-41-9

濱 嘉之
警視庁公安部・青山望 一網打尽
祇園祭に五発の銃声！　背後の中国・南北コリアン三つ巴のマフィア抗争、さらに半グレと芸能ヤクザ、北朝鮮サイバーテロの闇を、公安のエース・青山望が追いつめる。シリーズ第十弾！
は-41-10

濱 嘉之
内閣官房長官・小山内和博 電光石火
権力闘争、テロ、外交漂流……次々と官邸に起こる危機を警視庁公安部出身の著者が内閣官房長官を主人公に徹底的なリアリティーで描く。著者待望の新シリーズ、堂々登場！
は-41-30

秦 建日子
殺人初心者 民間科学捜査員・桐野真衣
婚約破棄され、リストラされた真衣。どん底から飛び込んだ民間科捜研に勤務開始早々、顔に碁盤目の傷を残す連続殺人に遭遇する。「アンフェア」原作者による書き下ろし新シリーズ。
は-45-1

秦 建日子
冤罪初心者 民間科学捜査員・桐野真衣
民間科学捜査研究所の真衣は、アジアからの出稼ぎ青年に着せられた冤罪を晴らそうと奮起した。しかしひょんなことから連続殺人の渦中に——科学を武器に謎に挑む人気シリーズ第二弾！
は-45-2

（　）内は解説者。品切の節はご容赦下さい。

中山七里
静おばあちゃんにおまかせ
警視庁の新米刑事・葛城は女子大生・円に難事件解決のヒントをもらう。円のブレーンは元裁判官の静おばあちゃん。イッキ読み必至の暮らし系社会派ミステリー。（佳多山大地）
な-71-1

中山七里
テミスの剣《つるぎ》
自分がこの手で逮捕し、のちに死刑判決を受けて自殺した男は無実だった？　渡瀬刑事は若手時代の事件の再捜査を始める。冤罪に切り込む重厚なるドンデン返しミステリ。（谷原章介）
な-71-2

西村京太郎
十津川警部　ロマンの死、銀山温泉
サラ金強盗、幼児誘拐、痴漢恐喝etc.。二百万円と強奪金額を決めた謎の連続事件の影に、山形の銀山温泉にロマンを求める若い男女のグループが。十津川警部は背後の巨悪を暴けるか。
に-3-39

西村京太郎
男鹿・角館　殺しのスパン
小さな店の六畳間でなまはげの扮装のまま発見された死体は、本来の住人ではなかった。ではいったい誰なのか？　事件の手がかりをつかむため、十津川警部は秋田・男鹿半島へ向かう！
に-3-41

西村京太郎
十津川警部　謎と裏切りの東海道
徳川家康を殺した男
徳川家康を敬愛する警備保障会社社長が犯してしまった殺人は、果たして正当防衛だったのか？　捜査のなかで見えてきた、社長の「過去の貌」とは？
に-3-42

西村京太郎
新・寝台特急《ブルートレイン》殺人事件
暴走族あがりの男を揉み合う中で殺した青年はブルートレインで西へ。追いかける男の仲間と十津川警部。青年を捕えるのはどちらか？　手に汗握るトレイン・ミステリーの傑作！
に-3-43

西村京太郎
十津川警部　京都から愛をこめて
テレビ番組で紹介された「小野篁の予言書」。前所有者は不審死し、現所有者も失踪した。京都では次々と怪事件が起きはじめた。十津川警部が挑む魔都・京都1200年の怨念とは！
に-3-44

（　）内は解説者。品切の節はご容赦下さい。

西村京太郎
東北新幹線「はやて」殺人事件

十和田への帰省を心待ちにしていた男が殺された。ゆかりの女が遺骨を携えて新幹線「はやて」に乗ると、思いもよらぬ事態が待ち受けていた！　十津川警部の社会派トラベルミステリー。

に-3-45

西村京太郎
十津川警部 陰謀は時を超えて
リニア新幹線と世界遺産

雑誌編集者が世界遺産・白川郷で入手した秘薬。それをめぐっておきた殺人事件の真相とリニア新幹線計画とをつなぐ点と線とは何か。うずまく陰謀を、十津川警部たちは阻止できるか？

に-3-46

西村京太郎
十津川警部「オキナワ」

沖縄と米軍基地、その狭間から死が誘う！　東京の安宿で発見された死体と遺された文字、「ヒガサ」。たどり着いたのは沖縄。そこで十津川警部は何を見たのか。円熟の社会派ミステリー。

に-3-47

西村京太郎
消えたなでしこ　十津川警部シリーズ

サッカー日本女子代表二十二人が誘拐された。身代金の要求は百億円！　十津川警部は、ひとり難を逃れた澤穂希選手に協力を依頼。十津川×澤という夢の2トップが解決に向け動き出す。

に-3-48

西村京太郎
上野駅13番線ホーム
十津川警部シリーズ

郷里に帰るため、失意を抱え上野駅に来た男。彼は駅構内で口論の末、人を殺してしまう。やがて起きる第二の殺人。北へのターミナルを舞台に、十津川警部の推理が冴え渡る長編推理！

に-3-49

西村京太郎
そして誰もいなくなる
十津川警部シリーズ

高額賞金のクイズ大会に参加したが、優勝候補者の不自然な脱落に疑問を抱く私立探偵の橋本。背後を探り始めた十津川警部にも危機が迫る。作品内に難問クイズが登場、貴方は解けるか？

に-3-50

西村京太郎
寝台急行「銀河」殺人事件
十津川警部クラシックス

東京―大阪間を結ぶ「銀河」で女性の他殺体が見つかった。容疑をかけられた旧友を、十津川警部は救えるか？　今はなき寝台急行を舞台にした傑作が、新装版で甦る！　（寺本光照）

に-3-51

（　）内は解説者。品切の節はご容赦下さい。

山口恵以子
月下上海
昭和十七年。財閥令嬢にして人気画家の多江子は上海に招かれたが、過去のある事件をネタに脅される。謀略に巻き込まれた彼女の運命は……。松本清張賞受賞作。（西木正明）
や-53-3

柳　広司
シートン探偵記
〝狼王ロボ〟追跡中に起きた殺人。盗難の疑いをかけられたカラス。『動物記』で知られるシートン氏は名探偵でもあった。動物にまつわる謎を解く心優しいミステリ短編集。（今泉吉晴）
や-54-4

薬丸　岳
死命
若くしてデイトレードで成功しながら、自身に秘められた殺人衝動に悩む榊信一。余命僅かと宣告された彼は欲望に忠実に生きると決意する。それは連続殺人の始まりだった。（郷原　宏）
や-61-1

矢月秀作
刑事学校
大分県警刑事研修所・通称刑事学校の教官である畑中圭介は、小中学校時代の同級生の死を探るうちに、カジノリゾート構想の闇にぶち当たる。警察アクション小説の雄が文春文庫初登場。
や-68-1

横山秀夫
陰の季節
「全く新しい警察小説の誕生！」と選考委員の激賞を浴びた第五回松本清張賞受賞作「陰の季節」など、テレビ化で話題を呼んだ二渡が活躍するD県警シリーズ全四篇を収録。（北上次郎）
よ-18-1

横山秀夫
動機
三十冊の警察手帳が紛失した——。犯人は内部か外部か。日本推理作家協会賞を受賞した迫真の表題作他、女子高生殺しの前科を持つ男の苦悩を描く「逆転の夏」など全四篇。（香山二三郎）
よ-18-2

横山秀夫
クライマーズ・ハイ
日航機墜落事故が地元新聞社を襲った。衝立岩登攀を予定していた遊軍記者が全権デスクに任命される。組織、仕事、家族、人生の岐路に立たされた男の決断。渾身の感動傑作。（後藤正治）
よ-18-3

（　）内は解説者。品切の節はご容赦下さい。

東野圭吾
予知夢
十六歳の少女の部屋に男が侵入し、母親が猟銃を発砲。逮捕された男は、少女と結ばれる夢を十七年前に見たという。天才物理学者が事件を解明する、人気連作ミステリー第二弾。（三橋　暁）
ひ-13-3

東野圭吾
ガリレオの苦悩
〝悪魔の手〟と名乗る人物から、警視庁に送りつけられた怪文書。そこには、連続殺人の犯行予告と、湯川学を名指しで挑発する文面が記されていた。ガリレオを標的とする犯人の狙いは？

ひ-13-8

東野圭吾
真夏の方程式
夏休みに海辺の町にやってきた少年と、偶然同じ旅館に泊まることになった湯川。翌日、もう一人の宿泊客の死体が見つかった。これは事故か殺人か。湯川が気づいてしまった真実とは？

ひ-13-10

東野圭吾
虚像の道化師
ビル五階の新興宗教の道場から、信者の男が転落死した。教祖は自分が念を送って落としたと自首してきたが…。天才物理学者・湯川と草薙刑事のコンビが活躍する王道の短編全七作。

ひ-13-11

東野圭吾
禁断の魔術
姉を見殺しにされ天涯孤独となった青年。ある殺人事件の被害者と彼の接点を知った湯川は、高校の後輩にして愛弟子だった彼のある〝企み〟に気づくが…。ガリレオシリーズ最高傑作！

ひ-13-12

広川　純
一応の推定
滋賀の膳所駅で新快速に轢かれた老人は、事故死なのか、それとも、孫娘のための覚悟の自殺か？　ベテラン保険調査員が辿り着いた真実とは？　第十三回松本清張賞受賞作。（佳多山大地）
ひ-22-1

東川篤哉
もう誘拐なんてしない
たこ焼き屋でバイトをしていた翔太郎は、偶然セーラー服の美少女、絵里香をヤクザ二人組から助け出す。関門海峡を舞台に繰り広げられる笑いあり、殺人ありのミステリー。（大矢博子）
ひ-23-1

（　）内は解説者。品切の節はご容赦下さい。

東川篤哉
魔法使いは完全犯罪の夢を見るか？
殺人現場に現れる謎の少女は、実は魔法使いだった!?　婚活中の女警部、ドMな若手刑事といった愉快な面々と魔法の力で事件を解決する人気ミステリーシリーズ第一弾。（中江有里）
ひ-23-2

東川篤哉
魔法使いと刑事たちの夏
切れ者だがドMの刑事、小山田聡介の家に住み込む家政婦マリィは、実は魔法使い。魔法で犯人が分かっちゃったけど、どうやって逮捕する？　キャラ萌え必至のシリーズ第二弾。
ひ-23-3

藤原伊織
テロリストのパラソル
爆弾テロ事件の容疑者となったバーテンダーが、過去と対峙しながら事件の真相に迫る。乱歩賞&直木賞をダブル受賞した不朽の名作。逢坂剛・黒川博行両氏による追悼対談を特別収録。
ふ-16-7

福澤徹三
死に金
金になることなら何にでも手を出し、数億円を貯めた男。彼が死病に倒れたとき、それを狙う者が次々と病室を訪れる。ラストまで眼が離せない、衝撃のピカレスク・ロマン！（若林　踏）
ふ-35-10

藤井太洋
ビッグデータ・コネクト
官民複合施設のシステムを開発するエンジニアが誘拐された。サイバー捜査官とはぐれ者ハッカーのコンビが個人情報の闇に挑む。今そこにある個人情報の危機を描く21世紀の警察小説。
ふ-40-1

誉田哲也
妖《あやかし》の華
ヤクザに襲われたヒモのヨシキが、妖艶な女性・紅鈴に助けられたのと同じ頃、池袋で、完全に失血した謎の死体が発見された——。人気警察小説の原点となるデビュー作。（杉江松恋）
ほ-15-2

松本清張
火と汐
夏の京都で、男と大文字見物を楽しんでいた人妻が失踪した。その日、夫は、三宅島へのヨットレースに挑んでいたが……。本格推理の醍醐味。「火と汐」「証言の森」「種族同盟」「山」収録。
ま-1-13

（　）内は解説者。品切の節はご容赦下さい。

松本清張
風の視線（上下）
津軽の砂の村、十三潟の荒涼たる風景は都会にうごめく人間の心を映していた。愛のない結婚から愛のある結びつきへ。〝美しき四人〟亜矢子をめぐる男女の憂愁のロマン。（権田萬治）
ま-1-17

松本清張
事故 別冊黒い画集(1)
村の断崖で発見された血まみれの死体。五日前の東京のトラック事故。事件と事故をつなぐものは？　併録の「熱い空気」はTVドラマ「家政婦は見た！」第一回の原作。（酒井順子）
ま-1-109

松本清張
強き蟻
三十歳年上の夫の遺産を狙う沢田伊佐子のまわりには、欲望にとりつかれ蟻のようにうごめきまわる人物たちがいる。男女入り乱れ欲望が犯罪を生み出すスリラー長篇。（似鳥　鶏）
ま-1-132

松本清張
疑惑
海中に転落した車から妻は脱出し、夫は死んだ。妻・鬼塚球磨子が殺ったと事件を扇情的に書き立てる記者と、国選弁護人の闘いをスリリングに描く。「不運な名前」収録。（白井佳夫）
ま-1-133

松本清張
証明
作品が認められない小説家志望の夫は、雑誌記者の妻の行動を執拗に追及する。妻のささいな嘘が、二人の運命を変えていく。狂気の行く末は？　男と女の愛憎劇全四篇。（阿刀田　高）
ま-1-134

松本清張
遠い接近
赤紙一枚で家族と自分の人生を狂わされた山尾信治。その裏に隠されたカラクリを知った彼は、復員後、召集令状を作成した兵事係を見つけ出し、ある計画に着手した。（藤井康榮）
ま-1-135

麻耶雄嵩
隻眼の少女
隻眼の少女探偵・御陵みかげは連続殺人事件を解決するが、18年後に再び悪夢が襲う。日本推理作家協会賞と本格ミステリ大賞をダブル受賞した、超絶ミステリの決定版！（巽　昌章）
ま-32-1